# 令嬢と荒野の騎士

ダイアナ・パーマー
古矢ちとせ 訳



ランダムハウス講談社

Nora

by

Diana Palmer

# 令嬢と荒野の騎士

登場人物

エレノア・マーロウ…………資産家の娘。愛称ノラ
シンシア・マーロウ…………エレノアの母親
キャラウェイ・バートン……牧童頭。愛称キャル
チェスター・トレメイン……キャラウェイが働く牧場の管理人
ヘレン・トレメイン…………チェスターの妻。エレノアのおば
メリッサ・トレメイン………チェスターとヘレンの娘。愛称メリー
ジェイコブ・ラングホーン…牧場主
エドワード・サマービル……エレノアの求婚者
キング…………………………キャラウェイの兄
アラン…………………………キャラウェイの弟

# 第一章

彼女の名前はエレノア・マーロウなのだが、ほとんどの人がノラと呼ぶ。気どりのないさっぱりしたニックネームだ。それは彼女自身にも当てはまる。英国ではビクトリア女王の時代に生まれ、バージニア州リッチモンドで淑女にふさわしく育てられた。ところがノラには、古風な生い立ちの若い女性にしては珍しく大胆なところがあった。衝動的な行動に走りがちで、ときに無謀ですらあった。彼女のそうした性格に、両親は絶えず気をもんでいた。

ヨットから落ちたこともあるし、一家が夏を過ごすバージニア州リンチバーグの別荘で、バード・ウォッチング中に木から落ちて腕の骨を折ったこともある。私立学校で優秀な成績をおさめ、のちに屈指の教養学校に進んだ。二十代になるとノラもやや落ち着き、両親の豊かな財力もあって、社交界でその名が知られるようになった。アメリカ東部の海岸線やカリブ海、さらにヨーロッパを旅して、教養とマナーと外国の知識を身につけた。ところが冒険心の名残が、アフリカでノラに深刻な打撃を与えることとなった。

ノラは三人のいとことその妻たちと一緒に、ケニヤへ狩猟旅行《サファリ》に出かけた。そこへあつかましい求婚者が勝手についてきたのだ。一行のなかには、二期目をねらうウィリアム・マッキンリー大統領のもと副大統領に立候補した、セオドア・ルーズベルトもいた。

ルーズベルトはノラのいとこやほかの男性たちと狩りに出かけ、そのあいだ女性たちは優雅な領主邸で過ごしていた。ある日、近くの川辺でひと晩キャンプを張ることになった一行に同道を許され、ノラは胸を躍らせた。

しつこくノラについてきたルイジアナの求婚者は名前をエドワード・サマービルといい、よそよそしい彼女に業を煮やしていた。その男は女たらしで通っている。ノラの無関心が火に油を注ぎ、サマービルはますます彼女をわがものにしようと躍起になった。ところがうまくいかないと見ると、川辺でふたりきりになったほんの短いあいだに、彼はひどく不作法な態度に出た。いきなり抱きすくめられたノラは動転した。彼の手から逃れようともがくうちにドレスが破れ、川辺にわく蚊から繊細な肌を守るためにかぶっていた網のベールが裂けた。あらわになった肌を隠そうとする彼女を何度も蚊が刺した。怒ったいとこがサマービルを殴り倒し、キャンプからほうりだした。サマービルは、誘ったのはノラのほうなのだから必ず仕返しをしてやる、と捨てぜりふを吐いた。ノラは誘ってなどいないし、それはキャンプにいた誰もが知っている。自尊心を踏みにじられた彼はノラをおとしめたかったのだ。しかしあとになって振りかえれば、サマービルの怒りなど気がかりのうちにも入らないことだった。

蚊から感染する危険な熱病があることはノラも知っていたが、三週間たっても体に異常は現われず、ノラは緊張をといた。すさまじい高熱に苦しめられたのは、蚊に刺されてから一ヵ月近くあと、家に帰ってからのことだった。かかりつけの医師はマラリアと診断し、キニーネの結晶性粉末を処方した。

キニーネをのむと胃がむかついたが、のまなければ助からないと言い含められた。ほかにマラリアの症状を抑える方法はないと聞いたノラは悲観し、自分をこんな目に遭わせたサマービルに激しい怒りを覚えた。熱発作が峠を越えて快方に向かいはじめると、バージニアの医師は命にかかわる合併症である〝黒水熱〟にも罹患《りかん》した可能性があると告げた。さらに、この先も予測のできない熱発作の再発に見舞われることがあり、それが生涯続くかもしれないとも言った。

家庭を持つという漠然としたノラの夢はそのとき消えた。実際に男性に心惹《ひ》かれたことは一度もなかったが、子供は欲しかった。今やそれもかなわぬ夢となったようだ。いつ熱発作が起きるかもしれず、それが命を奪うかもしれないのに、どうして子育てなどできるだろう?

冒険への夢もまた消えた。かねてから南アメリカのアマゾン川へ行きたいと思っていたし、エジプトのピラミッドも見てみたかった。だが、恐ろしい熱発作のことを考えると危険を冒す気にはならない。旅行や冒険がしたくてうずうずしても、健康には代えられなかった。翌年は友人たちにアフリカの旅行話をしたりして、彼女にしては驚くほど静かに過ごした。友人たちはノラの勇気と大胆さに舌を巻いた。必然的に冒険談には尾ひれがついていき、彼女は女性冒険家として知られるようになった。折に触れ、ノラは〝勇敢な女性〟という評判を楽しんだ。必ずしも正確な描写とは言えなかったが。

現代女性の鑑《かがみ》として賞賛されたノラは、婦人参政権運動や慈善パーティーで講演を頼まれるようになった。

それが今度は西部へ招かれたのだ。本で読み、一度見てみたいと思っていた伝説の西部、アフリカと同じくらい荒々しい西部へ。この数ヵ月間、熱病の発作は起きていない。まず問題はなさそうだ。あとは滞在期間中、健康でいられることを祈るばかりだった。開拓時代の西部をかいま見ることができるかもしれないし、もしかしたらバッファローを撃つ機会も、それに無法者か本物のインディアンに出会う機会もあるかもしれない。

バージニアにある自宅の居間で、ノラは興奮に顔を輝かせてレースのカーテンがかかった窓辺にたたずんでいた。美しい晩夏の景色を眺めながら、指はおばのヘレンから送られてきた手紙を楽しげにいじっていた。テキサス州東部には、おじのチェスターとおばのヘレン、いとこのコルターとメリッサ——メリーというトレメイン家の人々がいる。コルターは北極探検中だ。メリーは大の親友が結婚して引っ越してからというもの、すっかりふさいでいるらしい。数週間ほどテキサスの牧場に滞在してメリーを元気づけてやってほしい、とヘレンは書いてきた。

ノラは一度だけ汽車でカリフォルニアへ行ったことがあった。その車窓から、大西洋と太平洋のあいだに広がる荒涼とした土地を目にした。牧場とテキサスのことは本で読んだことがある。どちらもロマンティックな響きだ。最近愛読している〈ビードル&アダムズ〉社の小説〈ダイム・ノベル〉シリーズを思いだした。威勢のいいカウボーイたちがインディアンと戦い、女性や子供を救い、自らを犠牲にして敢然と立ち向かう物語が次々と頭に浮かぶ。牧場の親戚《しんせき》を訪ねれば本物のカウボーイに会えるのだ。それにライオンやハンターがいなくても冒険には違いない。もう一度自分の勇気を試し、熱病のせいで長期療養を余儀なくされたが、なにもできなくなったわけではないことを自身に証明するいい機会だ。

「どうするの?」シンシア・マーロウは《コーリアーズ》誌の最新号をめくりながら娘

にきいた。

ノラが振り向くと、やわらかいレース地の青いドレスが細い足首に優雅にまとわりついた。喉もとで大きく結んだ流行のチュールのリボンに指で触れると、リボンまでが興奮に身を震わせたように見える。「ヘレンおばさまったら、とても説得力があるのよ」ノラは言った。「ええ、行きたいわ！　小説に出てくる、凛々《りり》しい〝荒野の騎士〟たちに会うのが楽しみよ」

シンシアは気をよくした。悲惨な結果に終わったアフリカ旅行以来、こんなに興奮したノラを見るのは初めてだ。高く結いあげた胡桃《くるみ》色の髪は、窓から差しこむ光を受けてさながら輝く銅《あかがね》のようだった。シンシアの髪も白くなる前はあんな色だったのだ。だがノラの場合は、それにマーロウ家の青い瞳とフランス人の血を引く高い頬骨が加わる。身長は母親より高いが、高すぎるほどではなく、気品と洗練された物腰と天性の社交性が備わっていた。そんな娘をシンシアはとても誇りに思っていた。

ノラは男性に対して妙に冷ややかなところがある。とりわけサマービルに恐ろしい目に遭わされ、やっかいな病気を背負いこんでからは。冒険に満ちた人生を楽しんでいたはずの娘は、その翼をアフリカの熱病にもぎとられてしまった。シンシアは悲しい物思いに沈んだ。娘はわずか二十四歳にして、独身生活に甘んずる覚悟を決めたのだ。

「とにかく、あなたにふさわしい青年をうちへ連れてこようとするお父さまからしばらく離れることはできるわ」シンシアはひとりごちた。実際、このところ夫の行動はひどくあからさまになっていて、高飛車でいささか無神経になりがちだった。

ノラは冷ややかな笑い声をあげた。男性はものごとを複雑にする。そんな存在など、自分の人生には不要だ。「確かにそうね。アンジェリーナに荷造りをさせるわ」

「では、わたしの秘書を駅へやって汽車の予約を入れさせましょう」シンシアはノラの言葉に応《こた》えて言った。「きっと有意義な旅になるわよ」

「ええ、きっと」ノラははずんだ口調で言った。「そうなるわ。ひとりで遠くまで出かけるのは本当に久しぶりだもの」アフリカを思いだして、ノラの顔がこわばった。「テキサスはアフリカではないし」

シンシアが立ちあがった。「熱病が頻繁に再発するとは思えないわ。最後の発作からまだ数ヵ月よ。心配しないで。チェスターとヘレンは家族だということを忘れないでね。あなたの面倒はちゃんと見てくれるわ」

ノラは笑みを浮かべた。「もちろんよ。すばらしい冒険になるでしょうね」

その言葉を、ノラはテキサス州タイラー・ジャンクションのひとけのない駅のプラットホームで、おじ夫婦の迎えを待ちながら思いだすことになる。汽車は充分に快適だったが、長旅で疲れていた。実のところ、疲れすぎて少しばかり興ざめしていた。ほこりまみれの駅舎は期待にはほど遠く、華々しく装ったインディアンもいなければ、覆面姿の無法者もおらず、勇ましく色鮮やかなカウボーイを乗せてうしろ脚で跳ねる牡馬《ぼば》も見当たらない。もっと言えば、東部の田舎町と変わらなかった。ノラはかすかな失望感と、美しい帽子に容赦なく照りつけるテキサスの日差しを意識しはじめた。

ノラはもう一度周囲を見ておじたちを捜した。汽車の到着が遅れたから、遠くに見えているレストランで食事でもしているのかもしれない。上品な革のケースやトランクをぐるりと見まわす。誰も来てくれなかったら、これらをどうやって牧場まで運ぼう？テキサス東部の晩夏は、バージニアよりもさらに過ごしにくいようだ。バージニアを出発したときから着心地が悪かったしゃれた旅行用スーツは、今や息苦しいほどになっていた。

おばのヘレンの手紙には、タイラー・ジャンクションはテキサス東部にある小さな田舎町で、ボーモントにほど近いと書いてあった。ここでは噂話《うわさばなし》はもっぱら郵便局やドラッグストアのソーダ水カウンターから広まる。もちろん日刊紙《ボーモント・ジャーナル》には、社交情報や地元の関心事に並んで全国のニュースもすべて載っているのだが。ほこりっぽい道路には、町の創設者一族が乗るヘンリー・フォードのしゃれた黒い自動車が二台走るきりで、人々は大小さまざまな馬車や馬で用を足していた。牧場経営が今も地元の重要な産業であることは容易に見てとれる。遠くのほうにブーツとジーンズにつば広のカウボーイハットをかぶった男たちの姿が見えた。とはいえ、威勢のいい若者ではない。実のところ、ほとんどは腰の曲がった老人だった。

おじのチェスターはヘレンとバージニアの家を訪ねてきたときに言っていた。今やテキサスの牧場のほとんどは連合組織に買収され、大企業の支配下に置かれている、と。チェスターの牧場ですら、テキサス西部の大牧場主が所有していて、チェスターを管理人にすえて給料を払っていた。古きよき大牧場主たち、テキサス南東部に〈キング牧場〉をおこしたリチャード・キングや、テキサス西部のブラント・カルヘインの時代はとうに終わったのだ。

近ごろもうかるのは石油と鉄鋼だ。ロックフェラーとカーネギーがそのふたつを牛耳っている。J・P・モルガンとコーネリアス・バンダービルトが国内の鉄道を、ヘンリー・フォードが新しい移動手段である自動車産業を牛耳っているように。大企業の時代だった。しかしそれはもっぱら工業においてであって、農業は違う。牧畜業とカウボーイの時代は終わりを告げようとしていた。ヘレンの手紙には、ボーモントで石油を試掘している探鉱者もいると書いてあった。数年前、ある地質学者がメキシコ湾岸の土地は正真正銘石油の湖の上にのっているようなものだと発言したのが、ことの始まりだった。なかなか愉快な発想だ。こんなに緑豊かな土地で、誰が大油田を掘り当てるというのだろう！

そんなことを考えながら、ノラはほこりっぽい道を歩いて駅に近づいてくる男をぼんやりと眺めていた。背が高くて目立つその男は革のズボンカバーとブーツ、黒っぽいカウボーイハットを身につけていた。あれこそ本物のカウボーイだわ！　どんなに勇ましいのだろうと思うと、胸の鼓動が速くなった。あんな男たちがインディアン《レッド・マン》と同じように絶滅への道をたどるなんてもったいない！　そうなったら誰が未亡人や孤児を守ってインディアンと戦うの？

どんどん近づいてくる伝説のカウボーイを美化することに夢中で、そのカウボーイがまっすぐ自分に向かってきていることに気づくのに少し時間がかかった。パリ製の帽子についた粋《いき》なベールの裏側で、ノラの眉は期待に持ちあがり、心臓は早鐘を打った。

そのときふと、ノラは自分が美化していた男は実は金で雇われた使用人と大差がないことを思いだした。カウボーイといっても、しょせんは牛の面倒を見るのが仕事なのだ。さらに、本のページに生き生きとロマンティックに描かれた清潔なカウボーイを眺めるのと、本物と対面するのとでは、いささか勝手が違うことにも気がついた。

道の向こう側では誇り高く魅力的に見えたカウボーイだが、近づいてきた男には驚いた。無精ひげを生やし、汚れてすらいた。歩くたびに長い脚にひらめく着古した革のズボンカバーに血痕《けっこん》が見えたときは、ぞっとして震えそうになるのをこらえた。ひと足ごとに拍車が音楽のように音をたてる。ブーツは爪先が上を向いていて、どう見ても泥ではないものがたっぷりとこびりついていた。もしこの男が未亡人や孤児を風上から救おうとしたなら、きっとみんな逃げだすわ！

青い格子縞《じま》のウエスタンシャツは汗にぬれており、厚い筋肉と鎖骨の下の黒い胸毛が透けて見え、みだらとも言える風情でぴったりと体に張りついていた。ノラは両手でしっかりとバッグを握りしめて平静を保った。変だわ。こんな男性に肉体的な魅力を感じるなんて。こんな……粗野でお風呂が必要な人に。これは灰汁《あく》石鹸《せっけん》ではとても太刀打ちできそうにない。ノラは冗談めかして思った。漂白剤で何日も煮なくては……。

急いで笑みを引っこめたノラの顔を男がにらみつけた。彼の髪は癖のない漆黒で湿っていた。引きしまった顔には砂ぼこりと流れる汗がいかめしい筋を刻んでいる。高い額の下の奥まった目は、つばの広い帽子の陰に隠れていた。濃い眉とまっすぐな鼻筋。高い頬骨。横に広く輪郭のはっきりした口、そして突きだした顎に、ノラはすぐさま身構えた。

「ミス・マーロウ？」男はノラに笑みを返すそぶりも見せず、間のびした低いテキサスなまりできいた。

ノラは深いため息をついて、誰もいないプラットホームを見まわした。「そのとおりよ。もし違っていたら驚きね」

男は返事の意味をはかりかねるかのようにノラを見つめたままだ。彼女は助け船を出すことにした。「ここは暑いわ」さらに言った。「なるべく早く牧場へ行きたいの。慣れなくて、暑さと……その……においに」ノラは無意識に鼻をひくひくさせてつけ加えた。

男は言いかえす言葉をのみこんで今にも破裂しそうに見えたが、ひとことも発しなかった。ノラを過剰に裕福で繊細な配慮に欠けた東部の女と断じた彼は、自分が屈辱を感じたことに驚いた。

それでも男はただ首をかしげて、積みあげたノラの荷物を見まわしただけだった。「引っ越しかい？」語尾を引きのばすようにして言った。

「全部必要なものよ」ノラは目を見開いて反論した。「自分の持ち物がないと困るもの」使用人からとやかく言われることに不慣れな彼女は、そうつけ加えた。

男は大きなため息をついた。「大きめの馬車に乗ってきてよかった。町で買い入れた積み荷と合わせたら、きっと脇《わき》からはみだしてしまう」

ノラは華奢《きやしゃ》な手でバッグを引っくりかえして笑みを隠した。「もしそうなったら、あなたが積み残しを頭にのせて走ればいいわ。アフリカのサファリではそうやって荷物を運ぶのよ」彼女は愛想よく言った。「やったことがあるから知っているの」

「頭に荷物をのせて馬車の脇を走ったのかい？」男は無礼にもききかえした。

「まあ……もちろん違うわ！」ノラはぶつぶつと言った。「狩猟をやったことがあると言ったのよ！」

男は唇をすぼめ、両手を腰に当ててノラの怒った顔をじっと見おろした。「サファリに行ったのか？　きみのようにお上品な人が、そんな服装で？」男は、ノラの完璧《かんぺき》な注文仕立てのスーツとベルベットの帽子に愉快そうに目をやった。「これでもう驚くことはないな」男は来た道を引きかえし、駅の向こう側にとめてある、上等な馬をつないだ馬車へと歩いていった。

ノラは相反する思いを抱いてうしろ姿を見送った。今まで会った男性はひとり残らず彼女に礼儀正しく接し、いたわってくれた。ところがこの男ときたら落ち着き払って、女性にとり入ろうと言葉を選ぶこともしない。ノラは尊敬の念と、石をぶつけてやりたいほどの怒りのあいだで引き裂かれていた。彼には汚れた男にしては立派な自負心がある。

女性に敬意を表して帽子をとることもせず、ちょっと傾けることすらしなかった。ノラは、帽子をとってヨーロッパ式に手にキスをするような男性に慣れていた。

少し相手に厳しすぎるわ。ノラは自分に言った。ここは西部なのだし、あの気の毒な男は社交のたしなみを身につける機会に恵まれなかったのだろう。アフリカの荷物運びと同じように接するべきなのだ。ささやかな食料を得るために人に仕える運命にある、親切だが無学な彼らのように。この男が下着一枚になった姿を想像し、ノラはまたしても笑みを隠した。

彼が積み荷を満載した馬車をまわしてきて、馬を杭《くい》につなぎ、根気よく荷物を積みこむのをノラはじっと待った。

荷物と一緒に荷台に乗れと言われなかっただけでもよかった。そんなことを思いながら、ノラは馬車の脇でためらった。男の手を借りて広い御者席へ引っぱりあげてもらおうと見あげると、彼はすでに席についてごつごつした手でいらだたしげに手綱を握っていた。驚くまでもない。

「確か、急いでいるんだったね?」男は辛抱強く言い、帽子を押しあげて、人を動揺させずにおかない目でじっとノラを見た。彼の瞳は浅黒い顔に意外なほど明るい銀白色だった。ナイフの刃のように鋭く、底知れぬ深みがある。

「わたしに運動能力が備わっていてよかったわ」ノラは尊大な笑みを浮かべて言い、車輪の軸に足をかけて優雅に体を引きあげた。ところがはずみがつきすぎて自分の席を越え、男のズボンカバーに倒れこんでしまった。目まいがするほどくさかったが、胸に彼の引きしまった腿が当たり、ノラの心臓は激しく打った。

親密な接触にノラがショックを受ける間もなく、男は頑丈な両手で彼女を持ちあげてしっかりと席に座らせた。「やめておけ」彼は厳しい顔で言った。「都会の女が大胆なのはわかっているんだ。おれをおもちゃにするんじゃない。いいな」

ぶざまな姿を見せただけで充分恥ずかしかったのに、そのうえはしたない女として扱われるとは。ノラは乱れた帽子を片手で直した。その手は明らかにカウボーイブーツのにおいがした。男のジーンズの裾《すそ》をかすめたに違いない。

「ああ、どうしましょう！」ノラは叫んでハンカチーフを探し、不潔なにおいをぬぐいとろうとした。「納屋のようなにおいがついてしまうわ！」

男は目を細めてノラを一瞥《いちべつ》すると、手綱を振って馬を歩かせた。そこでにやりと笑い、彼女に聞かせるためにテキサス西部のなまりをわざと強調した。どうせなら、この女にこのまま見下されてやろう。「自分の手足を使って働く男に、どうしろと言うんだい？」彼は愛想よくきいた。「最高の生き方さ。こうして広い荒野で暮らすのは。カウボーイは月に一度の入浴で充分だし、めかしこんで礼儀作法を覚える必要もない。誰にも頼らず自由だ。広大な西部の空の下にいるのは自分と馬だけ。ふしだらな女とばか騒ぎもしないし、週末のたびに酔っ払うこともない！　おれは自由な生き方が気に入っているよ！」彼は熱っぽく語った。

ノラのカウボーイ幻想は急速に方向転換した。町を出てでこぼこ道にさしかかっても、まだ彼女は手をこすっていた。美しい灰色の山羊《やぎ》革の手袋は捨てざるをえないだろう。このにおいはとれやしない。

週の初めに降った雨のせいで道には深い轍《わだち》が残っていて、板を渡しただけの座席の座り心地は悪かった。「口数が少ないね?」彼がかまをかける。「東部の女はすごく頭がいいそうじゃないか」とことん素朴な田舎者になりきって、そうつけ加えた。

ノラはぼんやりしていて、からかわれていることにも気づかなかった。「もし頭がよかったら」彼女は憤然と男をにらみつけて言った。「そもそもバージニアを離れなかったわ!」長いスカートの裾についたしみを夢中でこする。「困ったわ。ヘレンおばさまはどう思うかしら?」

彼はゆっくりといやみな笑みを浮かべた。「そうだな、途中でいちゃついていたと思うかもしれないね」

たとえベール越しでも、気の弱い男がノラの表情を見たら、馬車を飛びおりて逃げだしていただろう。「いちゃつくですって? あなたと? そんなことをするくらいならいっそ……禿鷹《はげたか》にキスしたほうがましよ!」

馬がメスキートの葉陰で歩をゆるめると、彼は手綱で軽く馬の尻を叩《たた》いてくすりと笑った。「ここでは禿鷹は役に立つ生き物だ。腐った死骸《しがい》をきれいに片づけて、きみのように上品なご令嬢のために、この世の中をいいにおいに保ってくれる」

それはあからさまな皮肉だった。ノラは男をにらみつけたが、はねかえされた。

「使用人の分際で、ずいぶんあつかましいのね」ノラは憤然として言った。

男は相手にしなかった。いかにも人を見下した不愉快な言い方だ。彼がたかが使用人にすぎず、自分は淑女であることを思い知らせようとするかのような。とんだお笑いぐさだ。

手からにおいをぬぐい去ることをあきらめ、ノラは汽車の荷物運びがくれた色鮮やかな紙のうちわであおぎはじめた。八月の暑さは耐えがたかった。メキシコ湾からの風が近くの海岸から吹きあげてくるのだろう。息がつまりそうな暑さをいぶかりながら、彼女は思った。東部では、こんな暑さのあとには猛烈な嵐《あらし》が来る。つい昨年も東部の海岸線をハリケーンが襲い、いとこのひとりが命を落とした。あのとき見た高波の悪夢は今も消えない。

ノラは猛烈な湿度にぐったりしてきた。長いスカートの下につけたコルセットと長袖《ながそで》の上着のせいで呼吸もままならない。

隣の連れもあまり涼しそうには見えなかった。薄手のシャツの前の部分はぐっしょりと汗にぬれている。輪郭もあらわなたくましい腕の筋肉と胸毛に覆われた胸に自分の視線が吸い寄せられたことに、ノラは驚いた。シャツを着ていない男性を見たことはあるが、人種が違う。こういう状況に置かれた紳士を見るのは初めてだった。もっとも、この男は紳士ではないけれど。今までどんな肉体的な魅力にも刺激を受けなかった感覚が、一介の労働者にかきたてられることが理解できなかった。とにかく、この人といるとどぎまぎしてしまう！　実際、片面に色刷りの『最後の晩餐《ばんさん》』、もう片方に葬儀社の広告が印刷されたこぎれいなうちわの持ち手を握る細い手は、小刻みに震えていた。

「あなたはチェスターおじさまに雇われているんでしょう?」ノラは話題を作ろうとして言った。

「ああ」

ノラは続きを待ったが、返事はそれで終わりだった。

「どういう仕事なの?」ただ牛を追うよりも熟練を要する仕事についているのかもしれない。そう思ってつけ加えた。

男がゆっくりと顔をこちらに向けた。つば広の帽子の陰になり、銀白色の瞳がダイヤモンドのように光った。「カウボーイだ。牛の世話をする。お気づきのように、おれのブーツにこびりついているのは……だ」彼はブーツについているものを俗語ではっきりと口にした。わざとらしく発音し、さらに言葉に無礼な響きを持たせるために、にやりと笑った。

その言葉にノラは赤面した。平手打ちを食らわせるべきところだが、やめておいた。彼の思惑どおりに行動するつもりはなかったし、礼儀や思いやりの欠如に腹を立てる気にもならなかった。できる限り表情を消して彼を見やり、かすかに両肩を動かして一蹴《いっしゅう》すると、なにごともなかったように眼前の景色へ注意を向けた。

テキサス西部を旅してみれば、たとえ一度も立ちどまらなくても、テキサスの端と端では気候も植物も違うことがわかる。ここにはサボテンも荒野もない。泰山木や花水木や松が生えていて、季節のわりに草はまだ青く、長く続く白い柵《さく》と灰色の杭に絡めた鉄条網の向こうで牛がはんでいる草は高く茂っていた。丘も山もなく、地平線は遠くの地表にどっしりと腰をおろしているようだ。牛が水を飲む沼や貯水槽からは、熱が靄《もや》になって立ちのぼっている。〈トレメイン牧場〉へは二本の川が平行に流れこんでいると、ヘレンが手紙に書いていた。緑豊かな景色はそのせいなのだろう。

「美しいところね」ノラは無意識に言った。「同じ州でも反対側よりずっときれい」

男は鋭い一瞥をくれた。「きみたち東部の人間は」彼は小ばかにしたように言った。

「緑の土地でなければ美しいとは言わない」

「もちろんそうよ」ノラは彼の横顔を見つめてあっさりと言った。「どうして荒野が美しいの?」

彼は首をめぐらせ、目を細めてノラをしげしげと見た。「きみのような温室育ちのペチュニアには、荒野は厳しい土地に見えるだろう」

ノラは彼をにらみつけた。「わたしは温室育ちではないわ。アフリカでライオンや虎《とら》を狩ったこともあるのよ」彼女はたった一日のサファリをふくらませて言った。「それに――」

「テキサスの荒野でひと晩過ごせば、それでおしまいだ」彼は楽しげに口を挟んだ。

「寝袋にがらがら蛇が入りこんで、きみは冬になるまで見つからない」

がらがら蛇を想像して、ノラはぞくっと身を震わせた。毒蛇のことは〈ダイム・ノベル〉の小説で読んだことがある。

ノラが遅ればせながら表情をつくろったのを、彼は見逃さなかった。そしてのけぞって笑いだした。「ライオン狩りに行ったことがあるって?」彼はさらに大笑いしながらあきれてきいた。

ノラは小さく声をあげた。「自分はぷんぷんにおう獣のくせに!」

「におうといえば」彼はノラのほうへ身を乗りだしてにおいをかぐと、顔をしかめて言った。「きみも日に当たったいたちみたいなにおいがするよ」

「あなたが手を貸してくれないから、触れてしまったんじゃない、そのくさい……」ノラはしどろもどろになって、幅の広い革のズボンカバーを手で指した。「それに!」

彼は愉快そうに瞳を輝かせて、ノラのほうへ少し身を寄せた。「脚だよ、ダーリン」

彼が助け船を出した。「これは脚だ」

「その革のやつよ!」ノラの怒りが爆発した。「それにわたしはあなたのダーリンじゃないわ!」彼女は自制心を失って叫んだ。

彼はくすくすと笑った。「そうならいいと思う日が来るかもしれないよ。おれにもなかなかいいところがあるんだ」

「馬車からおろしてちょうだい！　歩くわ！」

彼は首を振った。「まあ、まあ、きみは足が痛くなるし、おれは首になる。お互い、そんな目に遭いたくはないだろう?」

「かまうものですか！」

彼は真っ赤になったノラの顔と怒りに見開いた目に笑いかけた。彼女の瞳はまるで青い炎のようだ。それに唇はふっくらとかわいらしい。彼は無理やり意識を道路に戻した。「きみのおじさんは今のところ、おれがいないとやっていけない。まあ、楽にするといいよ、ミス・マーロウ、少し頭を冷やして。おれのことをよく知れば、誠実な人間だとわかるさ」

「あなたのことなんて知りたくもないわ！」

「おや、すぐにかりかりするんだな。東部の裕福なご婦人たちは穏やかなんだと思っていたよ」彼は手綱を振って馬の速度を少しあげた。

「あなたに会っていなければ穏やかだったでしょうね！」

ノラのほうへ首をめぐらせた彼の銀白色の瞳にきらりとなにかが光ったが、すぐさま道路のほうへ向き直った。頑固そうな口の端に小さな笑みが浮かんでいる。

ノラはその笑みを見逃したが、いずれにせよ彼は広いつばの下で笑っているに違いないという気がした。気のきいた受け答えすらできないほど言いこめられたのは初めてで不愉快だった。口汚い女のように怒鳴り散らしてしまうほど彼女を怒らせた男性は、これまでいなかった。大声をあげた自分が恥ずかしい。ノラは席に腰を落ち着け、目的地に着くまであからさまに彼を無視した。

牧場の母屋は細長く平らで砂のように真っ白だった。優美な長いポーチがついていて、白い杭垣に囲まれたおばの花壇にはさまざまな花が咲き乱れている。馬車が歩道に近づくと、おばはポーチで待ち構えていた。母親にそっくりで、ノラはすぐさまホームシックになった。

「ヘレンおばさま！」ノラは声をあげた。そして笑いながら、隣の男がおばの前にさらなる不作法をさらすより早く、誰の手も借りずに車軸に足をかけて慎重に馬車からおりた。

ノラは年配の女性に駆け寄り、あたたかい抱擁を受けた。「ああ、また会えてとてもうれしいわ！」ベールを外して美しい肌と明るく青い瞳をあらわにした彼女は、喜びに顔を輝かせた。

「ミスター・バートン、ノラを馬車からおろしてあげるのが礼儀というものよ」ヘレンはポーチにノラの荷物を運んでいる男に言った。

「ええ、奥さま、そのつもりでしたが、にわとりが火傷《やけど》でもしてみたいにおりてしまったので」彼は慇懃無礼《いんぎんぶれい》に言った。おまけに帽子の端を少しあげてヘレンに挨拶《あいさつ》をし、玄関のドアを開けてノラが使う部屋へ案内してもらうのを待つあいだ、にこやかに笑みまで浮かべていた。けだもの！　ノラが心に思ったその言葉は瞳に浮かび、通りすがりにそれを見てとった彼の銀白色の目はいまいましいほどうれしそうに輝いた。ノラは腹立たしげにぐいと顔をそむけた。

彼の姿が見えなくなると、ヘレンが顔をしかめた。「あの人はチェスターの牧童頭で、家畜と畜産業にとても明るいの。でも、少し変わったユーモアの持ち主でね。もし気にさわったら許してちょうだい」

「何者なの？」ノラはしぶしぶ尋ねた。

「キャラウェイ・バートンよ」

「そうではなくて、どういう人なの？」ノラはさらにきいた。

「知らないわ。名前のほかにあの人のことはほとんど知らないの。平日はここで働いて、週末にはどこかへ消えてしまう。チェスターとそういう条件で契約したのよ。ここでは他人の生活に干渉しないの」ヘレンはそっとつけ加えた。「謎《なぞ》めいてはいるけれど、不作法な人ではないわよ」

「不作法ではなかったわ」ノラは嘘《うそ》をつき、赤面をごまかすために頬のほこりを払った。

ヘレンは笑みを浮かべた。「もし不作法だったとしても、そうは言わないはずね。あなたには教養があるもの」おばは自慢げに言った。「あなたが由緒ある家柄の出であることは一目瞭然《いちもくりょうぜん》だわ」

「おばさまもよ」ノラは言った。「おばさまと母はヨーロッパの王室の流れをくんでいるんですもの。わたしは年に二回、イギリスのいとこを訪ねているのよ」

「チェスターには言わないでね」ヘレンはいわくありげに笑った。「主人は労働者階級の出だから、わたしの出自に気おくれすることがあるの」

軽率な物言いを慎むためにノラは舌を噛《か》んだ。男性のエゴをなだめるために自分の人生のどんな部分であれ隠すなんて、想像もできない。だが、ヘレンとは育った時代もしきたりも違う。ノラには現代の視点からものごとを判断したり、非難したりする権利はないのだ。

「紅茶とサンドイッチはいかが?」ヘレンが言った。「少しさっぱりしていらっしゃいな。それからデビーに居間へ飲み物を運ばせるわ」彼女は鼻の頭にしわを寄せた。「ノラ、あなた、とても……妙なにおいがするわ」

ノラは赤くなった。「わたし……馬車に乗るときミスター・バートンにぶつかって、手があの……あの人の革のズボンカバーについていた……不潔なものに触れてしまって」しどろもどろになって言った。

「革のズボンカバー？　チャップスのことね」ヘレンが言った。

「ああ。そう、チャップスよ」

ヘレンはくすりと笑った。「働く男の人たちが汚れるのはしかたがないわ。洗えば落ちるわよ」

「そうだといいけれど」ノラはため息をついた。

背の高いカウボーイが荷物をおろして廊下を戻ってきた。

ヘレンが彼にほほえみかけた。「チェスターがあなたに用があるそうよ、ミスター・バートン。ランディーと一緒に古いほうの納屋にいるわ。風車を修理しようとしているの」彼女は言い添えた。

「馬車を片づけたらすぐに行きます。ごきげんよう、奥さま」彼は帽子の端をあげてヘレンに挨拶した。

彼は礼儀正しくノラにうなずきかけた。彼女の表情を見て目を輝かせ、玄関のほうへまっすぐに歩いていく。長い脚で優美な一歩を踏みだすたびに、拍車が音楽のように鳴った。

ヘレンは彼を見つめていた。「地面におりたカウボーイは、だいたいが不器用なものなのよ。たぶん馬に乗って過ごす時間が長いからでしょうね。でもミスター・バートンは違うわ。そうじゃないこと？」

ノラは彼を眺めながら、拍車につまずいて正面からドアにぶつかればいいのにと思っていた。だが、そうはならなかった。彼女は大きな帽子をとめていたピンを外した。

「メリーはどこにいるの？」

ヘレンはためらった。「町へ友達を訪ねていったのよ。夕方には戻るわ」

ノラは旅行用のスーツをカジュアルな長いスカートと白のブラウスに着替え、胡桃色の長い髪を頭に巻き直しながらいぶかった。メリーはまだ十八歳で、年上のいとこであるノラを崇拝している。ふたりは仲もいい。それなのに、なぜメリーはここで待っていてくれなかったのかしら？

ノラはヘレンのいる居間へ行った。紅茶を飲んでお手製のレモンクッキーをつまみ、もう一度メリーのことを尋ねた。

「メグ・スミスと馬に乗りに行ったのよ。もうすぐ帰ってくるわ。本当のことを言うとね、あの子は親友の結婚相手の男性に恋をしていたの。慰めようがないわ。花嫁の付添人になるのも断わったのよ」

「まあ、気の毒に！」ノラは声をあげた。「つらいでしょうね！」

「かわいそうだけれど、その男性がメリーを相手にしなかったのは不幸中の幸いだわ。いい方だけど、娘を嫁にやりたい男性ではないの」ヘレンは悲しげに言った。「メリーはもっとふさわしい相手を見つけるでしょう。日曜日の礼拝に来る独身男性が何人かいるのよ。そういう方たちと親しくする気になるかもしれないわ」

「そのとおりよ。メリーが悲しみから立ち直れるように、わたしも手助けをするわね」

「きっとそうしてくれると思っていたわ」ヘレンは満足そうに言った。「あなたが来てくれて本当にうれしい！」

ノラは親愛の情をこめておばにほほえみかけた。「わたしもよ」


ノラの到着から一時間とたたないうちに、乗馬用のスカートにつばのまっすぐなスペイン風の帽子をかぶったメリーが馬にまたがって帰ってきた。いとこ同士は髪の色も同じように濃いのだが、メリーの髪はノラのように明るい胡桃色は入っておらず、瞳は青ではなく茶色だった。肌もノラと違って日に焼けており、華奢で細い体つきはまるで小さな人形のようだ。メリーを見ていると、こんな女性を妻に迎えたがらない男がいるだろうかと思う。

「来てくれてとてもうれしいわ」メリーは少し悲しげに挨拶をしてから言った。「ちょっと落ちこんでいたけれど、あなたが来てくれて元気になれそうよ」

ノラはほほえんだ。「そうだといいけれど。あなたがバージニアへ来たとき以来だから、会うのは一年以上ぶりね。そのあいだにあったことを全部話してちょうだい」

メリーは顔をしかめた。「もちろんよ。でも、あなたみたいに刺激たっぷりの暮らしではないもの。話せることはちょっぴりしかないわ」

ノラは高熱に震えながらベッドに横たわっていた日々を思った。メリーはそのことを知らない。アフリカ探検がもたらした災禍を、ここの人たちは誰も知らなかった。

「メリー、わたしたちの暮らしを退屈呼ばわりしないでほしいわね」母親のヘレンがつぶやいた。「ここにも多少の人づきあいはあるのよ！」

「スクエアダンスに、引っ越し祝いの集まりに、つづりのコンテストがね」そっけない返事が返ってきた。「それに不愉快なミスター・ラングホーンとその息子」

「牧場主の集まりがあるときはメリーが給仕をするの」ヘレンはノラに言った。「ミスター・ラングホーンは地元の牧場主でね、野蛮人も顔負けの息子がひとりいるのよ。ミスター・ラングホーンは子供をしつけようとしないから」

「しつけが必要なのはミスター・ラングホーンのほうだわ」メリーはそう言って、くすりと笑った。

「本当にそう」ヘレンが同意した。「あの人にはその……なにかと噂があって……離婚もしているし」その言葉を、彼女はささやくように口にした。まるで、まともな人々のあいだで交わされるべき言葉ではないというように。

「そんなことをあげつらうべきではないわ」ノラは口を開いた。

「ノラ、わたしたちは家名を大切にしているの」ヘレンがきっぱりと言った。「東部の都市やヨーロッパでは、女性がここよりもっと自由に暮らしているのは知っているわ。でもね、ここは小さな町で、わたしたちにとって家名はもっとも大切にすべき宝物なのよ。離婚歴のある男性と一緒にいるところを人に見られたら、メリーのためにならないわ」

「わかったわ」この小さな町が実際どの程度世の中から隔絶されているのだろうかと思いながら、ノラはそっと言った。東部の大都市から来た身では、どこだろうと小さな町の暮らしを理解するのは難しかった。

軽い食事がすむと居間で静かなひとときを過ごした。至福の静寂は深く穏やかで、大時計の音がはっきりと聞こえる。チックタック、チックタック、チックタック……。

突然、網戸が大きな音をたてて閉まり、なにも敷いていない木の床に重いブーツの足音が鳴り響いた。

キャラウェイ――キャル・バートンが帽子を片手に戸口から顔を出した。「お邪魔します、ミセス・トレメイン。チェスターがポーチでお話があるそうです」

ノラはどうして彼の拍車が音をたてないのだろうといぶかり、その足もとに目を落とした。言うまでもなく、拍車には……〝あれ〟がこびりついていた。そして体のそこかしこにも。気どってソファに腰をおろし、贅沢《ぜいたく》な部屋ですっかりくつろいだノラの表情は、心のうちを雄弁に物語っていた。キャルにはそれが腹立たしかった。

自分を見下す非難めいた目を見て、キャルのいらだちはふくれあがった。彼はにこりともせず、ただ王子も顔負けの尊大さで彼女の存在を無視した。すぐに行くと応えたヘレンにていねいにうなずくと、ノラのほうへは目もくれずに出ていった。

ノラは急によそよそしくなった彼の態度にむっとして、その日の残りを、使用人がどう思うかをなぜ気にする必要があるのだろうと自問して過ごした。結局ノラはバージニア州のマーロウ家の出であり、大西部の粗雑な田舎者など、たかが見かけ倒しの乳しぼり男にすぎないのだ。そう思ったら笑いがこみあげてきた。そんな冗談を、招待してくれた牧場の主《あるじ》と分かちあうわけにはいかなかったが。

# 第二章

おじのチェスターは夕食に間に合うように帰ってきた。ほこりまみれで疲れているようだったが、たくましくて明るいのは相変わらずだ。昔ながらのあたたかさでノラを歓迎してくれた。そのあとそろってテーブルを囲むと、おじが家族に向かって気がかりな話を始めた。

「今日聞いた噂なんだが、牧場主はわたしの管理方法が気に入らないらしい。エルパソから訪ねてきていた実業家がカルヘイン一族と知りあいでね。向こうはわたしから期待したほどの成果を得ていないと言っているそうだ」チェスターは妻の表情を見て顔を曇らせた。「もっとも、あの会社が買収していなければ、どのみちわたしはこの牧場を手放すはめになっていたわけだが――」

「うちの牛肉や農産物が安すぎるからよ」ヘレンが異を唱えた。「そもそも景気がよくないうえに、利益が出るほどの農産物を買ってくれる人もいない。でも、人民党は懸命に改変を試みているのよ。それに、マッキンレーの対立候補に人民党はウィリアム・

J・ブライアンを擁立したわ。彼は正直で根気強い人よ。農業従事者のためになる改革ができるかもしれない」

「そうかもしれないが、わたしたちの状況はまず変わらないだろうね」チェスターは憂《ゆう》鬱《うつ》そうに言った。

「チェスター、会社があなたを信頼していなければ、こんなに長くあなたに管理を任せておくはずがないわ。市場価格が低いのはあなたの責任ではないのよ」

「金持ちはそうは思わないようだがね」チェスターはとりつくろうように姪《めい》を見やった。「おまえの家族のことではないよ。わたしが心配しているのは、この牧場の持ち主のカルヘイン親子だ。カルヘイン一族は先代から牧場経営をしている資産家だ。どうやらわたしが作物の植えつけや収穫に新しい機械を導入しないのが不満らしい。彼らの言葉を借りれば、わたしは二十世紀への足どりがのろいのだそうだ」

「そんなばかな」ノラは口を開いた。「新しい機械は確かにすばらしいかもしれないけれど、とても高価なのでしょう？　それに仕事がなくて困っている人たちのことを考えたら、さらに仕事を減らすような機械を導入するのはいかがなものかしら？」

「おまえの言うことはもっともだが、わたしは言われたとおりにするしかないんだよ」チェスターは寂しげに言った。「わからないのは、向こうは誰もここへ派遣していないのに、なぜわたしの仕事ぶりを詳しく知っているのかだ。首になるかもしれないな」彼はつぶやいた。

「もしそうなったら、どこへ行けばいいの？」ヘレンが途方に暮れたように言った。

「わたしたちの家はここなのに」

「ママ、心配しないで」メリーがやさしく言った。「今すぐどうかなるわけではないわ。とり越し苦労はだめよ」

だがヘレンの表情は曇ったままだ。それはチェスターも同じだった。ノラはコーヒーカップを置いてふたりにほほえみかけた。

「最悪の場合は、援助してくれるようにわたしが両親に頼むわ」

それがおじの機嫌をそこねるとは思ってもみなかった。「ありがとう。だが東部の親戚から施しは受けないよ」彼はそっけない口調で言った。

ノラは眉をあげた。「でも、チェスターおじさま、必要なら両親が手を貸してくれるという意味で言ったのよ」

「自分の家族くらい自分で養うさ。おまえの厚意はありがたいがね、エレノア、これはわたしの問題だ。自分で解決する」

「もちろんだわ」ノラはおじの意外な抵抗に驚いて言った。

「ノラは慰めようとしただけよ」ヘレンがそっと夫をたしなめた。

チェスターはすぐに気を静めた。「ああ、わかってる」そう言っておずおずと笑った。

「すまなかったね、ノラ。あまりうまくいっていないものだから。つい腹立ちが口をついて出てしまった。許しておくれ」

「気にしていないわ。わたしが力になれたらいいのに」ノラは心からそう言った。

チェスターは首を振った。「いや、向こうを満足させる方法を探すさ。そうしなければならないんだ。新しいやり方で利益を確保しなければならないとしても」彼は小声でつけ加えた。

そのときになって、ノラは初めて気づいた。心痛がおじの顔にしわを刻んでいた。妻と娘にすべてを打ち明けたわけではないのだとノラは確信した。祖父の代から続く牧場から手を引かなければならなくなったら、どんなにつらいだろう。所有者に管理方法を指図されるだけでも不愉快だろうに。その苦悩は牧場が人手に渡ったときに匹敵するはずだ。しばらく様子を見てから、なにかできることがあるかどうか考えることにしよう。おじの一家が、住む家と唯一の収入源を失うことのないように。

その後、話題はコロラド州コロラド・スプリングスの農民議会へ、やがては南アフリカのボーア戦争へと移っていった。当地では優勢なイギリス軍に敢然と攻撃を仕かけるボーア軍の将軍デ・ウェットの名声が日ごとに高まっていた。

それからの数日間は穏やかに過ぎていった。男たちは日中ほとんど牧場にはおらず、牛を連れ戻す夜も大半は牧場を空けているようだ。二週間ほどで、恒例の秋の駆り集めが始まる。カウボーイたちを遠くから眺めれば眺めるほど、〝荒野の騎士〟に対するノラの印象は激変していった。

ひとつには白人にまじって、同じくらいの数の黒人やメキシコ人がいるせいだ。だが肌の色にかかわらず、彼らはだいたいが汚くてがさつだった。つまり家畜の世話は優雅な仕事とはほど遠いということだ。ノラに対しては礼儀正しく親切なのだが、おしなべて内気らしい。最初はそれに驚いたものの、だんだんと愉快に思えてきた。ノラはグリーリーと呼ばれている物静かな青年をからかいはじめた。彼が真っ赤になって口ごもるのを見るのが楽しかったからだ。ヨーロッパの男たちによくある物憂げな態度には気が落ち着かなかったノラも、この青年が相手だと自分がいっぱしの大人になったような気になれた。ばかにしているつもりはさらさらなかった。青年の反応が新鮮で胸に染みるのだ。だがあるとき、メリーの目の前でグリーリーをからかうと、彼女はばつの悪そうな顔をした。

「やめたほうがいいわ」グリーリーが立ち去ると、メリーは穏やかだが断固とした口調でノラに言った。「男の人たちはからかわれるのが嫌いだし、キャル・バートンが黙っていないわ。もし彼の目に触れたら、その場でやめろと言われるわよ」

「でも、ばかにしているつもりはないのよ。わたしが話しかけると口ごもるところが、かわいいと思うだけ」ノラは笑みを浮かべて言った。「とても新鮮だわ。それに、もしミスター・バートンの目に触れたとしても、あの人はわたしに指図をする立場にないもの」

メリーは意味ありげにほほえんだ。「さあ、どうかしら。あの人は父にだって指図するんだから」

ノラは話半分に聞いていたのだが、それでもかわいそうなグリーリーをからかうのはやめた。のちに、グリーリーに聞こえるところで、おばに彼のどこがおもしろいのかを話してしまったのは不覚だった。それ以来、グリーリーに会うことはなくなった。あからさまにノラを避ける彼の顔には暗く傷ついた表情が浮かんでいて、彼女はうしろめたい気持ちになった。そしてあるときから、彼はふっつりと姿を見せなくなった。

カウボーイの仕事を見に行こうとメリーに誘われて、ノラは彼女と一緒に母屋に近い柵囲いへ出向いた。そこでは黒人のカウボーイがひとり、牛の駆り集めに使う馬の群れに新馬を慣らす作業をしていた。メリーはもうじき始まる駆り集めについてノラに説明した。時間のかかる計数、焼き印、子牛を母牛から離す作業。なにひとつ現実を知らなかったノラは愕然《がくぜん》とした。

「小さな子牛を母親から引き離して焼き印を!」ノラは声をあげた。「まあ、なんてむごいこと！」

メリーはおろおろして口ごもった。「でもね、ノラ、昔からやっていることなのよ。あちこち旅をしているときにも、そういう仕事をする人たちを見たでしょう？」

ノラは横座りをしている鞍《くら》に沈みこんだ。メリーのように馬にまたがる気にはなれない。レディにあるまじきことのように思えるからだ。「もちろん農作業は見たことがあるわ、東部で」

「ここは違うのよ」メリーが続けた。「懸命に働かなくては生きていけないの。でもテキサス東部の生活は、さらに西の大平原や荒野よりもずっとましなのよ」

ノラは汗をかいて鼻を鳴らす馬をカウボーイが乗りこなすのを見て、もがいて暴れるかわいそうな馬のために叫びたくなった。彼女の目に涙が浮かんだ。

ふたりの姿に気づいたキャル・バートンが自分も馬にまたがって近づいてきた。「こんにちは、ご婦人方」

冷ややかにキャルを見つめるノラの白い顔は雄弁だった。「こんな残酷なものを初めて見たわ」彼女はレースの縁どりがついた高価な絹のハンカチーフで目を押さえながら、いきなり言った。「馬があんなにいやがっているじゃないの。やめさせて、今すぐに！」

キャルの眉がぐいとあがった。「なんだって？」

「やめさせなさい」ノラはメリーが身振りでとめるのも気づかずにくりかえした。「馬をあんな目に遭わせるなんて野蛮よ！」

「野蛮……こいつは驚いた！」キャルは大声をあげた。「馬がおとなしく人を乗せるようになるのはいったいどうしてだと思う？」

「痛めつけたからではないわ。そうですとも、東部ではね！」ノラは言った。

キャルは人を見下すノラの態度に心底うんざりしてきた。「こうする必要があるんだ」彼は言った。「痛めつけてやしない。ジャックは馬を疲れさせているだけだ。残酷なものか」

ノラはハンカチーフで顔をぬぐった。「ほこりがたまらないわ。それに暑さとにおいも……！」

「それなら涼しい母屋へ戻って、冷たい飲み物でも飲んだらいい」キャルは落ち着き払って冷ややかに言った。

「名案ね」ノラはきっぱりと言った。「行きましょう、メリー」

メリーは困ったような視線をキャルと交わし、いとこのあとを追って馬を進めた。

ノラは母屋に着くまで哀れな馬のことをぶつぶつ言い続けた。途中でカウボーイの一団とすれ違ったのもよけいだった。なかのひとりが相棒に腹を立てていて、汚い言葉で悪態をついていたのだ。それを聞いたノラの顔は真っ赤に染まり、ようやく納屋までたどり着いたときには怒りで震えださんばかりだった。

「荒野の騎士が聞いてあきれるわ！」若い馬丁に馬をあずけて玄関に向かいながら、ノラは息巻いた。「においはひどいし、言葉は汚いし、残酷だし！　本に書いてあるのとは大違いよ、メリー。ここはひどいところね！」

「まあ、そう言わないで、もう少し長い目で見てあげてちょうだい」メリーが励ますように言った。「まだここへ来ていくらもたっていないもの。わかってくると気にならなくなるわ、本当よ」

「こんなところで暮らすなんて考えられないわ」ノラはうんざりして言った。「まったく想像もできない。あなたはどうして我慢できるの？」

「わたしはここが好きよ」メリーは茶色の瞳をうれしそうに輝かせた。「あなたの生活はここの暮らしとはまったく違うわ、ノラ。ふかふかのクッションに守られた生活ですもの。ようやく食べていけるような暮らしがどういうものか、あなたにはわからないのよ」

ノラの細い肩があがり、そしてさがった。「わたしは恵まれていたわ。去年までは気楽に暮らしていた。でもひとつだけ確かなのは、ここには住めないってことよ」

「もう帰りたくなったの？」心配そうにメリーがきいた。

メリーの不安げな顔を見て、ノラは無理やり心を落ち着けた。「いいえ、もちろんそんなことはないわ。あの人たちに近づかないようにすればいいんですもの。グリーリーに会えないのは寂しいけれど。少なくとも彼はあの野蛮人たちとは違うわ！」

「近ごろグリーリーを見かけないわね」メリーが言った。「どうしたのかしら」

ふたりともグリーリーがいないわけは知らなかった。数日が過ぎていき、ノラが抱いた最初の印象が揺らぎ、やがては薄れていくに従って、汚い浮浪者のように見えていたカウボーイたちが少しはまともに映るようになってきた。ほこりや泥にまみれていても、顔が見分けられるようになってきた。とりわけキャル・バートンの声を聞き分けられるようになった。深くゆったりとしたしゃべり方は、怒るとさらに深みを増してゆっくりになる。キャルが声の抑揚でカウボーイたちを指揮するさまや、男たちがごく静かな彼の言葉にも反応することに、ノラは舌を巻いた。権限を明確に理解させるやり方を見ていると、彼の過去が知りたくなった。軍隊にいたのかもしれない。あの身のこなしはきっとそうだ。

八月の最後から二番目の金曜日、キャルは汗と汚れにまみれた男たちを伴ってやってきた。玄関の階段のところで馬からおりると、馬丁に手綱を渡して馬を任せた。

ポーチにいたノラは、彼が近づいてくるとあとずさりした。いつにも増して汚れているうえに、無精ひげまで生やしていたからだ。もし道ででくわしたなら、強盗だと思ったところだろう。

キャルはノラがあとずさりするのを見て冷たい怒りを燃やした。あのとき柵囲いで彼女の発言を聞いて以来、その高飛車な態度がどれほど気にさわるかひとこと言ってやりたくてうずうずしていたのだ。汗をかいて働く男たちを、薔薇《ばら》の香りもしなければ、彼女が言うところの文化的なふるまいも知らないからといって見下す権利など、彼女にはない。

「チェスターは？」キャルはぞんざいにきいた。

「おばとメリーを馬車で町へ連れていったわ」ノラは言った。「わたしで用が足りることかしら？」

キャルは口をすぼめ、ノラのほっそりした体にまとわりつくしゃれた灰色のドレスを眺めた。「いつもそんな格好を？」冷たくあざけるような口調で尋ねる。「まるでフォードの自動車に乗って、こぎれいなレストランへくりだすようじゃないか」

ノラは気色ばんだ。「言っておきますけど、自動車は馬よりも文化的だわ」彼女は鼻息も荒く言った。「それに東部には自動車のほかに路面電車だってあるのよ」

「たいした俗物だな、ミス・マーロウ」キャルはにこやかに言ったが、その笑みはひんやりした銀白色の瞳には届かなかった。ノラはぞっとした。「おれたちやここの仕事がそんなにいやなら、なぜここへ来たのか、それが不思議だ」

ノラは小ぶりな胸の前で腕を組み、自分の震えを感じていた。暑くて気分が悪い。震えているのが悪寒のせいでなければいいけれど。もしそうなら、それはあの前兆だ。だめよ。ここで熱病の発作を起こすわけにはいかないわ！

ノラは威厳を保って彼にほほえみかけた。「あら、ここへ来たのは本を読んだからよ」

「本？」キャルは顔をしかめてきいた。

「そうよ！　カウボーイのことはたくさん読んだわ」ノラは真剣に言った。「〈ビードル＆アダムズ〉社の〈ダイム・ノベル〉シリーズには、カウボーイが荒野の騎士として描かれているの。チャップスとブーツを履いたヒーロー、拍車をつけた貴族として」

キャルは足を踏みかえてノラをにらみつけた。

「ああ、それからカウボーイは誰よりも礼儀正しい紳士なのよ。飢えた子供たちに食べ物を与えるために銀行強盗をするときは別だけれど」ノラはお気に入りの二冊を思いだしてつけ加えた。

彼の渋面がさらにひどくなった。

「でも、においのことは書いてなかったわ」ノラは正直に言った。「荒野の騎士がにおうなんて誰も思わないし、それに血や泥、ええと、その……ほかのものがこびりついているなんて。よそのお宅に招かれることはあまりないでしょうね、ミスター・バートン」

キャルは銀白色の目を細めた。「たいがいはこっちから願いさげだ」歯を食いしばって訂正した。「おれはつきあう人間を選ぶんでね」

「その逆もあるわね」ノラは鼻にしわを寄せて言った。

彼の瞳にめらめらと炎があがった。「おれはきみの人を見下す態度が気に入らないんだ、ミス・マーロウ」キャルは心の底から言った。瞳にはぬくもりのかけらもなかった。「その話が出たところで言っておくが、男たちをからかってきまりの悪い思いをさせるのも気に食わない」

ノラの頰が赤く染まった。「そんなつもりは……」

「きみがどんなつもりだろうとおれの知ったことではない」キャルはまっすぐに彼女を見て言った。「グリーリーはまだ子供だ。あの子はからかわれて、きみにあこがれた。ところが、どぎまぎと口ごもる姿が見たいだけだと言ったきみの言葉を聞いてしまったんだ。あの子は傷ついた」恥じ入ったノラの顔を、キャルは冷たい目で見おろした。

「まともな女は男にそんな仕打ちをしない。きみのしたことは軽蔑《けいべつ》にも値しないよ」

その言葉はやわらかい肌を切りつけるナイフのようだった。ノラはぐいと顎をあげた。「あなたの言うとおりだわ」洗練された男たちが女たちをからかってどぎまぎさせるのを見慣れているせいで、女にからかわれてうろたえる男がいることにひそかな喜びを覚えたことは言わずにおいた。「本当に。彼を傷つけるつもりはなかったの」

「だが傷つけた」キャルはそっけなく言った。「あの子は辞めたよ。ビクトリアへ仕事を探しに行った。もう戻ってこない。腕のいいやつだったのに。あとがまを探さなくてはならない。きみのせいでね」

「まさか真に受けるなんて！」ノラはあまりのことに声をあげた。

「ここでは真に受けるんだ」キャルは言った。「カウボーイに手を出さないでくれ、ミス・マーロウ。さもないと、チェスターに頼んで次の汽車で送りかえしてもらうことになる」

ノラははっと息をのんだ。「おじに指図などできるものですか！」

キャルはまっすぐにノラの視線を受けとめた。その揺るぎない表情が持つ力が、そのまま悪寒となって彼女の背筋を走った。「おれになにができるかを知ったら、きみは驚くだろうね」彼は静かに言った。「おれにちょっかいを出して、それを知るはめにならないようにな」

「しょせんは雇われ者じゃないの！」ノラは横柄な口調で言った。「ただの使用人のくせに！」

キャルの表情にすごみが増した。脇に垂らした手をきつく握りしめ、瞳のきらめきはとぐろを巻くがらがら蛇と同じ効果を発揮した。「そしてきみは、ドル紙幣と社交場の作法でできた俗物だ」

ノラの顔が薔薇色に染まった。衝動的にキャルを叩こうと手をのばしたが、鋼のような指で手首をつかまれ、引きしまった頰にはまったく届かなかった。彼女が腕の力を抜くまで、キャルは苦もなく押さえつけていた。手首を握りしめた指先に、急に速くなった彼女の脈を感じた。ノラの目をのぞきこむと、隠しきれない自尊心がキャルの心にかすかにひらめいた。瞳は彼女を裏切り、驚愕と憧憬《どうけい》の念を映しだしている。キャルの唇の端にじわじわと狡猾《こうかつ》な笑みが浮かんだ。口ほどにもない！　彼の頭のなかを悪知恵がめぐった。

勝ち誇った笑い声をもらして、キャルはノラの手を自分の湿った胸に引き寄せて筋肉に押し当てた。彼女が息をのんだ。いやがっていないのは、じっと顔を見ているからわかる。

「東部の男は潔く叩かれるのかい？」キャルは語尾を引きのばして言った。「今にわかるが、おれたちは違う」

「あなたみたいな男は女を殴りかえすのも平気なんでしょうね」ノラは虚勢を張ったが、長いスカートの下では膝が震えていた。

キャルは不安げに見開かれた青い目を探った。彼が女性を知っているほどノラは男を知らないのか、それとも演技がうまいのか。チェスターは、ノラを冒険好きで世界を駆けまわる現代女性だと言っていた。はたしてどの程度現代的なのか、彼はその答えを知りたいと思った。

「おれは女を殴らない」キャルはあっさりと言った。銀白色の目を細めてゆっくりとノラに近づく。露骨でも下品な動きでもなかったが、彼の大きさと強さを、そして彼女自身のもろさを自覚させるには充分だった。「反抗する女には……別の方法で対処することにしているんだ」

その意味が正しくノラに通じたのは間違いなかった。話しながら彼女の口を見つめていたからわかる。意外にもノラの全身から力が抜けていき、なすすべもなく唇が開いた。憎むべきエドワード・サマービルに言い寄られて以来、ノラは男性に近づくことを避けていた。それなのに今、不実な体はこの接近を喜んでいるばかりか、キャルの腕のなかで力強いぬくもりを感じたがっている。

そんなことを考えた自分に衝撃を受けて、ノラはつかまれているキャルの手を振り払った。「納屋みたいなにおいがするわ！」彼女は怒りに任せてしどろもどろに言った。

キャルは笑った。ノラの怒りを透かして隠された興奮が見えたからだ。「あたりまえだろう？　カウボーイは大半の時間を動物と過ごすんだ。きみの〈ダイム・ノベル〉にはそう書いていないのかい？」

ノラはキャルの感触が残る袖口の乱れを直した。こんなに動揺したことがあっただろうか？「小説が必ずしも正確ではないことに気づかされているところよ」

キャルの引き結んだ唇の端がわずかにあがった。粗野なカウボーイが、アフリカへ狩猟にも出かける冒険好きな現代女性にこれほど圧倒的な衝撃を与えられて満足だった。彼の知りあいに古いしきたりを打ち破ろうとするような女性はいない。無性に興味をそそられた。この仮の姿のままノラを伴って庭の小道を散策するのも悪くない。少なくとも彼女にとって、人間を見た目で判断してはいけないという教訓にはなるだろう。人を額面どおりに、外見や東部の常識に照らして判断するのは、見聞の広い特権階級の人間にあるまじきことだ。だが妙なことに、あつかましい冒険好きにしてはノラは飾りけがなかった。こうして上気した顔を見おろしていると、せいぜいどぎまぎした小娘にしか見えない。

「きみはとてもきれいだ」キャルはやさしく言った。実際、胡桃色の豊かな髪と白い肌、深い青色の瞳を持ったノラは美しかった。

彼女は咳払《せきばら》いをした。「なかに入るわ」

キャルはさっと帽子をとって心臓の位置に当てた。「また会えるときまで首を長くして待っているよ」大げさにため息をついて言った。

彼が本気なのか、からかっているのか、ノラにはわからなかった。笑いをこらえるような声をあげて、彼女は家のなかに入った。今にも窒息しそうだった。

キャルは満足そうな笑みを浮かべ、思惑ありげな銀白色の目でノラを見送った。おもしろい獲物になりそうだ。彼は帽子を頭に戻し、目深に傾けた。彼の手にかかれば、あのノラも相手がどんなにおいだろうと見下すのを躊躇《ちゆうちよ》するようになるだろう。

それ以来、ノラの行く先々にキャル・バートンの姿があった。キャルがあたりをはばからず彼女を気にかけ、崇拝のまなざしで見つめるものだから、メリーまでが彼の執心をからかいはじめた。

ノラには、それがキャルの大がかりな冗談ではないという確信はなかった。ノラが彼の関心に応えないため、ふたりはなおさら目立った。キャルはノラに連れがいようといまいと、常に親しみをこめて話しかけた。彼は自分の存在をノラに感じさせ、彼女は見つめられると爪先がむずむずした。ノラは自分が魅力を感じる相手に積極的に言い寄られたことは一度もなかったし、はたして自分の手に負えるのかどうかもわからなかった。キャル・バートンにのめりこみたくない。だが紳士的で、からかうようなやり方で求愛されればされるほど、ノラの気持ちは揺れ動いた。

キャルのことが気がかりで、ノラは眠れなかった。さらに悪いことに、カウボーイたちが駆り集めから帰ってきていた。その夜、宿泊小屋から聞こえてくる物音はひどく騒々しかった。町へ出ない限り、飲酒は許されていない。彼らは週末に町へくりだして帰ってくると、たいてい酔って大声をあげた。都会の騒音には慣れているノラだが、開け放した窓から聞こえてくる男たちの大声は気にさわった。今夜はしらふのはずだ。それについては安心だが、いずれにせよ声は大きかった。

「やらないよ！」男のしゃがれ声が叫んだ。「そんなことできるもんか！　リューマチがひどいっていうのに、杭の穴掘りなんぞごめんだね！　そんなことをさせられるくらいなら辞めてやる！」

「ダン、おまえさんのリューマチはずいぶんと便利だな」愉快そうな声が応えた。「働かなくちゃならないときだけ痛むんだから。バートンを怒らせないほうがいいぞ。カーティスがどうなったか覚えているだろう？」

沈黙が落ち、ノラの頭にバートンが来てから、おれはここが気に入ってるよ」最初の男がため息とともに言った。「給料もあがったし、ボスに言っておいぼれ馬もとりかえてくれた。木馬で牛は追えないからな」

「確かにバートンが来てから、おれはここが気に入ってるよ」最初の男がため息とともに言った。「給料もあがったし、ボスに言っておいぼれ馬もとりかえてくれた。木馬で牛は追えないからな」

「そうさ。料理人もかえてくれたぞ。今では宿泊小屋で食事をするのも悪くないと思うよ」

「おれもだ」くすくす笑いが聞こえた。「カーティスのことは痛快だったな。あいつは早撃ちの評判を振りかざして新入りを脅かしてた。ついにはバートンにでっかい拳銃《けんじゅう》を突きつけたはいいが、反対にそいつでしこたま殴られちまった」

「バートンは拳銃なんてへっちゃらさ。撃ったこともあるはずだ。荒馬騎兵隊としてテディ・ルーズベルトとキューバに行ってたんだからな」

「だからって、テディを個人的に知っているわけじゃなかろうよ」もうひとりがくすくすと笑った。「さて、寝る前にもうひと仕事だ。残念だが、駆り集めは来月なかばに始まる。カウボーイの仕事に終わりはない。違うか?」

くぐもった話し声と拍車が鳴る音が闇《やみ》に消えていった。ノラは落ち着かない気分で枕《まくら》に頭をうずめた。荒くれ男には慣れていないし、銃が使われるのを見たのは野生の獲物に向けられたときだけだ。戦争のことは知っている。政情の不安定な地域で兵士たちが、ときには銃を持って戦うのが戦争だ。だが以前テキサスに来たときも、戦争以外で人を殺した人間に会う可能性があろうとは夢にも思わなかった。

キャル・バートンが硝煙をあげる拳銃を手にしている姿を想像すると背筋が寒くなった。突然、にこりともしない骨張った顔と銀白色の瞳が放つ冷ややかな表情が浮かんだ。彼を銃身の向こう側にまわしたら、どれほど手ごわい相手になるだろう。だが、ノラに対しては違った。親切で思いやりがあって、わくわくするような笑みを向けてくれるのだ。

折々にキャルとでくわすのが楽しみになりはじめていた。彼の笑顔を見るとすてきな気分になれる。ノラは頭のなかから彼をしめだそうと寝返りを打った。将来に希望のない夢を見たところで、なんの役に立つだろう？　ノラがキャル・バートンに与えられるものはなにひとつない。でもそれを自覚したところで、彼のことを考えるたびに胸が高鳴るのは抑えられなかった。

滞在二週目になり、謎めいたキャル・バートンを見れば見るほど、ノラは窓の外から聞こえてきた噂話にうなずけるようになった。仕事の指図をする彼を見ていると、学ぶところが多かった。彼は決して声を荒らげない。食ってかかられたときでさえも。怒ると語り口はさらに穏やかになり、瞳は日差しを照りかえす鋼の切り口のように光った。だがノラを見つけると、引きしまった口もとに笑みが浮かび、彼女しか目に入らなくなる。

「いい天気だね、ミス・マーロウ」納屋に向かう途中でノラとすれ違ったキャルは言った。ごつごつした指で汚れた手袋を握っている。彼はノラが手にしたしゃれたレース地の小さな手袋に目をやった。メリーと町から戻ったばかりで、今外したところだ。「きみは本当に上品だな」彼はしみじみと言った。「それにいつもすごくおしゃれだ」銀白色の瞳が、ハイネックのブラウスと、足首まであるボタン留めの靴に届くゆったりした濃い色のスカートへとおりていった。その視線にノラは落ち着きを失った。膝の力が抜けていく。「きれいだよ」キャルはそっと言い添えた。

「やめて、そんなことを言うべきじゃないわ」ノラはたじろいだ。

キャルは一歩ずつ、庭の真ん中の人目につくところにいることを充分自覚しながら近づいてきた。彼女の目の前で立ちどまり、手に持った手袋で無意識にもう片方のてのひらを叩きながら、ゆっくりと笑みを浮かべた。「どうして？」彼はやさしくきいた。「レースに身を包んだ女性の美しさを、男は口にしてはいけないのかい？」

ノラはごくりとつばをのみこんだ。キャルの顔を見るためには大きく見あげなければならなかった。心臓が喉もとまでせりあがってくるようでは、自分が洗練された知的な女性であることを意識するのは難しかった。

「そういう態度は……誤解を招くわ」

キャルは眉をあげた。「誰の誤解を？　きみのかい？」彼が手をのばしてノラのほつれ毛を指でたどると、彼女の神経に衝撃が走った。彼は声を落とした。「うっとりしてしまうよ、ミス・マーロウ。きみは開きはじめた蘭《らん》の花だ」

ノラの唇が開いた。そんなことを言われたのは初めてだった。キャルの深みのある声と目の表情に、そして存在そのものに、彼女は心を奪われた。彼にまとわりついている馬や革や葉巻のにおいにすら気づかない。なすすべもなく、ノラの視線はキャルの奥まった目からまっすぐな鼻と高い頬骨をへて、一直線に引き結ばれた口へとさがっていった。下唇のほうが少し厚く、石から削りだしたように角張っている。彼とキスをしたらどんな感じだろう。恥知らずな想像をしていると、自分の脈が速くなるのを感じた。

ノラの夢見るようなまなざしに、キャルはほほえんだ。「口数が少ないね、ミス・マーロウ。おれの服装をこきおろさないのかい？」

「なんですって？」その問いかけに、ノラは無理やり視線を彼の目に戻してぼんやりと言った。

キャルはノラのほうへ身をかがめた。広いつばの下で、キャルの目が彼女に見える世界のすべてになり、彼のあたたかい息を唇に感じた。

「おれが」キャルは静かに言った。「こんなに近づいても不愉快じゃないのか、ときいたんだ」

どうすることもできずにノラは首を振った。目の前にいるキャルの岩のようなたくましさを感じていた。このまま前に倒れこんで、胸のふくらみを彼の胸板に押しつけたい。彼の唇を自分の唇に引き寄せ、膝の力が抜けるまでキスをしたい。またしても衝撃的な想像が頭をよぎり、ノラははっと息をのんだ。

キャルはノラの頬に手をのばし、突然親指でやわらかい皮膚が変色するほど彼女の唇を押さえた。「きみがなにを考えているかわかるよ」かすれた声でささやく。「口に出して言おうか、それともおれが知っているだけで充分かい？」

すっかりのぼせたノラには、その言葉の意味すらわからなかった。キャルの瞳と距離の近さにまどわされ、親指で唇をもてあそばれるに任せていた。彼がノラの唇を歯に押しつけた。見あげた彼女の瞳には、はっきりと欲望が映しだされている。一瞬、時間がとまり……。

不意にノラはなにが起きているのかに気づいて恐ろしくなった。小さな声をあげ、ぐいと身を引いて、うしろも見ずに家のなかに駆けこんだ。キャルが親指でやさしくこすった唇はまだぴりぴりしている。

真っ赤な顔をしてさっと家のなかに入ると、おばのヘレンが愉快そうに待ち構えていた。

「どうやらまたミスター・バートンに言い寄られたようね」ヘレンは冗談めかして言った。

たとえ赤面していなかったとしても、ノラの瞳は雄弁だった。「あの人……しつこいんですもの」

「女性にはとても礼儀正しい人だけれど、ここまでする彼を見るのは初めてよ」ヘレンは静かに言った。「魅力的な青年でとても頭がいいわ。とりわけ牧場経営については詳しいの。あの人がいなければ、チェスターは牧場を管理できないでしょう。以前は堅苦しくて事務的な人だったけれど、あなたが来てから変わったわ」そこで彼女は言葉を切り、ためらいがちに先を続けた。「もちろん、あの人があなたに求婚するなんて問題外なのよ。わかっているでしょう?」

すぐには意味がわからず、ノラはかすかに眉をひそめた。

「あの人は立派な青年だけれど、身分はあなたよりずっと下よ、ノラ」ヘレンはやさしく続けた。「ああいう身分の低い男性にかかわってはいけません。忠告しておかないと、あなたのお母さまに叱《しか》られますからね。ミスター・バートンがあなたに惹かれるのはいいけれど、あなたの結婚相手にはふさわしくないわ」

ノラは愕然とした。母と同じヨーロッパの王室に連なるおばなのだから、キャル・バートンが姪に大きな関心を払うことをどう思うか、予測できてしかるべきだった。そのとおりだ。薄汚れたカウボーイが裕福な名家の娘につりあうわけがない。

「そんなつもりは全然ないわ」ノラは動揺を隠すために笑いながら急いで言った。「でも、カウボーイたちはあの人に敬意を払っているようね。ミスター・バートンは毎晩みんなを静めてくれるわ」

「あの人たちはちょっとしたことで騒ぐのよ」ヘレンはほほえんだ。「あなたは旅慣れているから雑音は平気でしょう」

「そうでもないわ」ノラは窓辺に立ち、平らな地平線を見渡しながら記憶を呼び戻した。「わたしは気にさわるようなことには触れずにすむように守られていたの。キャンプ生活のにおいや騒音からも。それに、いつもいとこたちが一緒だったわ」

「いとこたち？」ヘレンはためらわずにきいた。「求婚者ではなくて？」

ノラはため息をつき、美しい顔をしかめた。「わたしは……そういう点では少し変わっているのよ。男性には言い寄られないようにしているわ。友人としては大好きでも」

「でも、あなたはきれいだもの。いつかは結婚して子供を持ちたいでしょうに……」

ノラの顔から表情が消えた。彼女はさっと振り向いた。「明日はメリーと川辺でピクニックをするつもりなの」彼女はちらりとおばに目をやった。「実はわたし……川が怖いの。でも、メリーがその川は浅いから大丈夫だって」

「あの子の言うとおりよ」ヘレンは言った。ノラの口調が気がかりだった。「きっと気持ちがいいわ。それに家に近いから誰もついていかなくても大丈夫。この時期は暑さとほこりがひどいけれど、川辺は涼しいのよ。蚊はいるけれど」

蚊。ノラは吐き気を覚えた。

「でも蚊が出てくるのは夕方だから」ヘレンはなだめるように言った。「心配しないで」

振り向いたノラは、母がおばにすべてを話したのだと知った。真実を知っている人がいると思うとほっとした。彼女は下唇を噛んだ。「蚊が怖いの」

ヘレンはノラの肩にそっと手を触れた。「ひどい目に遭ったわね。でも、ここにいれば安心よ。メリーと一緒に楽しんでいらっしゃい。ノラ、ちっとも心配することはないの。お医者さまだって間違えることはある。希望は持ち続けなくてはだめよ。わたしたちの運命を決めるのは神さまで、お医者さまじゃないわ。たまには出番があるにしてもね」

「覚えておくわ」しばらくすると、ノラは笑みを浮かべて言った。「そうね、虫の心配ばかりしているわけにはいかないもの」彼女は厳かにそう言って、部屋を出ていった。

# 第三章

　ピクニックにはほかの人たちも参加することを、メリーからは知らされていなかった。それは教会主催のピクニックで、場所は家の近くの川辺でもなかった。小川のそばだと聞いて、ノラはほっと胸を撫《な》でおろした。

　メリーに言われて教会のピクニックだったことを思いだすと、ヘレンは笑いだした。

「まあ、どうして忘れていたのかしら!」ヘレンはちらりと悲しげな視線をノラに向けた。「わたしったら、うわの空で。本当にごめんなさい、ノラ。あなたに勘違いさせてしまったわね。でも、この集まりはきっと楽しいわよ。なかには裕福な独身男性もいるわ」

「ミスター・ラングホーンも含めてね」メリーが妙な表情で言い添えた。「土曜日だから、息子のブルースも一緒だわ。ひょっとしたらミスター・ラングホーンもいつもほど……横暴ではないかもしれない。それに運がよければ、ブルースも普段よりはいい子にしていてくれるでしょう」

ノラは、ミスター・ラングホーンのことを話すときのメリーの様子が解せなかった。いつかそのわけを打ち明けてくれるといいのだけれど。

ヘレンが料理人に話をしに行ってしまうと、ふたりはポーチへ出た。ノラはしゃれたセーラーカラーの下に結んだリボンを直した。「牧場の男の人たちも行くの?」彼女はおそるおそるきいた。

メリーはにっこりした。「ミスター・バートンは行かないわよ、そういう意味できいたのなら。あの人は今日の午後にボーモントへ行ってしまうわ」

「あら。そうなの」ノラはかすかに頰を染めて、落胆の視線をあげた。「あちらにご家族がいるのかしら?」

「それは誰も知らないわ。週末にどこへ行くのか、はっきりとは言わないの。謎が多いのよ、われらがミスター・バートンには」

「そう」

メリーは心ここにあらずといったノラの様子に気づいて、そっと腕に手を触れた。「母は頭が古いのよ。あまり気にしないでね。ミスター・バートンは立派な人よ、ノラ。身分がすべてではないわ」

「悲しいけれど」ノラは沈んだ声で言った。「わたしにとってはすべてだわ。母はあなたのお母さまにそっくりよ。うちの家族はミスター・バートンを求婚者として認めないでしょう」彼女は下唇を噛んだ。「まったく、どうして古い慣習にしばられなくてはならないのかしら? 群れについて歩くだけの羊になった気分よ。でも、過去を切り離して身分制度に立ち向かうのはとても難しいのよね」

「愛する人のために、そうせざるをえない場合もあるわ」メリーは寂しそうに言った。

ノラはメリーを見た。「そうかしら? そんなに強い力を持った愛なんて想像もできないわ」

メリーはなにも言わなかった。その顔には、はるか遠くを見るような表情が浮かんでいた。

ノラはその日一日くよくよと思い悩んだあげく、キャルに見送りの挨拶をすることにした。別に悪いことではないだろう。午後遅く、太陽が沈みかけるころになって、彼女はキャルを捜しに出かけた。彼は納屋で、血気盛んな面構えの大きな馬にサドルバッグをのせていた。

「あなたの馬なの?」ノラは戸口から声をかけた。納屋にはキャルしかいなかった。

彼はノラを見てほほえんだ。「ああ。キングと呼んでいる。この馬を見ると、気が短くて怒ると始末に負えない知りあいを思いだすんでね」それが兄のニックネームだとは言わずにおいた。

「この馬はとても……背が高いのね」

「おれもそうだ。だから背の高い馬が必要になる」キャルは馬の準備を終えてノラのほうへ歩いてきた。彼は珍しく清潔だった。ひげは剃《そ》ったばかりで、コロンと石鹸のにおいがした。髪も洗ってきちんと分けてある。長袖のシャツからしゃれたコーデュロイのズボンにいたるまで服は新品と見まごうほどで、足もとは磨いた黒のブーツだった。とても男らしく見える。熱っぽいキャルのまなざしに、ノラの神経は高ぶった。彼女の目の前でキャルが足をとめ、白いブラウスのセーラーカラーの胸もとに視線がさがった。青いリボンに隠れたほっそりした体を眺める。リボンは瞳の色によく映えていた。

「長く留守にするの?」ノラはさりげなさを装って言った。

「週末だけだ。汽車の時刻しだいで、もしかすると一日か二日のびるかもしれないが」キャルはあいまいに答えた。「おれがいないと寂しいかい?」

ノラは顔をしかめた。「まあ、ろくに知りあってもいないのに」

「その状況はすぐに改善できる」キャルはさっとかがむとノラを赤ん坊のように抱えあげ、開け放した納屋の扉の裏側に運んだ。そこは誰からも見えない。

突然のことに抗議の声をあげようと開いたノラの口を、キャルの口がそっとふさいだ。ノラが受け入れてくれるまで、やわらかな唇をついばむ。キスを深めようとノラを抱き寄せる腕の筋肉の動きを、彼女は頭のうしろで感じた。胸のふくらみはキャルのかたい胸板に押しつけられ、ノラの心臓は激しく打った。

　風に吹かれて風車の羽根がまわりだす金属音が聞こえてきた。暮れなずむ雲のなかで雷がとどろく。だがノラはキャルの腕にしっかりと抱きしめられ、初めて経験する感覚のなかに心地よく浮かんでいた。引きしまった彼の口はあたたかくて執拗《しつよう》だった。彼女には抵抗する気も、抗議する気もなかった。キャルもそれがわかっていたのだろう。その動きはやさしく、気づかいにあふれている。ようやく彼が口を離すと、ノラは朦朧《もうろう》としていた。大きな青い瞳が彼の瞳を探る。静寂を破るのは、そばにいる馬がかすかにたてる音だけだった。

　キャルは銀白色の瞳を光らせてノラの唇をたどり、やがて呆然《ぼうぜん》としている彼女と目を合わせた。「冒険家にしてはおとなしいな」深い声でささやく。「抱っこが好きなのかい？」

　そんなことにも気づいていなかった。キャルはまだノラを抱きあげたままだ。腕を彼の首にまわしてしがみついたまま動きたくなかった。彼にキスをされるのが自然だと感じたことが驚きだった。

「うっとりしているね」キャルはノラの顔をまじまじと眺め、少しばかり愉快そうにささやいた。「うれしいよ」

「お願い……おろして」ノラは口ごもりながら言った。

キャルはゆっくりと首を振った。「もう一度キスするまではだめだ」彼の唇がノラの唇に触れ、からかい、誘った。さらに下唇に歯を立て、ノラが息をのむ音を聞いた。「きみはホイップクリームのような味がする」舌の先で上唇をつつきながら、彼がささやいた。「きみといると欲しくなるよ、ノラ、レディに対して紳士が口にすべきではないものが……」

キャルは激しく唇を押しつけ、ノラの唇を押し開いた。そんな親密なキスをしたのは生まれて初めてだった。親密さだけでなく、わきあがる快感にもおびえ、ノラは声をあげて彼を押しやった。

キャルは顔をあげ、ノラの目を見て静かに笑った。「上品なレディだと思ったのに」たしなめるように言う。

ノラは真っ赤になった。「おろしてちょうだい！」もがきながら訴えた。

キャルは言われたとおりにして、ノラがひとりで立てるようになるまで支えていた。彼女は乱れた髪をかきあげ、キャルからぐいと身を引いた。彼はいつも以上に背が高く、近寄りがたいように感じられた。

キャルはノラの反応を楽しんでいた。今はそれほど高飛車でもない。不利な立場に置かれた彼女を見るのはなかなかいいものだ。お高くとまったミス・マーロウを普通の女たちのレベルまで引きずりおろすのは、さぞ愉快だろう。たまには人間に戻ってみるのも、彼女にとっては楽しいことかもしれない。

キャルは指先でノラの鼻に触れ、不安そうに周囲に目を走らせる彼女を見てもう一度笑った。

「誰も見ていないよ」キャルはやさしく言った。「おれたちの秘密はもれない」

ノラが下唇を噛むとキャルの味がした。声にならない不安をたたえた目で、彼女はキャルの目を探った。

「ボーモントの土産はなにがいい？」

「わたし……なにもいらないわ」

キャルの眉があがった。「おれの経験によれば、ご婦人はちょっとした贈り物が好きなはずだよ。さあ、なにか欲しいものはないのかい？」

ノラは不安だった。こんなふうにキャルに見つめられると膝が震える。彼とのキスは、自分のなかの恐ろしいなにかに火をつけた。彼女はなすすべもなく手振りで断わった。

「ないわ……欲しいものはなにも。わたし……家に戻らなくちゃ。気をつけて行ってらっしゃい」

キャルは新しく芽生えた感情と好奇心を意識しながら、ただノラを見つめていた。その両方に目の前の女性がかかわっていた。「ここを離れているあいだ、きみのことを思っているよ」彼はゆっくりと低い声で言った。「今夜星を見あげるとき、同じ星を見ているきみを思い浮かべる。星を見ながらおれのことを考えているきみを」

ノラは真っ赤になった。「やめて!」

「なぜだい?」キャルはもっともな質問をしてほほえんだ。「きみに恋人はいない。おれにもいない。互いに興味を持ってなにが悪い?」

「わたしはいやなの」ノラが思わず口走った。

キャルは片方の眉をあげた。「おれが貧しくて汚いカウボーイだから?」たしなめるように言う。「バージニアのマーロウ家に、おれはふさわしくないのか?」

ノラが顔をしかめ、キャルはその表情から真実を読みとった。東部出身の裕福な女性に貧しいカウボーイはつりあわない。彼女がそんな考え方をすることに、現代的で教養豊かなはずの彼女が古いしきたりにしばられていることにいらだちを感じた。

自分は冒険家だとノラは言ったが、実生活ではとても保守的なのだ。口先だけは新しい考え方を吹聴《ふいちょう》するが実践はしない。彼女もまた、社会のしきたりにとらわれているひとりにすぎない。キャルはなぜか失望した。彼の母親は善良で上品な開拓時代の女性だが、誰かが定めた画一的な決まりごとではなく、自らの倫理観に従って生きている。最初、ノラには溌剌《はつらつ》とした冒険心があって、自分の勇気を試し、未知のものに挑戦するために西部へやってきたのだと思った。だが実際は、彼女も男をもてあそんで退屈をまぎらす社交界の金持ち女にすぎなかったのだ。気の毒なグリーリーのことを忘れてはならない。

「お願い」ノラはそわそわと言った。「もう行かせて」

キャルは表情を閉ざした。「行くがいいさ」そっけなく言う。「身分の低い男と一緒にいるところを見られるのは体裁が悪いだろう」

ノラは不安とうしろめたさのまじった目でキャルを一瞥した。だが、否定はしなかった。そこがこの女のだめなところだ。しきたりより感情のほうがずっと大切だということを思い知らせてやる。キャルはそのとき心に決めた。流れ者のカウボーイとして彼女の心を奪ってやる、と。彼が目的を達したら、ノラは二度と服装や身分で人を判断することはなくなるだろう。甘やかされた若い娘の無神経さに傷つけられたグリーリーやほかの男たちのために、復讐《ふくしゅう》の刃《やいば》となってやる。

キャルは腹立たしげに馬のほうへ身をひるがえし、おびえたノラがのろのろと母屋へと歩きはじめるに任せた。キャルをしりぞけたのだから、後悔してしかるべきなのだろう。だが、ノラには彼に与えられるものはなにひとつないのだ。キャルが彼女の病気に対する不安ではなく、彼の身分のせいで拒絶されたのだと思っているのなら、かえって好都合だ。これでもう言い寄られることはない。ほっとするべきなのに、彼女はかすかな落胆を覚えた。

ノラが玄関の階段にさしかかったとき、馬の蹄《ひづめ》の音が近づき、すぐに離れていった。振り向くと、ちょうどキャルが暮れていく空に高くそびえ、嵐のように猛々《たけだけ》しく門から出ていくところだった。

教会のピクニックは意外だった。まさか楽しめるとは思っていなかったのに、ノラはとても愉快なひとときを過ごした。唯一の難点は、メリーがほのめかしていたミスター・ラングホーンの息子ブルースだ。小さなブロンドの少年は手に負えないいたずらっ子だった。着くやいなや女の子の襟首に牛蛙《うしがえる》をほうりこみ、牧師のズボンにレモネードをこぼした。

父親はにこにこして見ているだけだ。どうやら息子の行動を黙認しているらしい。メリーは、黒っぽい髪をして鞭《むち》のようにやせたミスター・ラングホーンを冷ややかな目でにらみつけたが、彼はメリーを無視した。年上の女性と一緒に来ているようだ。そのブルネットの女性は、ケーキの皿を持ってにこやかにほほえんでいた。

「まただわ。ミセス・テレルの機嫌をとってる」メリーはいらだたしげに言った。「わたしにはどうでもいいことだけれど、彼女は少なくとも五歳は彼より年上で、三人の子供がいるのよ。未亡人なの。お金持ちの未亡人」なじるようにつけ加えた。

まるでその声が聞こえたかのように、ミスター・ラングホーンがメリーを見た。彼はぞんざいに片方の眉をあげて彼女を一蹴し、未亡人のケーキをひと切れとった。ケーキにかぶりつきながらまっすぐにメリーを見る目つきには、悪意のようなものが感じられた。

「なにか言えるものなら言ってみろという顔ね」メリーはつぶやいた。「見てちょうだい！　あの人は……ごろつきよ。野蛮な田舎者だわ！　彼女にはお似合いね！」

「でも、あの気の毒な未亡人は親切だわ」ノラはかばった。

「彼女は後家蜘蛛《ぐも》よ」辛辣《しんらつ》な言葉が返ってきた。「大嫌い！」

いつも穏やかないとこの口から出た毒のある言葉に、ノラは驚いた。およそメリーらしくない。

「男が女に求めるものを彼に与えるには、わたしは若すぎるって彼は言ったの」メリーは不快そうに言って顔を赤らめた。「あの人がわたしにそんなことを言ったと知ったら、母は心臓発作を起こすわ。わたしが失恋した相手は親友の結婚相手だということにしてあるけれど、そうじゃないの。その相手というのは……彼なのよ」打ちひしがれたような声で言い、ミセス・テレルのそばにいる長身の男を目で追った。やがて、メリーは軽くうめいて視線を引きはがした。「わたしが彼に好意を持っていても、両親は絶対に許してくれないわ。彼は離婚しているんですもの！　どうすればいいの？　あのふたりが一緒にいるのを見るのは死ぬほどつらいのに！　ブルースには母親が必要だから、彼女と結婚するつもりなんですって」メリーは両手を握りしめた。「彼を愛しているの。でも、彼はわたしをなんとも思っていないわ。わたしには決して触れないの、握手すらしないのよ……」

しぼりだすようなため息がもれた。メリーがあまりにも気の毒で、ノラは泣きたくなった。

「かわいそうに」ノラはやさしく言った。「人生には悲劇がつきものね」アフリカの旅での人生を一変させた出来事を考えながら、ぼんやりと言い添える。

「あなたの人生はわたしと違って、ちっとも悲劇的じゃないわ」メリーは反論した。「あなたは裕福で身分もあるし、あちこち旅行もして、とても洗練されているじゃない。あなたにはなんでもあるわ」

「ないものもあるわよ」ノラは短く言った。

「それだって持とうと思えば持てるでしょう。ミスター・バートンはあなたにやさしいもの」メリーはしばし自分の問題を忘れてノラをからかった。「あなたたち、結婚するかもしれないわね」

別れ際にキャル・バートンが見せた冷淡な態度がノラの頭を離れなかった。彼女は怒りに身をこわばらせた。「カウボーイと結婚？　とんでもない！」傲慢《ごうまん》に言い放った。

メリーはちらりとノラを見た。「一生懸命に働く人間のどこがいけないの？　貧困は罪ではないわ」

「あの人には野心がないもの。汚くて服装はだらしがないし。あの人を見ると……不快になるのよ」ノラは嘘をついた。

「それなら、なぜ納屋でキスをしたの？」メリーがもっともな質問をした。

ノラは息をのんだ。「どういう意味？」

「部屋の窓から見えたわ」メリーはくすくす笑いながら言った。「そんなに驚かないで、ノラ。あなただって人間よ。彼はとても魅力的だし、ひげを剃ってきちんとした格好をすると、あなたのヨーロッパのお友達にも引けをとらないわ」

ノラはそわそわと足を踏みかえた。「あの人は野蛮よ」

「もう少しここで暮らしてみて。そうすれば、きちんとした服装と教育だけが男の人を紳士にするわけではないことがわかるから」メリーは静かに言った。「ここテキサスには、お金はないけれど勇気があってやさしく、彼らなりの気品を備えた男の人たちがいるのよ」

「〈ダイム・ノベル〉のヒーローみたいに？」ノラは言った。「あれはみんな絵空事よ。西部に来て現実がわかったわ。がっかりよ」

「人に完璧を望まなければ、がっかりすることもないわ」

「ミスター・バートンには完璧を望んでいないわ。あの人は……臆面《おくめん》もなくわたしに近づいたのよ」ノラはつぶやいた。

「彼はあなたにキスをしたのよ」メリーが訂正した。「それはまったく別でしょう。あのね、教会に通う独身女性のほとんどが、感情をあらわにしない謎めいたミスター・バートンにキスをしてもらいたいと思っているのよ！」

ノラはいとこをにらみつけた。「ぜひそうすればいいわ。誰でも好きな女性にキスをしたらいいのよ。わたしはちっともかまわない。カウボーイごときの恋人になるつもりは全然ないもの」

「カウボーイに限らないようね」メリーはわけ知り顔で言った。「あなたは結婚や家庭の話をしたがらないわね、ノラ」

ノラは両腕で自分の体を抱きしめた。「結婚するつもりはないわ」

「どうして？」

ノラはもじもじと足を踏みかえた。「その話はできないの」重体で寝こんでいたときの記憶がよみがえって体が震えた。どうして男の人を、それが誰だろうと、治らない病気の道連れにできるだろう？　赤ん坊を産んで育てることなどできるはずがない。「結婚はしないわ」ノラは苦しそうに言った。

「ふさわしい人が現われたら、結婚したくなるかもしれないわよ」

キャル・バートンの熱いキスが思い浮かび、心臓が高鳴った。思いだしてはだめよ、絶対にだめ。ノラが振り向くと、岩の上に危なっかしく座ってにこにこしている男の子に向かってブルースが一直線に走っていくところだった。

「まあ、大変！」メリーが声をあげた。ノラが口を開くより早く、メリーは子供たちに向かって全速力で走りだした。

ラングホーンの息子が幼い男の子を小川に突き落とすのを見るまで、ノラにはなにが起こっているのかわからなかった。

「なんて乱暴な子なの！」男の子の母親が叫び、人々はいっせいにブルースのほうを見た。「きちんとした集まりに連れてくるべきじゃないのよ！　離婚した男の子供なんて！」母親は悪意をこめて言いながら、ずぶぬれになって泣いている息子を引っぱりあげてなだめはじめた。

ラングホーンもそれを聞いた。立ちあがり、泣きたいのと恥ずかしいのとで、どうしたらいいかわからずにいる息子のそばへ行った。

「とめようとしたのよ」メリーは言った。背の高いラングホーンを見あげるその目は雄弁だった。

ラングホーンはメリーに目もくれなければ、彼女の声が聞こえている様子もなかった。彼はブルースの肩に手を置いた。「この子はおたくの息子さんと変わりませんよ、ミセス・サンダーズ」ラングホーンはおろおろする母親に言った。「もちろん、うちの息子はときに彫像よりは人間の子供らしくふるまいますがね」ミセス・サンダーズの赤い顔がさらに赤くなった。「その子には立派なお手本があるとは言えませんわね、ミスター・ラングホーン」

ラングホーンはただ母親の顔を見つめていた。「これはキリスト教徒が楽しく集う教会の集まりだと思っていたんだが」

ミセス・サンダーズは凍りついた。そしてにわかに、周囲の人たちが眉をひそめて自分を見ていることに気づいた。

「わたしたちは」ノラは落ち着いた口調で言葉を挟んだ。「他人を批評できるほど完璧な人間ではないと思うわ。教会でそう教わらなかったかしら?」冷ややかな笑みを浮かべてつけ加える。

ミセス・サンダーズは歯が突き抜けそうなほど下唇を噛んだ。「ごめんなさい、ミスター・ラングホーン。ティミーのことで動転してしまって……」

ラングホーンの目が代弁していた。彼はブルースの背を押した。「誰かほかの子と遊んでおいで」そして大きな声で言った。「ガラス細工じゃない男の子と一緒に」

ティミーは袖で涙をふくと、怒りのこもった目で母親をにらみつけてぐいと体を離した。

メリーは笑いをこらえ、ノラについてピクニックの場所へ戻った。

じきにラングホーンとブルースが加わった。ふたりともにやにやしている。メリーは見たこともないほどのうろたえようだ。

「鼻息の荒い人だ」ラングホーンは口をすぼめてノラに言った。「お高くとまった東部の貴婦人に弁護してもらうのも考えものだな」

ノラはすぐさま彼が気に入り、にっこりと笑いかけた。「わたしも野蛮な人とかかわるのは考えものだと思うわ」

ラングホーンは眉をあげ、頬をかわいらしく染めたメリーを見た。

「どうやら悪評が先行しているようだね」ラングホーンは気が重そうに言った。彼は敷き布に腰をおろして横になった。黒い瞳でノラにほほえみかけ、チキンとロールパンを皿に盛りつけているメリーにしぶしぶ目を移す。「ごちそうになってもいいのかな?」彼はやさしくきいた。

メリーの手が震えた。「よかったらどうぞ」彼女はつかえながら言った。「たくさんあるわ」

具体的になにかがあるわけではないのだが、そのやせた男といとこのあいだにはどこか張りつめた空気があった。彼は自分に関心がないのだと、メリーは言っていた。だがラングホーンはメリーを無遠慮なほどじっと見つめているし、彼女は彼の存在に動揺している――いや、それ以上だ。彼はメリーに惹かれているものの、これ以上彼女を近づけるつもりはないらしい。

「メリー、ぼくにもちょうだい」ブルースがにっこりと笑いかけた。「ぼくをとめようとしてたの？　こっちに向かって走ってくるのが見えたけど」

「間に合わなかったわね」メリーがつぶやいた。「あなたは手に負えないわ、ブルース。本当に……！」

「この前ピクニックに来たときは、ティミーがぼくを川に落としたんだ」ブルースが言った。「お返しをしただけさ。ぼくがびしょぬれになったとき、ティミーのママはなんにも言わなかったよ」ブルースは顔をしかめた。「あの人、嫌いだ。ぼくがティミーと遊ぶのは感心しないって言うんだもの」

「くそ食らえだ」ラングホーンはさらりと言い、〝失礼〟とレディたちにわびた。そしてもう一度息子を見やった。「家族を見て人を判断するものではない」

「してはいけないのよ」ノラが訂正した。「残念ながら、人はそうするものだから」

ラングホーンはメリーの震える手から皿を受けとり、会釈しながら注意深く彼女を観察した。「きみは報復の天使さながらにブルースを助けに行ってくれた。ありがとう」

メリーは肩をすくめた。「ミセス・サンダーズは……ときどき少し高圧的なの。それに過保護でもあるわ。ティミーはいつか、母親がそんなふうでなければいいのにと思うでしょうね」

ラングホーンはほほえんだ。「そう思わないかもしれないよ。きみはご両親に守られているが、それで困りはしない」

「そうかしら?」メリーはラングホーンのほうを見ずに言った。もし両親の懸念にがんじがらめにされていなければ、ラングホーンとの関係に希望が持てたかもしれないと思うと、悲しくて猛烈に腹も立った。でも、もうすんだことだ。彼はわたしのことを若すぎると思っているし、実際にそうなのかもしれない。

ラングホーンがチキンを食べ終えたころ、ミセス・テレルがレースのパラソルの下で笑みを浮かべながらにじり寄ってきた。「お邪魔してごめんなさい、ジェイコブ。でも少し気分が悪いの。家まで送ってくださらないかしら?」

「だけど来たばっかりだよ」ブルースが声をあげた。「それにまだほかの子たちと遊んでないし。袋競争だってあるのに……!」

「わたしたちと残ればいいわ。帰りに家まで送ってあげるから」メリーは未亡人に――嫉妬《しっと》に決まっている――腹を立て、ブルースの落胆を気の毒に思って言った。「そうさせてあげて」躊躇するラングホーンに、メリーは重ねて言った。

彼は静かに息子を見た。「面倒をかけるんじゃないぞ」

「はい、パパ!」ブルースの顔がぱっと輝いた。

ラングホーンは無表情にメリーを一瞥し、身をかがめて風雨にさらされた帽子を拾いあげた。「暗くなる前に帰してくれ」彼はメリーに言った。「きみが暗い田舎道を走るのはもってのほかだ」

「はい、わかりました」メリーはおとなしく返事をして、いたずらっぽくラングホーンを見あげた。

ラングホーンの表情がこわばった。メリーにからかわれて、好ましくない刺激を受けたとでもいうように。彼はさっと向きを変え、ミセス・テレルの腕をぎゅっとつかんで連れ去った。

「ありがとう、メリー！」ブルースがうれしそうに言って、焼きたてのアップルパイに手をのばした。「ぼく、うれしいよ！　二回も助けてもらっちゃった。ねえ、ミセス・テレルって退屈だと思わない？　パパと結婚したがってるけど、パパは違うんだ。ひとりごとでそう言ってるのを聞いたことがあるよ」

メリーはおなかのなかで笑った。ジェイコブ・ラングホーンの私生活を知るのはすてきだわ。それがたかがひとりごとだとしても。彼女はノラに目を走らせ、青い瞳に浮かんだ同情と思いやりを見てため息をついた。メリーはノラにほほえみかけて肩をすくめた。

それからのピクニックは楽しかった。メリーとノラは袋競争に参加したブルースを応援し、卵運びではほかの子供たちに勝つブルースを眺めた。大人の草競馬もあり、ブルースは参加できなくてパパががっかりするに違いないと言った。ギターを持ってきた人がいて、音楽の演奏もあった。

ここにキャル・バートンがいたら、ピクニックは完璧だったのに。謎に満ちた週末を、彼はどうやって過ごしているのだろう?


テキサス州ボーモントにほど近い場所で、キャル・バートンは最新の掘削装置に最後の仕上げをする現場監督を手伝っていた。弟のアランがそれを見物している。スーツとネクタイを着こんだアランは、自分の手を汚すつもりなど毛頭ない。気どり屋のノラもアランなら気に入るだろう。キャルはいらだちを覚えながら思った。

「これでいいはずだ。始めよう」キャルは別の男に声をかけると、上からおりてきて地面に弟と並んで立った。

「最初のは空振りに終わったんだから」アランが言った。「楽観は禁物だよ」

「おれの金だ」キャルは冷ややかな笑みを浮かべて言った。「実際はグレースおばさんの金だが、おれはお気に入りの甥《おい》だったし、おばさんは石油に情熱を燃やしていた。だからおまえとキングは除外されたんだ。おれには才覚があると思ったのさ」

「あるのかもしれないね。大油田を見つける前に資金が底をつかなければいいんだが」

「あの地質学者はここに石油があると言ったんだ。援助が得られていたら三年前に来ていたよ。だが、おまえたちは誰もおれに耳を貸さなかった。特にキングはひどかった。家を出たときに、ばかげた冒険だとはっきり言われたよ」

「キングも最近はずいぶん丸くなったよ、アメリアのおかげで」アランはしみじみと言った。「彼女に会いに帰ってきたほうがいい。なかなかの女性だから」

「あの兄貴とやっていけるんだから、よほど気骨があるんだろう」キャルはにべもなく言った。

「彼女、兄さんに水差しを投げつけたんだ」

キャルは目をむいた。「キングに?」

「兄さんは今も思いだしては笑っているよ。アメリアのほうが一枚上手なのさ。どんな子供ができるかと思うとぞっとするな。最初の子が生まれる前に安全な場所に避難したいね」

キャルはくすりと笑った。「おれもそうするよ。キングはてっきりダーシーと結婚するんだと思っていた。それに、兄貴にはせいぜいあの娘がお似合いだと思ったときもある」

「ひどいことを言うね。ぼくはあんなよそよそしい女と結婚してほしくなかったよ。アメリアのほうがずっと兄さんに合っている」

キャルは不思議そうにアランを見た。「母さんから手紙で聞いたが、おまえが彼女と結婚したかったそうじゃないか」

アランはばつの悪そうな顔をした。「やさしくて、守ってやる必要があるように見えていたときはそうだったんだ。ところが父親が亡くなってから彼女は変わった。ぼくの手には負えなくなった」彼は悲しげに笑った。「ぼくは兄さんやキングとは違うんだ。戦場のワルキューレより、穏やかで思いやりのある娘がいい」

「おれはいやだね」キャルは掘削装置に目をやりながら言った。「もし結婚するような、怒鳴りつければ従うような女性は願いさげだ。おれの生き方についてこられるような勇気と冒険心のある女性がいい。ここに脈がありそうなら、おれはここに移り住むつもりだ」

「キャンプを張るのかい?」

「そんなところだ。お高くとまった都会の女なんてごめんだよ」

「すでにそんな女性に出会ったように聞こえるな」

「このおれが? 帰れよ、アラン。おまえは石油掘りに向いてない。邪魔なだけだ。わざわざここまでやってきた理由がわからないよ」

「ガルベストンへ釣りに行くところなんだ。まだ九月の第二週で、父さんに牛の駆り集めの手伝いに強引に駆りだされるのは早くても月末だ。休みたくてね。途中で寄っただけさ」アランはにんまりした。「ここから汽車に乗るよ」

「いつ戻る？」

「さあ。再来週の週明けかな。もう少し遅いかもしれない」アランは顔をしかめた。まず東へ行って、「牧場経営のことで、バトン・ルージュである人物にも会いたいんだ。それから引きかえしてきてもいい。電報を打つよ」

キャルは弟の背中を叩いた。「気をつけて行けよ、アラン。おれたちは水と油かもしれないが家族なんだ。それを忘れるな」

「わかった」アランは笑みを浮かべた。「幸運を祈るよ」

「ありがとう。幸運はいくらでも必要だ」

アランは借りた馬の背にまたがり、キャルに手を振ってボーモントへと戻っていった。キャルは胸に奇妙な感覚を、喪失感のようなものを抱いて弟を見送った。そのばかばかしさを笑いとばし、振り向いて仕事に戻った。タイラー・ジャンクションへ、さらに〈トレメイン牧場〉へ戻るまでもうあまり時間がない。アランの釣り旅行がうらやましかった。石油の掘削は莫大《ばくだい》な費用と、体力の消耗と、少なからぬ危険を伴う仕事だ。つい先週のこと、近所で掘削機の転倒事故が起きて探鉱者が死亡した。空振りに終わるのも、この仕事につきものの危険だ。油田を掘り当てる希望を胸に何日も掘り続けたあげくの苦い失敗。キャルは今度の試掘こそうまくいってほしいと願っていた。現場に作業員を残して立ち去りたくはないが、ほかにどうすることもできない。彼はたくわえのすべてを注《つ》ぎこみ、牧場で働くことで収入を補っていた。

それに、一族の大きな投資先である〈トレメイン牧場〉を監視するいい機会でもある。チェスターの行動を見張るような真似は気が進まないが、それもしかたがない。買収されたとはいえ、立て直しに失敗すれば、一番損をするのはトレメイン家だ。油断ならない昨今、持ち札を危険にさらすよりは、掛け金を守ったほうがいい。キャルはチェスターの支払い能力を維持させなければならない。自分の家族のために、ひいてはチェスターの家族のために。新しい考え方をとり入れるようにチェスターを説得できたらいいのだが。戻ったら、その角度から話を進めてみよう。

# 第四章

翌週、キャルはガルベストンにいるアランから好天に恵まれているという報告と、試掘の進捗《しんちょく》を尋ねる電報を受けとった。キャルはしばらく間を置いてから、テキサス史上最大の油田を掘り当てたのに、その場に居あわせなくて残念だったな、と返事を送った。

アランがその電報を受けとる様子をこっそりのぞいてみたいものだ。もっとも、兄をよく知っている弟はそんな冗談には引っかからないだろうが。キャルは仕事に戻ったものの、新たな試掘が気にかかり、注ぎこんだ元手の心配が心を離れなかった。結局は夢の上に人生を築こうとしているのかもしれない。メキシコ湾岸で大油田を掘り当てると明言したときに、キングはそんなことを言っていた。キングは実際的かつ現実的な人間だ。牧場を管理し、投資先を監督することで満足している。兄はわざわざ危険を冒すことはしない。

その夜、ノラが散歩をしていると、宿泊小屋へ向かうキャルとでくわした。彼は珍しくいかめしい顔をしていた。

「こんばんは」キャルが目の前で立ちどまると、ノラはためらいがちに言った。「憂鬱そうね。なにかあったの？」

月曜日の午後に戻ってきて以来、キャルはことさらノラを避けていた。彼女に対する自分の感情に困惑していたのだ。ノラの傲慢な態度とグリーリーへの仕打ちを思い知らせるために、不愉快な目に遭わせて傷つけたいと思っていたのだが、結局は手を下す勇気が出なかった。

キャルは黙ってノラを観察した。彼女は初めて、あとずさりもしなければ鼻の頭にしわも寄せなかった。青い瞳に夕暮れの薄明かりが影を差している。その瞳は彼の引きしまった顔を興味深げに探っていた。

「きみに話すようなことではないよ」キャルはゆっくりと言った。「つまり……個人的なことだ」

「そう」ノラは言葉を切った。「人生は必ずしも望みどおりにはいかないものね、ミスター・バートン？」

キャルはノラのていねいな呼びかけに眉をひそめた。「おれはきみにキスをした」彼はそっけなく言った。「それなのに、なぜそんなにあらたまったしゃべり方ができるんだ？」

ノラは咳払いをしてウエストの位置で手を組んだ。「困らせないで」

「おれの名はキャラウェイだ」彼は食いさがった。「普段はキャルと呼ばれている」

ノラはほほえんだ。「あなたに似合うわ」

「〝ノラ〟はなにを縮めたんだい？」

「エレノアよ」

「エレノア」その名前はキャルの舌にしっくりきた。彼は薄れゆく明かりのなかでノラを見つめながらほほえんだ。「家に戻ったほうがいい。トレメイン家はとても保守的だし、おれに言わせればきみもそうだ」

ノラの青い瞳がキャルの表情を探った。「あなたは違うのね」

キャルは肩をすくめた。「おれは放蕩《ほうとう》者だったし、ある意味では今もそうさ。ルールは自分で作る」彼は目を細めた。「ところがきみは、社会のならわしにがんじがらめになっているんだよ、エレノア」

キャルの唇からもれる自分の名前には魔法のような響きがあった。彼がなにを言っているのか、ろくに耳に入ってこない。彼に手を触れ、抱きしめたかった。キャルはものごとの始まりを、早春に芽吹く薄緑色の木々の若葉を思わせる。それは初めての感覚で、ノラは激しくそれを求めた。でも彼はカウボーイだ。肉体労働者に夢中になったと手紙に書いたら、両親がどう思うか想像もつかない。まず激怒するだろう。ヘレンおばさまも同じだ。こうしてふたりきりで言葉を交わしているだけで、キャルは仕事を失うかもしれない。なぜ自分はそれに気づかなかったのかしら？

「行くわ」ノラはそわそわと言った。「あなたとこうしているところを見たら、おばたちは喜ばないもの」

キャルはノラの指をつかみ、やさしくさすって指のあいだを刺激した。その接触は衝撃的だった。彼は喉の奥のほうでうめき、ノラを抱き寄せて唇が痛くなるまでキスをしたい衝動と闘った。激しい欲望は彼の瞳に現われていた。最後に女性と過ごしたのはもうずいぶん前のことだ。ノラにこんなに激しく反応するのは、きっとそのせいに違いない！

キャルは唐突にノラの手を放してあとずさりした。「もう遅いよ」

「そうね。おやすみなさい、ミスター・バートン」

キャルはうなずいた。そして向きを変え、彼の背中を見つめるノラを残して歩み去った。

ノラがポーチの階段をあがると、ヘレンが心配そうな顔をして立っていた。

「ノラ、こんな時間に外へ出てはだめよ」ヘレンはやさしくたしなめた。「はしたないと思われるわ」

「新鮮な空気が吸いたかったの」ノラはおばと目を合わせないようにして言った。「あんまり暑くて……」

「そう」ヘレンはほほえんだ。「確かに暑いわね。今日の新聞にひどい記事が載っていたわ。中国で宣教師の一家が小さな子供たちもろとも殺されたんですって。なんてひどい世の中なんでしょう！」

「ええ、本当に。テキサスが安全な場所でよかったわ」


その週の土曜日に嵐が来た。キャルや男たちは家畜の様子を見に出かけ、そのあいだに水かさが異常に増して柵が倒壊した。彼らは一日中休む間もなく作業に追われ、午後遅くに戻ってきたときはまるで泥人形のようだった。

キャルはポーチにあがってきて、ヘレンたちに見苦しいなりをわびた。

「チェスターから無事を伝えるように言いつかってきました」キャルは汚れた袖で泥だらけの顔をぬぐいながら、前置きもなしに言った。「午後はずっと泥沼から牛を引っぱりあげていたんですが、洪水で何頭か死にました。チェスターはカウボーイをふたり連れてポッター夫妻の無事を確かめに行っています。あの家は川に近いので」

「ええ、そうね」ヘレンは心配そうに言った。「こんなふうにいきなり発生するなんて変な嵐だわ。アリゾナでは異常気象で大勢が病気で倒れているそうよ。まだ九月十日にしかならないのに！」

キャルも落ち着かない様子だ。「確かに妙な天気です。海岸線もこんなに荒れているのかと気になります」弟がそこにいて気がかりなのだとは言わなかった。

「じきにわかるでしょう」ヘレンは言った。「さあ、行ってお食事をなさいな、ミスター・バートン。とても疲れているように見えるわ」

彼は寂しげに笑ってノラを見た。「みんなほとんど休んでいませんからね。チェスターもじきに戻ると思います」

「知らせに来てくれてありがとう」

キャルはくたびれた様子でうなずくと宿泊小屋へ戻っていった。ノラは呼びかけてしまわないように唇を嚙んだ。できるものなら、彼をベッドに寝かしつけて世話を焼きたかった。そんな望みを口にしたら、どれほど不謹慎に聞こえることか。ノラはなにも言わずに家のなかへとってかえした。

タイラー・ジャンクションにガルベストンの惨状が聞こえてきたのは月曜日になってからだった。日曜日の午前中にハリケーンが上陸し、海辺の町全体が水につかった。ガルベストンはほぼ全滅、初期の推定だけで何千という死者が出たという。

それを聞いたキャルは馬にまたがると、誰がなにを尋ねる間もなく飛びだしていった。彼はガルベストンへ救助活動に向かったものとみんなが思った。そこに弟が滞在していたことは誰も知らない。その死者のなかにアランがいたらと思うと、キャルはぞっとした。家に電報は打たずにおいた。エルパソにニュースが届くまでまだ数日あるとしたら、家族がアランの心配をする前になにか知らせることができるかもしれない。ガルベストンに向かう汽車に乗ることはできたが、駅に着いてみると、そこからはあらゆる路線が寸断されていた。近くの牧場から馬を一頭借り受けなければならなかった。そこで見たものはこれから先、何年間も悪夢となってよみがえるだろう。

惨状をまのあたりにすると、死者のなかから弟を見つけだすのは不可能だとわかった。押しつぶされ、積み重なった建物のなかにはアメリカ・スペイン戦争のときですら見たこともないような痛ましい亡骸《なきがら》がまだ多く残っていた。キャルは数時間ほどそこでできる限りの手助けをしたが、やがて耐えられなくなった。絡まりあった骸《むくろ》のなかに弟がいるかもしれないと思うと、たまらなかったのだ。キャルは悲嘆に暮れ、うしろも見ずに町を出た。聖人ですら、たった今目にした光景と神の愛に折りあいをつけるのは難しいだろう。

幻滅し、強い衝撃を受け、悲しみに打ちひしがれたキャルは、まっすぐ〈トレメイン牧場〉へ戻ることができなかった。駅まで来ると、とまっていたバトン・ルージュ行きの汽車にどこへ行く当てもなく乗った。

家族が仕事でこの町へ来るときの定宿に部屋をとると、ベッドの上に倒れこんだ。夜明けまで眠り、赤い目をして疲れきったまま朝食をとりに下へおりた。もう二度と眠れないのではないかと思った。

弟と一緒に過ごした日々の思い出がキャルをさいなんだ。アランとの仲はキングほど近しくなかったが、それでも弟は特別な存在だった。空振りに終わった試掘のことをからかいながらも、石油事業にとり組むキャルを励まし続けてくれたのはアランだった。自分のしたいことをする意欲を弟がかきたててくれた。その弟がいないなんて。いったいどうすれば……。

沈みこんだキャルには部屋のドアが開く音が聞こえず、強く肩を叩かれて初めて気がついた。「いったいここでなにをしているんだい？　驚いたよ。たった今西の湿地帯《バイユー》からここへたどり着いたら、宿帳に兄さんの名前があるじゃないか。実はひと目ぼれしたレディの家族を訪ねてきて……キャル？」

キャルは熊《くま》のようにアランをきつく抱きしめた。安堵《あんど》のあまりぎゅっと目を閉じ、声に出してすすり泣きそうになった。

「よかった」キャルはかすれ声で言った。「よかった！」

アランは抱擁を逃れて兄のやつれた顔を見た。「いったいなにがあったのさ？」

キャルは落ち着きをとり戻してから、ようやく口を開いた。「聞いて……いないのか？」

「なにを?」

「ガルベストンのことだよ」キャルは沈鬱な声で言った。「洪水で壊滅状態だ。完全に破壊された。どこもかしこも死骸だらけで……」

アランは身じろぎもしなかった。顔が真っ青だ。「この数日間、新聞も読んでいないし、サリーとしか話していないんだ。いつのことだい?」

「被害に遭ったのは土曜日だが、タイラー・ジャンクションに知らせが届いたのは月曜日になってからだ。おまえがいると思ってすぐに駆けつけた」髪をかきあげたキャルの目は恐怖に満ちていた。「現実をまのあたりにしたときは気が狂いそうになったよ。おまえには想像もできないだろう。おれは戦争に行ったが、そのときよりさらにひどかった。あの惨状はとても想像できるものじゃない」すさまじい記憶に吐き気を覚えながら、キャルは手短に語った。

アランは息を吐きだした。「ぼくはその真っただ中にいたかもしれないのか。なんてことだ! 金曜日にガルベストンを出てここへ来たんだ。そしてその夜のうちに汽車に乗った。日曜日の天気はひどかったし、もちろん少し水も出ていた。でも、そんなひどいことになろうとは思ってもみなかったよ! ミスター・ブリッグズの家族はどうなっただろう? そこに世話になっていたんだ……。遺体の身元確認は進んでいるのかい、キャル?」

「すべての確認はとうていできない」キャルはそう言って背を向けた。あそこで見たことを思いかえすのは耐えられなかった。「牧場に電報を打っておこう」彼は言った。「ハリケーンのことが耳に入るだろうから、おまえの無事を知らせておかないと」

「ガルベストンから電報を打たなかったのかい？」

キャルの目が暗く沈んだ。「回線が切れていたんだ」彼はごまかした。「今すぐ〈ウエスタン・ユニオン〉社へ電報を打ちに行くよ。すぐ戻る」アランにあたたかい笑みを向けた。「おまえが生きていてくれてうれしい」

アランはうなずいた。「ぼくもだよ」彼もほほえんだ。兄がそれほどまでに自分を気にかけてくれたことがうれしかった。キングと同じく、キャルもめったなことでは感情を表に出さないのだ。


アランはバトン・ルージュに残り、キャルは次の汽車でタイラー・ジャンクションへ向かった。深い安堵から帰路のほとんどを眠って過ごした。途中で耳にしたガルベストンの洪水に関する話は、実際に見てきた彼にとってはさらに胸の悪くなるようなものだった。身内が誰も巻きこまれなかったことを神に感謝しながらも、いつの日かあの光景を忘れられる日が来ることを願った。病気が蔓延《まんえん》する恐れもあり、状況は日増しに悪化していた。アランの無事が確認できた今、もう一度手助けに行くこともできたのだが、タイラー・ジャンクションには自分の仕事が待っている。〈トレメイン牧場〉の牛も、これ以上の被害を出さないようにしなくてはならない。ガルベストンではボランティアの手は足りていた。

テキサス全土にわたって洪水の被害は甚大だった。キャルはガルベストンの惨劇が別の場所でくりかえされないことを祈った。〈トレメイン牧場〉の両側を流れる川が再び氾濫《はんらん》したら、チェスターの家族と並んで、カルヘイン家も大きな損害をこうむる。アランが無事とわかったからには、まずそのことを考えなければならない。亡くなった人々のためにできることはなにもないのだ。神のお導きと悲嘆に暮れる気の毒な家族の手にゆだねるしかない。残された遺族のために涙を流すことしかできなかった。

弟の無事に安堵したものの、〈トレメイン牧場〉に戻ったキャルは青ざめて、意気消沈していた。目にしたことはなにも語らなかった。だが、女性たちにはとても聞かせらない、吐き気を覚えるような惨状はすでにチェスターの耳に入っていた。

戻ってからの二、三日、キャルは〈トレメイン牧場〉の牛の安全に心を砕いた。タイラー・ジャンクションからボーモントに電報を打ち、掘削装置の無事を確かめた。初めは回線がつながらなかったが、掘削人と連絡がつき、現場の無事を確認した。キャルは胸を撫でおろした。強風で彼の投資がふいになったと聞かされるのではないかと気が重かったのだ。これは自分の読みが正しいという予兆なのかもしれない。

キャルのふさぎこみように気づいて言葉をかける者もいた。数日後、彼がチェスターに報告に向かうと、ノラがひとりでポーチに座っていた。戻ってからというもの、キャルは周囲に注意を払っていなかった。ノラは彼がなにかに気をとられていることに感づいていたし、なにが原因なのかも見当がついていた。

ノラは腰かけていた長椅子から優雅に立ちあがり、玄関のドアをノックしかけた彼を呼びとめた。

「まだガルベストンのことを気に病んでいるのね?」ノラはそっときいた。「去年、大きなハリケーンが東海岸を襲ったわ。わたしもいとこを亡くしたの。洪水も見たことがあるのよ。ガルベストンほどの規模ではないけれど。状況は容易に想像できるわ」

キャルはノラが気づいていたことに驚いた。「あの惨状は誰にも話すつもりはない」彼はこわばった声で言った。銀白色の目を細め、彼女のひたむきな表情をうかがった。「とりわけ女性には」

ノラが眉をあげた。「わたしはガラス細工でできているの?」

彼の視線は、細身のスカートと刺繍《ししゅう》をほどこした白いブラウスに包まれた体へとさがっていった。「斧《おの》を手に酒場に押しかける女性もいる時代だと思えば、それも一考を要するな」

過熱する禁酒同盟のたとえに、ノラはくすりと笑った。「わたしに斧は似合わないかしら？」

キャルは首を振った。「きみらしくはない」ノラに顔をしかめてみせる。「きみはここへ来たときよりおとなしくなったね。上手に馬に乗れるし、鳥撃ち銃さえ扱えるとチェスターが言っていた。なのに、それを楽しんでいる様子は見かけない」

確かに銃は撃てるが上手ではない。イギリスでは的を外し、貴重なチューダー王朝時代のステンドグラス窓を割った。館の主は気丈に損失を受けとめたが、それ以来ノラは招かれていない。銃に触れたのはそれが最後だ。「銃を撃つには暑すぎるわ」ノラはごまかした。「このところ季節外れの涼しさだよ」

ノラは必死で言葉を探した。

キャルは眉を片方あげて返事を待っている。

彼女は咳払いをした。「どうしても知りたいのなら言うわ。銃は好きじゃないし、わたしの腕には重すぎて」胸を張って言う。「当たらないの」

キャルはくすりと笑った。「きみは嘘つきだ」

「でも撃てるのよ、一応は」ノラはそっけなく言った。「ただライフルの重さが扱いづらいだけ」

「アフリカのサファリは？」キャルがたたみかけた。

ノラは青ざめて目をそらした。「アフリカの話はしたくないわ。あれは……いやな思い出なの」

キャルはノラの言葉と顔に浮かんだ表情をいぶかった。まるでパズルのように、彼女のことがわからなくなってきた。

「土曜の夜に郡庁舎で婦人クラブの催しがあるんだ。おれも主催者のひとりから出席するよう言われている。パートナーになってくれないか？」

ノラの心臓は一瞬動きをとめてから脱兎《だっと》のごとく走りだした。頭のなかで手持ちの服をすばやく思い浮かべ、なんとか興奮を抑えて彼を見あげた。「パートナーって……あなたの？」

「おれはカウボーイにしてはダンスがうまいんだ」キャルは愉快そうに言った。「一番上等なブーツを履いて、コロンをたっぷり振りかけると約束するよ。それに行動も慎む」

ノラは赤面した。ヘレンに何度も身分の違いを指摘されていたからだ。人前でカウボーイと一緒にいるところを見られたら、おばだけでなく自分の家族にも恥をかかせることになる。

彼女の葛藤《かっとう》を見て、キャルの顔から表情が消えた。「町の女性を誘ったほうがよさそうだな」こわばった声で言う。「あまり身分が高くない相手を」

ノラが反応する間もなく、キャルはドアを短くノックして招き入れられた。帰り際には彼女のほうを見もしなかった。キャルは腹を立てていた。テキサス西部に戻れば、女性たちは競って彼の関心を引こうとする。東部の名家に、娘との縁談を期待して招待されたこともあった。彼もまた、ノラと同じ富と地位に慣れていた。だが、今は自分がなりすました男の身分でしかない。彼女に真実を告げるわけにはいかなかった。

考えれば考えるほど怒りが増してきた。ノラの本性が見られたのはいいことだ。キャルは自分に言った。もし普通に出会っていたなら、彼女がとんだ俗物であることは絶対にわからなかっただろうから。

それはヘレンが書記をつとめる地元の婦人クラブ主催の催しで、会場はクラブの色である緑と白で飾られていた。ノラはダッチェスレースとダイヤモンドで縁どられた黒い絹のドレスを身につけた。メリーは白のオーガンジー、ヘレンは黒のタフタを選んだが、ふたりのアクセサリーは模造品だ。それなりに上品には見えた。だが参加した女性は誰ひとりとしてノラの足もとにも及ばず、ずば抜けておしゃれな彼女は周囲の関心を一身に集めていた。

キャルは主催者の娘だというかわいらしい女性を連れていた。彼はその女性に細かく気を配っていた。一度など、キャルがパートナーと踊りながら寄こした一瞥でノラは身がすくみ、身長が五センチくらいまで縮んだ気がした。彼の瞳に浮かんだ軽蔑の念は、ノラの品格や身分をもってしても埋めあわせられなかった。ヘレンがノラの品行にとても厳しいことを知らないキャルは、名家の令嬢の連れに労働者階級の自分はつりあわないと判断されたと解釈したことだろう。たとえノラ自身にしきたりに抗《あらが》う意志があったとしても、おじ夫婦に恥をかかせることはできないし、メリーの良縁に支障をきたすような真似はできない。ノラはキャル・バートンとの交際を断腸の思いであきらめた。

来訪中の中年の政治家がノラにダンスを申しこんだ。彼女は優雅に手を差しのべ、精いっぱいの魅力をこめて彼にほほえみかけながらフロアをめぐった。その政治家はすっかりノラに魅了されたらしい。なぜなら、困惑したおばがひとりの男性とばかり親しくしないようにと言いに来るまで、三曲ものあいだ彼女を独占したからだ。ノラは恥ずかしくなってテーブル席へ移動した。なにをしても、おばを喜ばせることはできないようだ。

「われらがミスター・バートンはあなたに腹を立てているの？」オードブルのテーブルのそばに立って、メリーが言った。大きな枝つきの燭台《しょくだい》にともった炎が、コーヒー用の銀器と銀のトレイに並べられた料理を照らしていた。

「知らないうちに恥ずべき行動をとるか、彼の怒りを買うか、そのどちらかがわたしの運命みたい」ノラはあきらめたように言った。

「母のことは気にしないで」メリーはやさしく慰めた。「悪気はないのよ。母はここで苦労してきたの。あなたのお母さまと同じ良家の出なのに、その地位を失ったと強く感じているわ。だからわたしには父や母のような苦労をせずに生きてほしいのよ。それでしきたりには厳しいの」彼女はそっとノラの腕に触れた。「母はあなたが……ミスター・バートンを気にかけていることを知らないし、わたしは絶対に言わないわ。でも残念ね」

「たいしたことないわ」ノラはこわばった声で言った。「身分の違いを考えれば、なにも期待できないもの」静かな言葉にこもった痛みを感じまいとした。古くさい慣習などなくなればいいのに！ わたしが普通の女性だったら、キャル・バートンが裕福な紳士だったら。ノラは思わずせつないため息をつき、メリーはそれを聞き逃さなかった。メリーの気をそらそうと、ノラはさっとあたりを見まわした。「あれはミスター・ラングホーンじゃない？」

メリーの手が震え、カップのコーヒーをこぼしそうになった。ノラは急いでカップを支えた。「気をつけて」小声で言った。「ヘレンおばさまに悟られて、あなたまでなにか言われないように」

「ありがとう」メリーは心からそう言って、弱々しい笑い声をあげた。「今夜はふたりともに母の危険が迫っているようね。それにどうやら、ミスター・バートンが気もそぞろなのはあなたのせいらしいわ」

「そんなはずないわよ。しかたなくあの人を邪険にしたんですもの」まっすぐこちらへやってくるキャルを見まいとして、ノラはうっかり口をすべらせた。「わたしのことはすぐに忘れるわ」

「そうかしら？　あのしかめっ面を見て！」メリーは近づいてくるキャルを見て愉快そうに言った。

ノラの手もじっとしていてくれなかったが、若いメリーにはない落ち着きと余裕があった。ノラはやや流行遅れのスーツと黒い礼装用のブーツの傷に目をとめ、身分の差をはっきりと感じながら、素知らぬ顔でキャルを見あげた。彼が卑しいカウボーイの立場を強調するために、わざわざトランクの底からスーツをひとそろい引っぱりだしてきたことをノラは知らない。

「とてもすてきよ、ミスター・バートン」メリーがにっこりしながら言った。

「ありがとう、ミス・トレメイン」キャルはていねいに応えた。「あなたもすてきですよ」

ノラは彼を見ないようにした。コーヒーに口をつける。「楽しんでいらっしゃる、ミスター・バートン？　社交的な集まりは苦手ではなくて？」

うまく蒸しかえすものだ。キャルはいらだち、冷ややかな笑みを浮かべた。「ミス・

マーロウ、正直に言って、冷たい女性よりは白熱したポーカー・ゲームのほうがいいですね」

ノラはかすかに息をのんだが、キャルは聞いていなかった。彼は片手をメリーに差しだしてほほえみかけた。あまりにも魅力的な笑みに、メリーはノラのことなど考えもせず、誘われるままにダンスフロアへ出ていった。

ノラの怒りをよそに、ふたりの動きはよく合っていた。しかし、彼らの姿にいらだっていたのはノラだけではなかった。ラングホーンはふたりの男性と一緒に立っていた。メリーは気づいていないが、彼がメリーを見つめる表情ときたらミルクもわかせそうだ。明らかに嫉妬なのだが、それをメリーに知らせるつもりはないのだろう。自分の財産がキャルを遠ざけているのと同様、ラングホーンの離婚が事実上メリーを遠ざけているのだと気づくまで、ノラはその理由を忘れていた。決して手に入らないものを切望するラングホーンに、彼女は奇妙な親近感を覚えた。

ノラはコーヒーに口をつけ、飲み物を並べたテーブルにやってきた先ほどの政治家にほほえみかけた。

「すばらしい集まりですね」彼は言った。「来てよかった。ガルベストンへ視察に来たんですよ。政府になにができるかわかりませんが、気の毒な被災者たちは先立つものがなければなにも手をつけられないでしょう。護岸工事を行なうという話もあります。こうした災害が二度と起きないように」

「それはすばらしい考えだわ」ノラは言った。「喜んで寄付させていただきます。ほかの方たちもきっと協力してくださるでしょう」

政治家はぱっと顔を輝かせた。「なるほど、そういう方法は考えつきませんでした。資産家や事業家に援助を求めてみますよ」

「名案ですわ」ノラはためらった。「その……亡くなられた方たちの身元は確認できました？」

彼も口ごもった。女性の前で口にできる事柄ではない。「おそらくできたでしょう」彼は請けあった。何千もの遺体の身元確認などできないばかりか、埋葬すらおぼつかないとはとても言えなかった。遺体はその場で火葬され、武装した監視人が作業員にふるいにかけさせて瓦礫《がれき》のなかから骨をとりだしていた。鮫《さめ》は岸辺に群がっていた。彼が一番むごいと思ったのは、土曜日の朝、日がのぼってから彼らが洪水に見舞われたことだ。水が押し寄せてくるのが見えたに違いない。すさまじい力で、情け容赦なく押し寄せてくる水の壁が……。

「あの、大丈夫ですか？」ノラが出し抜けにきいた。「お顔が真っ青だわ」

彼はコーヒーを口もとへ運び、舌が焼けそうな熱さを無視してほほえんだ。「ワシントンへ帰る方法を考えていました」それは嘘だった。「〈トレメイン牧場〉について聞かせてください、ミス・マーロウ。畜産業には大変興味がありましてね！」

メリーは気さくで笑みを絶やさないキャルと一曲だけ楽しんだ。もちろん母親の無言の非難に気づいていたので、ワルツが終わるやいなやすぐに体を離した。彼から離れると、目の前ににこりともしないミスター・ラングホーンがいた。

彼が無言の威嚇をこめた黒い瞳を光らせてメリーを見おろすと、彼女の心臓がぴくりと跳ね、予期せぬ敵意にかっと頬が熱くなった。

「おやすくないね、ミス・トレメイン」ラングホーンは毒のある笑みを浮かべてメリーをとがめた。「お母さんはおかんむりだ。それとも、そんなことも目に入らなかったかな？」

「一曲だけよ。それにミスター・バートンはダンスが上手だわ」メリーはひるむまいとして明るく言った。

「彼の年はおれと変わらない」ラングホーンは釘《くぎ》を刺した。「きみのような小娘には年をとりすぎている」

メリーは眉をあげた。「まあ、どういう意味なの？」

ラングホーンの骨張った顎が引きつった。「ここにはきみと同世代の青年がいるじゃないか」彼は腹立たしげに言った。「そいつらといちゃついたらどうだ？」

「わたしのパートナーを選んでくださらなくて結構よ」メリーは静かに言った。「わたしは自分が気に入った相手とダンスをするわ、ミスター・ラングホーン。あなたはあなたで好きにしたらいいでしょう」彼女は少し意地悪な笑みを彼に向けた。「ミセス・テレルが一緒じゃないので驚いたわ」

「子供の具合が悪いんだ」

メリーはやきもち顔を見せまいとした。「お気の毒に」礼儀正しく言う。「早くよくなるといいわね。失礼するわ……！」

くるりと向きを変えて立ち去ろうとしたメリーの腕を、ラングホーンのごつごつした手がつかんで遠慮がちにとめた。メリーは急いであたりに目を走らせたが、彼のふるまいに気づいた者はいなかった。

「ミスター・ラングホーン！」メリーは声をあげた。

彼がぐいとメリーを引き寄せた。すぐそばで見る彼の目にどきりとした。「わざとなのか？」ラングホーンは歯を食いしばって言った。「おれはきみとかかわりあう気はない。そう言ったはずだし、その理由も話した。子供の具合が悪くなければ、ミセス・テレルを連れてきていたんだ」

「どうして一緒にいてあげないの？」メリーはつかまれた腕をむなしく引きながら、むせるように言った。

「彼女が望まなかったからだ」ラングホーンが答えた。「前にも言ったとおり、おれは彼女と結婚するつもりだ。彼女なら、ブルースに必要なまともな家庭を作ってくれる」

「ミセス・テレルの子供たちは乱暴よ」メリーは冷たく言った。「ブルースは違うわ。ブルースはいたずらっ子なだけだもの。でも彼女と結婚したら、ブルースもあのひどい男の子たちとそっくりになるでしょうね――」

「あの子たちのことをよくもそんなふうに言えるものだな！」

「ベンのことじゃないわ。あの子はやさしい子よ。でも、上のふたりがしょっちゅう警察の世話になっているのを知らないはずはないでしょう？」メリーは言いかえした。「あの子たちのホッケー遊びで馬車が事故を起こしそうになったことが二回もあるのよ！」

「馬車の馬に石をぶつけるのは、男の子の悪ふざけにすぎない」ラングホーンが口を開いた。

「馬車が倒れて小さな子供が危うく命を落としかけても？」メリーは茶色の瞳を光らせて強調した。「それを男の子の悪ふざけだと言うの？　ブルースにどう思うかきいてみたらどう？　あの子はミセス・テレルも子供たちも嫌っているわ。それなのにそんな関係を押しつけたら、あなたはブルースを失うことになるかもしれない。あの子が家出をしたらどうするつもり？」

「若い女にしてはずいぶん出しゃばりだな」ラングホーンはそう言うと、メリーの腕を投げ捨てるように放した。「息子にとってなにが最良かはおれが決める。きみに口出しされずにな！」

「メリー！」ふたりの言い争いに気づいて顔を赤く染めた母親が、急いで彼女を呼んだ。「こっちへ来てお給仕を手伝ってちょうだい、お願いよ！」

「すぐに行くわ、ママ」メリーは頬を紅潮させてラングホーンのもとを離れた。

ヘレンは怒っていたが、そんなそぶりを見せまいとしていた。「あの人とかかわってはいけないと言ったはずよ」メリーの耳もとで言う。「恥ずかしいわ！」

「はい、ママ」メリーはおとなしく言った。「ブルースのことを話していただけなの」

「ブルースって？」

「あの人の息子よ。教会のピクニックの帰りに、ノラと一緒に送っていった男の子。あの人は他人の話に耳を貸さないし、ブルースはだんだん手に負えなくなってきたわ。どうしても話すべきだと思ったのよ。でも、怒らせただけだったわ」メリーはもっともらしくつけ加えた。

「そうなの。ミスター・ラングホーンはなぜ今夜ここへ来たのかしら」ヘレンは部屋の反対側にいる彼にちらりと目を走らせ、暗い声で先を続けた。「社交的な催しに顔を見せたことはないでしょう？　誰かと仕事の話でもあったのかもしれないわね」

「そうかもしれないわ」メリーは言った。母親の視線を追っていくと一瞬、にこりともしないラングホーンと目が合った。雷に打たれたような感じがした。衝撃が体を突き抜け、彼女は急いで目を伏せた。

若い男性が近づいてきてヘレンの注意がそれた。「まあ、うれしい驚きだこと。ミスター・ララビーだわ」母親はメリーの手をうながすように叩いた。「とてもいい人よ。ついさっきあなたのことをきいてきたわ」

「ママ、わたしを男の人に押しつけるのはやめてちょうだい！」

ヘレンはぎょっとした。「結婚したくないの？」

「したいわよ。でも……ノラに若い人たちと踊るようにすすめてみたら？　ミスター・バートンとか」メリーは注意深く言い添えた。

母親の顔が引きつった。「いいこと、ノラは資産を相続する立場にあるのよ」ヘレンは静かに言った。「いつかはとても裕福になるの。そういう立場にあるレディは人前でカウボーイなどと踊ったりしないものなのよ。噂になってしまうわ」

「わたしたちはもっと民主的なはずでしょう」メリーは言いかえした。

「恥ずべきことはすべきではないわ」ヘレンはきっぱりと言った。「さあ、カップをひとつとってちょうだい。すてきなミスター・ララビーがあなたをダンスに誘いに来る前に、ミセス・ブレイクにコーヒーを注いであげなくちゃ」

メリーは黙って従った。ノラを気の毒だと思うのと同じくらい、自分を気の毒に思いながら。母親がミスター・バートンの身分をもう少し寛大に見てくれるのではないかと期待していたのだ。かわいそうなノラ。ハンサムなカウボーイに会おうと思ったら、人目を忍ぶ密会のような真似をしなくてはならない。その不当さを嘆いていたとき、メリーの瞳がきらりと光った。そうだわ——もしかしたら、わたしが助けてあげられるかもしれない!

# 第五章

キャル・バートンと一度も踊れなかったことを喜ぶべきなのか悲しむべきなのか、ノラにはよくわからなかった。彼がいらだちを見せるたびにみじめな気持ちになる。キャルに富と地位があったならどんなにいいだろう。ノラが心を寄せ、人前で一緒にいるにふさわしい人物であったなら。ヘレンは身分の違いについてかたくなな意見を持っている。自分の母親も同じように考えるだろうと思うと悲しくなった。ノラが貧しいカウボーイとかかわりを持つことは誰も許さないだろう。

メリーもまた、あの不愉快なミスター・ラングホーンとの悔やまれる口論のあと気落ちしていた。彼がミセス・テレルと結婚するつもりなのはもちろん知っていた。だが面と向かってはっきり言われると……。考えるのもつらかった。ラングホーンはあらゆる方法でメリーの心を痛めつけるつもりらしい。ノラはその痛みを感じとったようで、手袋をはめた手でメリーの腕に触れて思いやってくれた。心が慰められるしぐさに、メリーの胸の痛みが少しやわらいだ。

帰りは長い道のりだった。キャルはむっつりと馬の手綱を握り、チェスターたちはぼそぼそと会話を交わした。牧場に到着すると、チェスターは馬車をおりるヘレンとメリーに手を貸したため、キャルはノラを持ちあげておろさなければならなかった。

大きなごつごつした手がやさしくノラのウエストに触れ、ゆっくりと地面におろした。キャルはその手をすぐには離さず、彼女の心臓は早鐘を打ちはじめた。彼の唇をじっと見つめていると、その唇がむさぼるようにノラにキスをしたことを思いだしてみじめな気持ちになった。

やわらかな月の光のなかで、数秒間というもの、キャルはまっすぐにノラの口を見つめていた。そして彼女のウエストをそっと撫でてから手を離し、ゆっくりと遠ざかって馬車を納屋へ戻しに行った。魔法のような視線だった。ノラの胸の痛みや不安はすべて消えてなくなった。なぜならそのとき、キャルもまた彼女と同じくらい強くなにかを感じているのがわかったからだ。許されない理由、とりわけ、いつ再発するともしれない病気のことなど頭になかった。わかっているのはぞくぞくするような興奮だけだった。

キャル・バートンはわたしを求めているんだわ！

チェスターはノラとメリーのためにランプの明かりをともし、ヘレンとともにおやすみの挨拶をして廊下の先にある寝室へさがっていった。

「すぐに戻るわ、メリー」ノラは玄関に向かいながら言った。「手袋を落としてしまったの」

メリーはだまされなかった。返事をして、にこにこしながら自分の寝室に入った。

外に出たノラは足早に納屋へ向かって歩いた。納屋ではキャルがランプのちらちらと揺れる光を頼りに、つややかな馬を馬車から外して寝藁《ねわら》に寝かしつけていた。ちょうど作業を終えたところで、キャルは戸口に立って彼を見ているノラに気づいた。彼の顔がこわばった。馬房のかんぬきをかけ、怒りを抑えて釘からランプを外した。

「場違いじゃないのか、ミス・マーロウ?」キャルは冷たく言った。「納屋はとてもきみにふさわしい場所とは言えないだろうに」

ノラはランプに向かってうなずいた。「それを消してくださらない?」

キャルは躊躇したが、それも一瞬のことだった。「いいとも」彼は興味を覚えてノラに調子を合わせた。

「それから、下へ置いてくださる?」ノラはさらに言った。

キャルは肩をすくめた。ランプを地面に置いて背筋をのばした。

「ありがとう」ノラは静かに言った。そして前に進み、彼にぶつかってとまった。爪先立って両腕を彼の首にまわす。

キャルはノラのウエストを支え、香水の香りを吸いこみ、まだ抗えるうちに押し戻した。

「やめてくれ!」彼は怒った声で言った。

だがノラはひるまない。それどころか、まわした腕に力をこめた。「どうして?」彼女はささやいた。キャルの反応の早さにノラはうれしくなった。シャツ越しに彼の激しい鼓動が見てとれる。ノラの胸が躍った。彼女は両手をシャツに押し当て、生地越しに引きしまったあたたかい筋肉をなぞった。いい気持ちだった。

雷鳴のような自分の鼓動にかき消され、キャルにはノラの声がほとんど聞こえなかった。からかい、誘うような彼女の息を唇に感じて、押し戻す手をとめた。ノラの体のぬくもりと香りに欲望が刺激され、まっすぐ立っていられないほどだ。たった一度だけ、自分の感情に屈するのはそんなに悪いことだろうか? 彼は欲望に絡めとられてうめいた。甘くやわらかいノラの唇がどうしても欲しかった。

「エレノア」キャルはかすれた声で言い、身をかがめた。「ああ、エレノア……!」

キャルがまだ名前を呼んでいるあいだに、ノラは唇を上に向けて彼の口に押しつけ、喉の奥で小さな声をあげた。

キャルはうめいた。感じるのは腕のなかにいるノラのやわらかさだけだ。彼はノラを抱きあげ、細い体をぴったりと自分の体に押しつけた。ノラにとってその親密さはキャルとしか味わったことがないものだ。力強い彼の体を身近に感じ、ノラは見境もなくさらにしがみついた。唇に彼のかたい口が押しつけられる感触がたまらなかった。納屋の静けさのなかでノラにキスをしながら、キャルの頭はぐるぐるとめぐっていた。彼女が木の葉のように震えだすまでキスを続ける。われを忘れて唇の動きが乱暴になった。やがてノラが体をこわばらせてうめいた。そこで初めて彼女が痛がっていることに気づいた。

キャルは抱きしめた腕をノラの足が地面につく程度までゆるめたが、唇はそのときでさえ重ねたままだった。

「やめないで」脚が震え、キャルにしがみついてバランスをとりながら、ノラは懇願した。キャルのすぐ下にある顔は彼に服従し、彼を崇《あが》めていた。ふくらんだ唇はかすかに赤みを帯びて開いている。

「からかうのはやめてくれ」キャルは乱れた息づかいで言った。「これがどんなに危険なことか、きみにもわかっているはずだ」

「危険?」ノラは夢見るように言った。「ただ、あなたにキスしたいだけよ」彼女がささやく。「お願い、あともう少しだけ……」

「エレノア、やめるんだ!」キャルはノラの手を首から外し、制御不能の欲望という怪物と闘いながら息をはずませた。

「わたしにキスしたくないの？」ノラは困惑した。

キャルは奥歯を嚙みしめた。彼女が欲しくてたまらないことをどうして告白できるだろう？　彼女の無垢《むく》なぬくもりに自分自身をうずめたいことを、あらわな胸のふくらみと腹部と脚に触れたいことを！

「もう耐えられないよ」キャルは歯ぎしりして言った。広い額に汗が浮かんでいる。ノラの両手をとってシャツの胸に押し当てた。「エレノア、部屋に戻るんだ。ふたりきりでいていい時間じゃない。おじさんたちがこんなおれたちを見たらどう思う？」

ノラはほとんど考えることもできなかったが、はっと気がついた。おじたちは、ノラをそそのかしたとキャルを責めるだろう。非難されるのは彼であってノラではない。彼女がキャルを誘ったのだとは誰も信じないだろう。

ノラの体は許されない快感を求めていたが、なんとか一歩うしろへさがった。「ああ、ごめんなさい」彼女はみじめな気持ちで言った。「ちっとも考えなかったわ。わたしはあなたを怒らせてしまったけれど、あなたと踊ることを禁じたのはヘレンおばさまだということをわかってほしかったの」

キャルも一歩さがった。長身の体がかすかにふらつき、自分がどれほど極限に近かったかを知った。経験が浅いわけでもないのに、これほど無防備な状態にさせられたのは初めてだ。ノラのキスも慣れた感じだった。彼女の過去に、キャルはかつてない興味を覚えた。

グリーリーのときのように、ノラがキャルをからかっている可能性も捨てがたい。彼をどこまで追いつめられるかというゲームなのかもしれなかった。キャルとは身分が違うと彼女は思っている。もしふざけているのでなければ、おじとおばが認めていないのに、なぜノラはキャルにこんなことをさせるのだろう？　彼に恋をしているはずはない。彼女のような名家の令嬢は、自ら言っているように自分にふさわしくない男性と恋に落ちるような真似はしない。彼女は傲慢だ。からかっているに決まっている。彼女が迫ったらキャルがどう反応するか見ているのだ。グリーリーと同じように――内気で、野暮な田舎者だと思って彼をもてあそんでいるのだろう。

そう考えると、キャルの決意は強まった。ノラに思い知らせてやるべきだ。それができるのは彼をおいてほかにない。彼女の唇は甘く、キスは魅惑的だった。だが彼の心は攻め落とせない。その心に触れることができた女性はまだいない。

「なぜここへ来た？」キャルは気だるく語尾を引きのばした。手はまだノラのウエストをそっと支えている。

「わたしに腹を立ててほしくなかったからよ」ノラは悲しそうに見あげた。「なによりもあなたとダンスがしたかったわ。それをわかってほしいの」

悔いるような表情まで装っている、とキャルは思った。見えすいた口実だ。「あの政治家ならきみにふさわしいが、おれは違う」彼は釘を刺した。「身分の低い者とかかわっていると世間には思われたくない。それが本音だろう?」

ノラの青い瞳に悲しみとあきらめがよぎった。絶望的な病気のことを打ち明けるより、彼にはそう思わせておいたほうが親切なのかもしれない。だが、とてもそんなことはできなかった。

「おばを困らせたくないの」ノラは静かに言った。「おばとわたしの母は姉妹よ。ふたりはヨーロッパの王室の流れをくんでいるわ。もしわたしが……。ごめんなさい、もしわたしが身分違いの男性に関心を寄せたと知ったら、あの人たちは激昂《げっこう》するでしょう」彼女はみじめな気持ちで言い終えた。「でも、わたしの意志でないことはわかってくれるわね?」目に涙を浮かべて見あげる。「抱きしめたときにわたしの鼓動を感じたなら、あなたにもわかるはずだわ、わたしが……わたしが……!」

ノラは涙と震える声で彼を釣ろうとしている。しかし、女の気まぐれにだまされるようなキャルではない。彼は素知らぬ顔で調子を合わせた。

「おれを気にかけていることを?」キャルは静かに言った。

彼女は狂ったような胸の鼓動に息がつまりそうになって、キャルの胸まで視線をさげた。「そうよ」かすれた声で言う。「あなたを気にかけていることを」

キャルは苦労して笑いをこらえた。男女の駆け引きがなかなかうまい。この仮面の下でいったいどれくらい経験を積んでいるのだろう。

ノラは不慣れながらなにかを読みとろうと、キャルのかたい表情を見あげた。心にかけた男性との気まずい瞬間にはどう対処すればいいのか、男のいとこたちも教えてくれなかった。キャルのすべてが知りたい。ずっと一緒にいたい。自分が持っているものをすべて失うことになろうとも、彼だけが欲しかった。

キャルはノラの顔を上向かせて唇に軽くキスをした。「部屋に戻ったほうがいい」彼は静かに言った。「こんな話をする時間じゃないよ」

「行かないで。あなたといたいの」

その言葉がまっすぐ心に響かないようにキャルは身構えた。もてあそばれてたまるものか。かわいそうなグリーリーは彼女にあしらわれて苦しんだが、おれは感じやすい若者とは違う。

ノラは、キャルが自分の言葉を真に受けていないことにようやく気づいた。彼の瞳には皮肉と冷笑のようなものが見えた。

「あなたは……わたしの言葉を信じていないのね」ノラはゆっくりと言った。

「グリーリーにあんな仕打ちをされたあとで、おれに信じろと言うのかい？　初めて会ったときから、きみはおれを小ばかにしていた。カウボーイごときに触れて上品な手を汚すつもりはないと、はっきり態度で示していた」

ノラは口ごもった。「わたしは……あなたとはまったく違う世界に生きてきたわ。旅行をしているときでさえ、わたしは現実の世界に触れないように守られてきた。わたしが育った環境をわかってほしいの」

「なぜだい？」

ノラはそんな無遠慮な質問に答えるすべを持たなかった。やさしい瞳が彼のこわばった顔を探った。花崗《かこう》岩に向かって話しているようなものだ。「努力するわ」彼女は言った。「きっとよ。わたしは……あなたの生活を、あなた自身のことを知りたいの。理解したいのよ」

キャルは指先でノラのやわらかい唇に触れ、唇が震えだすまでゆっくりとなぞった。体はおれに惹かれている。それは隠しようがない。だが、彼女の心と頭もそうなのかどうかはわからなかった。彼は推しはかるように目を細めた。

「ふたりのあいだがどんな関係であろうとおばさんは許さないと言ったのはきみだ」

ノラは両手でキャルの手をつかんだ。病気のことも、これまでの人生も、富と地位もすべて頭から消し飛んだ。彼が欲しかった。これほどなにかを求めたことはない。きっとうまくいくわ。きっと！

「内緒で会うわ」ノラは熱心に言った。「いつでもどこでも、あなたしだいよ！　あなたのためならなんでもする」

キャルの動きがとまった。「なんでもかい、エレノア?」あざけるように言った。

ノラの顔が赤く染まった。「ええ、なんでも……道理にかなったことなら」

「不謹慎なこと以外は」キャルは目を細めてたたみかけた。「そんな堅苦しい制限をもうけるようでは好意が足りないな」

ノラは下唇を嚙んだ。「不謹慎なことはできないわ」彼女はささやいた。「わたしの意志だけで行動するわけにはいかないのよ。家族がいるんですもの」その瞳は彼の理解を求めていた。「家族に対する義務はあなたにもわかるはずよ。同じ責任を感じていないの?」

感じていた。認めたくないほどに。だがノラを完全降伏させたかった。大胆に、危険をかえりみず、彼のために。もう理由も動機もなかった。彼の意志の前にノラを屈服させることだけが目的になった。

キャルはノラを抱き寄せてゆっくりとキスをむさぼった。腕のなかでやわらかな体が震えている。いったいどれだけの男たちが、この内気を装った情熱を経験したのだろう。無垢な冒険家とは明らかに正反対だ。

キャルの大きな手がノラの脇腹をすべりあがり、小ぶりな胸に触れた。彼女は飛びあがった。驚いて口を離し、必死で彼の手首をつかんだ。

キャルは腕をおろしてあざ笑った。「もう限界なのかい、エレノア?」

ノラはきつく両手を握りしめた。「慎みのある女は――」

「慎みはいらない」キャルはきっぱりと言った。「男を深く思っている女は、堅苦しい社会規範よりも相手に快感を与えることを優先させるべきだ」

ノラは一歩引いた。キャルの態度に愕然としていた。彼女を気にかけているなら、そんな犠牲は望まないはずだ。ノラはめまぐるしく回転する頭をはっきりさせようとあがいた。

このままではまずい。ノラの顔に迷いを見ると、キャルは前に進みでて彼女の両手をとり、てのひらを上に向けて自分の口にあてがった。「許してくれ」彼はすらすらと言った。「きみを試したんだ。大きな犠牲をしいるようなことはしないよ、エレノア。寂しいときにきみがそばにいてくれたら、キスで慰めてくれたら、それだけで幸せだ。きみが与えてくれる以上は望まない」

ノラは軽いため息をついて緊張をとき、キャルにほほえみかけた。彼女の愛は見る見る大きくなっていき、行く手には幸せの虹《にじ》がかかった。

ノラの瞳と顔に浮かんだ輝きを見ると、キャルはかすかに罪の意識を覚えた。ありがたくない感情を抑えておくために、彼はやさしくノラを抱き寄せてそっと唇を重ねた。

「部屋に帰るんだ、いい子だから」キャルはささやいた。「こんなところを見つかってはいけない」

やさしい呼びかけがノラの心をとかした。その瞬間、彼女はなんでもキャルに差しだしただろう。こんな予期せぬ場所で、これほど唐突に愛を見つけるなんてすごいことだ。ノラは瞳に心を丸ごと映して彼を見つめた。

キャルはほほえんだ。「とてもきれいだよ」彼がつぶやく。「本当におれと会ってくれるのかい、家族に逆らってまで？」

「ええ、もちろんよ」ノラは熱に浮かされたように言った。「いつでもあなたの望むときに、キャル」

自分の名前がノラの唇にのぼると、キャルの心臓がどきりとした。思ってもみないことだった。彼はくすりと笑った。「愛は自ら手段を見つける、とはよく言ったものだ」

ノラが赤くなるのが気に入ってからかった。「見つけてもらうことにしよう」

ノラはうれしそうにうなずいた。〝愛は自ら手段を見つける〟とキャルは言った。つまり、彼女が感じているこのすばらしい快感を彼も感じているということだ。ノラはまるで自分が光を放っているような気がした。

キャルはノラの手をしっかり握って母屋の正面階段まで送っていった。「これからは気をつけないといけないよ。こんなふうにふたりきりでいるところを見られてはいけない」彼はやさしく言った。

「ええ、そうね。でも、てっきりあなたはしきたりにしばられない人だと思っていたわ、ミスター・バートン」ノラはからかった。

キャルはポーチの薄明かりのなかでじっとノラを見つめた。「ある意味でおれは型破りかもしれない。だが、きみの体面が大事だ」

ノラはうれしかった。瞳をきらめかせてキャルを見あげる。「古いのね」

彼はかすかに笑みを浮かべた。「きみはそうじゃないように思えてきたのはなぜだろう？」

ノラはもじもじと足を踏みかえた。「間違った印象を与えたと思うわ」ゆっくりと言う。「わたし……冒険談を大げさにしてしまいがちなの」キャルの目をのぞきこむ彼女の瞳に悲しみが浮かび、彼は困惑した。「将来に望みがなくて」ノラはそっと打ち明けた。「ずっと語り継げる自慢話を創作したんだわ」

「きみは若い」キャルは反論した。「これから結婚するだろうし、子供も……」

ノラはぴたりと動きをとめた。キャルの目を見つめていると、彼が隠しそこなった皮肉が見えた。「まるで家族を持つなんて愚か者がすることだと言っているように聞こえるわ！」

キャルの太い眉がさっと鼻のほうへ寄った。「愚か者とは言っていない」彼は口を開いた。「おれの計画には結婚を含める余地はないんだ」

きっぱりした言い方だった。そもそも自分はなにを考えていたのだろう。キャルと結婚して家庭を持つこと？　こういう人と結婚するわけにはいかないし、彼にも結婚の意思はない。それでもそんなことが起きないとは限らないわ。希望を捨てる気はない。今はまだ。

「週末に出かけるあなたを見て、奥さまとご家族を訪ねているのかと思ったのよ」ノラは言ってみた。

「家族はいる」キャルが打ち明けるとノラの表情が沈んだ。「両親と兄弟がね」そう言い添えたとたん、彼女の顔に輝きが戻った。

「あなたは長男なの？」

「真ん中だ」

「お兄さまの力の陰に隠れて育ったのかしら？」

「弟は、気の毒にふたつの陰に隠れて育ったよ」キャルはアランの子供時代を思いだして感慨にふけった。自分より早く生を受けた喧嘩《けんか》っ早いふたりの兄に、アランはどうしてもかなわなかった。だが、三人兄弟のなかで一番心がやさしいのはアランだろう。

「ひとりっ子でなければよかったと、ときどき思うわ」ノラが言った。「でも、しかたがないわね」

「きょうだいはいないのかい？」キャルは驚いてきいた。

「ええ。母は体が弱いの」

キャルは新たな興味を持ってノラを見た。彼女はときおり、彼の目の前でがらりと変わる。「それで、きみも体が弱いのか？」

一年近くも続いた恐ろしい熱発作の記憶が頭のなかにこだました。ノラは身を震わせた。「もう行くわ」小さな声で告げた。さっと向きを変えて階段をあがり、肩越しにおやすみなさいと言った。体が弱いことを、再発の危険にさらされていることをキャルに認めるわけにはいかない。運命の女神も、荒涼としたノラの人生にぽつんとあるこの幸せなひとときまでは否定しないはずだ。ほかのことはどうあれ、彼とのキスの思い出はこの先のむなしい歳月の支えになるだろう。

翌朝キャルの姿はどこにも見当たらず、ノラは昨夜の出来事は夢だったのかといぶかった。メリーはなにもきいてこなかったが、ヘレンはなにかに迷っているような不安そうな目をしていた。

後刻、ノラがにわとり小屋で卵を集めるメリーを手伝っているときに、メリーがヘレンの悩みごとを教えてくれた。

「ノラ」メリーは慎重に言葉を選ぶように言った。「あなたに電報が来ているの、ご両親から。あなたにヨーロッパの親戚から招待状が届いているらしいわ。宮廷でビクトリア女王に謁見できるかもしれないんですって！」

急な話にノラはうろたえた。最悪のタイミングだ。もちろんビクトリア女王に拝謁がかなうなんて、ずいぶん特別なことには違いない。でも……。

「母はあなたに伝えるべきかどうか迷っているの。あなたは楽しそうにしているし、ひどい病気のあとでもあるでしょう」メリーは打ち明けた。「ここでは元気そうだし、あなたがいてくれて、わたしたちもうれしいの。まだいてほしいわ。でも、もちろん決めるのはあなたよ。ふたりきりのときにわたしがあなたに話すって、母に言ったの」

ノラは長いスカートのひだを指先でもてあそんだ。どうして今ここを離れられるだろう？　キャルと知りあったばかりなのに。でも母は、わたしが宮廷に招かれる機会を逃すことを喜ばない。

「行きたくないんでしょう？」メリーがそっときいた。「ミスター・バートンと離れたくないのね」

ノラの顔が引きつった。「絶望的よ」ささやくように言う。

「どうして？　彼はきちんとしたいい人だわ」メリーが言った。「境遇がどうであれ。ミスター・バートンに魅力を感じたからといって恥じることはないでしょう？」

恥じる。恥。ノラは自分の感情を突きつめたくなかった。だが、そうしなくてはいけない。それが真実だった。恥じているのだ。キャル・バートンは有能なカウボーイだ。でも、オペラや演劇鑑賞にふさわしい白いネクタイにタキシード姿の彼を想像できるだろうか？　父の友人たちと政治談義をする彼を、ノラと並んで応接間で客を迎える彼を？　キャルは家具に足をのせずにいられるのか、テーブルマナーを知っているのか、洗練された紳士としてふるまえるのか？　ノラは応接間にいるキャルを想像してうろたえた。いつも汚いままのブーツと着古した服と無精ひげの彼。ノラは悲嘆に暮れて目を閉じた。

「どうしたらいいのかしら？」彼女はメリーにきいた。「ここにとどまることはできないけれど、離れたくないの！」

メリーはノラの肩にやさしく腕をまわした。「一、二週間はなにもせずにおいたらいいわ」メリーの瞳がきらりと光った。「考えてもみて、ノラ、一週間あればどんなことが起きても不思議じゃないでしょう。それにわたしはあなたの味方よ」

ノラはお返しにメリーを抱きしめた。「あなたのお母さまはどんな形だろうと、キャルとわたしがかかわることを許してくれないわ。わたしの両親も」

メリーはノラと複雑な視線を交わした。「耳に入れる必要はないわよ。そうじゃない？」

ノラは感謝をこめてほほえみ、唇をすぼめていとこの顔を観察した。「この……協定は、お返しにわたしをあなたの味方につけるためではないわよね、もちろん？」

メリーは真っ赤になった。「まあ、ミスター・ラングホーンはこっそりわたしに会うつもりなんてないわよ、きっと」

「あなたが言ったとおり、どんなことが起きても不思議じゃないわ」

メリーは吹きだした。「そうね、だいたいのことは。楽観的に考えることにしましょうか?」

「そうしましょう」ノラは同意した。

〈トレメイン牧場〉には不思議な力が働いているようだ。まずキャル・バートンはいつものように週末に牧場を空けなかった。メリーに助けられて彼とノラは長い散歩に出かけ、馬車で遠出までやってのけた。

「メリーに悪いわ」霧雨のなかを轍の跡がついた道をひた走りながらも、ノラは楽しそうに言った。「十字路に馬車をとめて待っていたらぬれてしまうわね」

「傘もレインコートも持っているさ」キャルはノラに言った。さっき巻いた煙草《たばこ》をくわえている。ふたりきりだとよくあるのだが、どこかうわの空だった。彼は決して自分の話をしない。夢を語ることもなければ、家族や家庭の話をすることもなかった。

「秘密主義なのね。わたしはブルー・リッジの夏の別荘のことも、子供時代のことも話したのに。家族のこともよ。でも、あなたのことはほとんど知らないままだわ」

キャルは煙を吸いこんだ。「おれの過去はおもしろくもなんともないよ」

ノラは下唇を噛んだ。「つまり、わたしと個人的な話はしたくないという意味でしょう?」

キャルはくすりと笑った。道からそれて馬を木々の下へ入れ、霧雨のなかで草をはむに任せた。それからブレーキをかけてノラに向きあうと、やさしく腕に抱き寄せた。「それどころか、とても個人的なことをきみと分かちあいたいと思っているんだ」彼はつぶやき、ノラの口に自分の口を重ねた。

入ってきたキャルの舌にうろたえながらもノラはそれを受け入れ、ごつごつして自信に満ちた彼の両手が胸のふくらみを覆うのを許した。そんなふるまいを許した自分に動揺したのと同じくらい、ノラはわきあがった快感に動揺した。男性にそんなことをさせるのは慎みに欠けるけれど、張りつめた胸の頂をなぞる長い指先の感触のすばらしさといったらなかった。布地越しですら興奮を覚えた。こうしてノラに触れるときの彼はかすかなうめき声をあげる。キャルの息が浅くなり、ノラの口をむさぼる唇のかすかな震えを感じるのが彼女は好きだった。

だが、今日のキャルは違った。彼の両手はノラの襟もとの小さなボタンを探って外しはじめた。彼女は抗って彼の指をつかんだ。

「黙って」キャルはささやいた。唇にからかうようなキスをしながら、指を動かし続ける。「おれを愛しているんだろう?」彼はやさしく尋ね、ノラの瞳にかすかな衝撃が走るのを見た。彼女は否定しない。キャルの心臓は早鐘を打ちはじめた。「それなら、この喜びをおれに許しても恥じることはない」

聞いているとまさしくそのとおりに思えた。重苦しい快感にのみこまれながらも、抗うことはできたかもしれない。それなのに、キャルの手が触れていた白い肌に今度は唇を感じた。強烈な快感に衝撃を受けて、ノラは身をこわばらせた。キャルの唇が彼女の首筋から鎖骨へとおりていく。彼の頭のあたりでためらっていたノラの両手が、髪をつかんで引き寄せた。

「キャル……こんなこと……だめよ」ノラはあえいだ。

「やめるわけにはいかない」キャルが熱くささやいた。彼は少しだけ頭をあげ、鯨骨のコルセットの上の上等な布をずらして、レースのシュミーズに覆われた胸のピンク色の頂をあらわにした。

キャルにとっては初めての経験ではない。過去にも女性はいた。だがノラのぴんと張った美しい乳房は、欲望のほかにもなにかに火をつけた。見つめていると、突然、小さな口が乳房に吸いついている衝撃的な光景が頭に浮かんだ。

動揺が浮かぶ銀白色のうるんだ目で、キャルは焦点の合わない青い瞳を見あげた。

彼の親指と人さし指がそっとかたくなった先端をつまむと、ノラはあっと声をあげて頬を真っ赤に染めた。昼日中に、彼女の目をじっと見つめながら男性がそんなふうに自分に触れるなど想像したこともなかったからだ。

「教えてくれ」キャルは静かに言った。「初めてなのかい？」

ノラは下唇をきつく噛んだ。見開いた目がはだけたボディスに落ち、白い肌に触れているごつごつした褐色の指を見た。その親密さに彼女は息をのんだ。

「そうだよ、見てごらん」ノラの反応にさらに高まりを覚えて、キャルはささやいた。「触ると乳首がかたくなる。ほら、おれの口を求めるようにつんととがっているだろう」

ノラは驚き、顔を上気させてキャルを見あげた。

キャルはノラの瞳を探った。「知らなかったのかい？」やさしく尋ねる。「男が特に歓《よろこ》びを感じるのは、乳房の甘くて繊細な味わいを口に含むことなんだよ」

無意識にノラの背がわずかにそりかえり、息づかいが変わった。

言葉などなくてもキャルにはその意味がわかった。笑みを浮かべてノラを支え、ゆっくりとやさしく先端を口に含んだ。吸いはじめると、彼女は身をこわばらせて息をのんだ。やがて快感の震えがさざなみのように体に広がっていく。ノラは叫び声をあげた。彼の求めに抗う気持ちはみじんもなかった。

キャルにもそれがわかった。口の下でノラの心臓が激しく脈打っている。近くに使われていないキャビンがあった。道から少し外れたところだ。稲妻が光り、ノラは彼の腕のなかでびくりと身を縮めた。そのときキャルはこうなる運命なのだと知った。小さく勝利の笑い声をもらすと、馬車をおりてノラを腕に抱きとった。そのあとのことからは目をそらした。キャルはノラを求め、彼女は彼を求めている。今はほかのことなどどうでもいい。体は痛いほど高ぶり、目の前には自分に焦がれるエレノアがいる。燃えたぎる欲望の前に復讐心すら影をひそめた。段階を踏むたびに頭と血管に情欲が燃えたぎるのを感じた。

「キャル」ノラが呆然とささやいた。

「心配ないよ」キャルは重ねた唇にささやき、ノラを抱いたまま向きを変えてキャビンのほうへ歩きだした。「ふたりだけの秘密だ。決して誰にも気づかれない。きみが欲しいんだ、エレノア」低くかすれた声で言う。「きみと横になりたいだけだ。きみを腕に抱いて唇を重ねあう。怖いことはなにも起きない。きみがいやがることはしないよ」

ノラがほっと力を抜いたのを感じて、キャルは一瞬罪悪感を覚えた。彼女はキャルの言葉を信じたが、彼はキス以上のことを求めている。ノラもそうしたくなるように仕向けるのだ。見えすいた誘惑だが、自分を押しとどめることはできなかった。彼女が欲しくてたまらない。ノラは彼を愛している。そうなのだろうときいたとき、否定しなかった。彼女のやわらかい体にすぐさま頭が反応した。それにノラは現代的な女性なのだ。キャルが思っていたよりもうぶではあるが、男を知るのは彼女にとって悪いことではあるまい。いつかは誰かに屈するのだ。彼女のような冒険心を持った女性は必然的にそうなる。それなら相手がおれでもかまわないではないか。ノラの最初の男になりたい。どうしても！　きっとやさしくする。ほかの男ではそうはいかないかもしれない。キャルは自分が納得するまで、ことの重大さに良心が目をふさぐまで理屈をこねた。生まれて初めて体が彼を支配していた。

ノラはキャルの腕のなかで静かに震えていた。彼になにを求められるのかはわかっていた。彼が階段をのぼり、ひと部屋しかないキャビンの暗がりに入っていくあいだ、彼女にはかろうじて答えを求めてもがくだけの正気しか残っていなかった。

# 第六章

部屋の隅には破れたキルトをかけたベッドがひとつあった。この古いキャビンは牛の駆り集めをする男たちが新しく生まれた子牛を二本足や四本足の捕食者から守るために、春のあいだだけ使われている。キャルがそっとノラを横たえてそばに腰をおろすあいだも、彼の体は満たされない欲望に激しく脈打っていた。

「キャル、できないわ――」ノラが口を開いた。

キャルは彼女の口をキスでふさいで言葉をとめた。ノラの不安をとりのぞき、馬車の上で好きにさせたようにうまく丸めこむすべは心得ていた。ここならさらに親密度が増す。キスをしているあいだにいつのまにか胸を覆っていた布ははぎとられ、口でやさしく吸っているあいだにも、彼の手はコルセットのレースにとりかかっていた。

「ああ、だめよ」ノラは弱々しくささやいた。体はキャルの手と口に愛撫《あいぶ》されて歓びの声をあげている。わたしは女なのだ。初めて生きているという実感を持った、炎と情熱でできた女。体が完全に満たされることを望んでいる女。

キャルはお見通しだった。彼は年代物の上等なワインのようにノラを味わい、未知の快感に酔わせていった。ノラはキャルが慣れているのと正反対に不慣れだったが、そうと知ったからといってやめるわけにはいかない。彼も自分自身の渇望に翻弄《ほんろう》されていた。それはノラが未経験の快感に驚きの声をあげるのと同じくらい、彼にとって初めての体験だった。

ノラはむきだしの肌を恥じたが、キャルのあたたかくゆっくりした口の動きで落ち着きをとり戻し、再び愛撫に応えるようになった。完璧な曲線を描く体、やわらかい肌、繊細な色の配分、薔薇の香り。白くなめらかな腿を口と手で楽しむ。思いがけない部分に触れられたとき、彼女の口からもれるかすかな叫び声に、彼は気をよくした。

キャルの濃い胸毛に触れ、ノラは手を震わせて彼を撫でた。ふたりをとりまく世界や居心地のいいキャビンに迫りくる嵐は見えも聞こえもしなかった。頭のなかからは妊娠の可能性も将来のことも消え去り、キャルが与えてくれる熱い快感だけが残った。

キャルが裸になる。ノラの繊細な体に男らしい体が直接触れるだけでもすばらしかった。彼女はいとおしげに身をすり寄せ、腿のやわらかい肌に彼のこわばった欲望のしるしが押しつけられるとびくっと身を引いた。

見開いたノラの目を見ればわかった。キャルは胸を躍らせてその瞳にほほえみかけた。「おれは男だ」彼女の唇を自分の口でそっとなぞりながらささやく。「男と女はこうしてぴったり合うように作られているんだよ。知らなかったのかい？」

「わたし……見たこともないし、知らなかったわ……」ノラは言葉を切った。

キャルは体を浮かせて、ノラの丸みを帯びた腰にまたがった。「おれを見てごらん」

彼はやさしく促した。

ノラは、彼の体の男性的な部分を見て目を丸くした。「まあ……そんな！」頬を真っ赤に染めて口ごもる。

彼は笑みを浮かべた。「驚いたかい？」ゆっくりとノラの上に体をおろしていき、彼女の目をキスで閉じながら脚を押し開いた。「おれがきみのなかに入る感覚がどんなにすばらしいか、きみにはとても想像できないよ」

ノラは身を震わせた。爪が彼の腕に食いこむ。

「やさしくするよ」キャルはノラの唇に軽く歯を立てながら片手で彼女のヒップを引き寄せると、秘めた部分を閉じているやわらかいひだに自分の高まりをあてがい、そっと腰を前に突きだした。「絶対に痛くしない」

彼女は下唇を噛んだ。「ひりひりするわ」震えながらかすれ声で言う。

「すぐによくなる」キャルはつぶやいた。ノラの感触に血液が奔流となって頭に流れこみ、血管のなかを駆けめぐる。彼は必死でこらえた。ぴんと張ったロープのように体がこわばり、自分を抑制するのがやっとだった。

ノラが身をかたくしてキャルの行く手をはばんだ。

キャルは口を乳房へすべらせ、そっとじらしては歯を立てて、ノラの緊張がとけはじめるまでたっぷりと愛撫した。合間に手を使ってノラの体に誘いをかけると、彼女は身を震わせて声をあげ、自分からしがみついてきた。

キャルが完全に身を沈めたとき、ノラが大きく目を見開いた。ふたりとも燃えつきてしまいそうな熱い興奮のなか、身じろぎもせずに互いの瞳を探りあう。彼女の驚いた顔を見つめながら、キャルは荒いうめき声をあげて腰を押しつけた。

歯切れがよくすばやい動きが静寂のなかに大きく響いた。ノラのあえぎ声は上にいるキャルの喉のなかにこだましている。わたしの恋人だわ。思考できるあいだはそう思い続けた。わたしの恋人……わたしの恋人……!

彼女はキャルの名を叫んでしがみつき、彼の動きに合わせながらあえいだ。あっけないほどすぐに彼の引きしまった体がこわばり、荒々しい叫び声があがった。彼は顔を赤くして胸をそらし、身を震わせた。

ノラは満足していない。激しく高まっているのだが、とき放たれてはいなかった。キャルが体の上でぐったりしてからも、彼女は動きをとめることができなかった。熱く燃える一方のいらだちにノラはうめいた。

なんとか息がおさまると、キャルは横に転がり、力強い手でノラを引き寄せた。「時間はぎりぎりで間に合いそうだ」彼はささやいてノラの口にキスをした。なんのことだかノラにはわからなかったが、もうどうでもよかった。キャルは彼女と自分の体を動かしはじめた。予期せぬ快感に、彼女の口から叫びがもれる。「それでい い」彼はざらついた声で言った。「ああ……それでいいんだよ」

さっきと同じように速くて歯切れのいいリズムを刻む。今度こそ、ノラは星の高みにのぼりつめた。狂ったような叫び声がまるで音楽のようにキャルの耳に響く。ノラの痙《けい》攣《れん》を感じて腰を強く引き寄せ、まるでなにかがこと切れるように彼女が腕のなかで震えているあいだ、そのままじっとしていた。そしてようやくノラは汗と涙にまみれてぐったりと彼に身をあずけた。

ふたりは体を休めて少し眠った。やがて恥じらいが戻ってきた。

ノラはキャルに背を向け、黙って身支度をした。慣れない動きに筋肉が痛み、初めて感じるひりひりとした痛みもあった。それに染みも残っている。ノラは目をそらした。コルセットをしめるのがなにより大変だったが、なんとかやってのけた。気分も見た目も明らかにだらしがない。気の毒なメリーに、すっかり待たせてしまった理由をどう説明すればいいのだろう。ましてやこんな姿になった理由を。

キャルが服を着るのにたいした時間はかからなかった。ノラが身支度を終えると、彼は窓辺で煙草を吸っていた。

キャルは自分の節操のなさにうんざりしていた。女の高慢な態度に傷ついたというだけの理由で、うぶなノラを誘惑してしまった。情熱の余波にのみこまれた今、それは情けない言い訳に思える。あんな快感は初めてだった。少なくとも、彼女にもそれだけは与えることができた。引きかえに腕ずくで代償をとり立てたとはいえ。彼女は処女を失った。妊娠の不安もある。キャルは彼女と自分自身を辱めたのだ。

「お願い……帰りたいわ」ノラは沈んだ声で言った。

キャルは振り向き、ノラの顔に浮かんだ表情を見て顔をしかめた。〈トレメイン牧場〉に来たときの、自信にあふれて少しばかり傲慢な若い女性は姿を消していた。そこにいたのは罪悪感と後悔の念がはっきりと伏せた顔に表われている、気の小さい内気な娘だった。

キャルはノラのためにドアを開け、彼女が並ぶとためらった。

「こんなことをするつもりではなかった」キャルは静かに言った。「それだけは信じてくれ」

ノラは目をあげずにうなずいた。

「力を貸すよ」キャルはこわばった声で言い添えた。「もし必要が生じたら」

必要が生じたら。あたかも、ふたりは不道徳な行動もとっていなければ罪も犯していないし、自分たちと家族を辱めてもいないような言いぐさだった。もしノラが身ごもったら、彼は自らを犠牲にしようと申しでているのだ。なぜなら高潔な男はそうするのがしきたりだから。

ノラは瞳に怒りを燃やして顔をあげた。「もし必要が生じたらあなたには幸いだわ。そうじゃなくて？　わたしの財産を考えると、もしこのおなかが大きくなったらあなたは大喜びよね！」

その言葉はキャルのブーツのかかとにまで届いた。ジゴロ呼ばわりされたのだ！　こんな差し迫った状況でなければ笑い飛ばせただろう。だが今は罪悪感に追い打ちをかけられ、キャルは激しく食ってかかった。

「きみはここの男たちをからかって、ずいぶん楽しんだじゃないか」キャルは冷たく言った。「かわいそうなグリーリーに対するきみの仕打ちを見て、おれは心を決めた。経験豊富な男がどれほど簡単にきみをおもちゃにできるかを見せてやることにしたんだ。まんまとやってのけたよ、マダム。手応えすらなかった」

ほんの数秒のあいだに、赤かったノラの顔が非難に動揺して真っ白になった。言い返すこともできない。彼女はなんの抵抗もせずにキャルの腕に抱かれた。だが、それは彼を愛しているからだ。キャルを愛している！　でも、彼のほうはなんとも思っていない。あるのは軽蔑だけだ。彼はグリーリーの恨みを晴らすためにノラを誘惑した。あれは冷酷で周到な行為だったのだ。

「おじに話したらあなたは殺されるわ!」ノラは激昂した。

「おじさんに話したら、きみが裏口からほうりだされるさ」キャルは冷ややかに言った。「あの夫婦はしきたりの奴隷だ。きみのせいでとがめられたり、よくない噂が立ったりするくらいなら、なんの迷いもなくきみを犠牲にするだろう。それはよくわかっているはずだ」

憤怒《ふんぬ》の余波に震えながら、ノラは怒りをのみこんだ。「わたしは誘惑されたのよ」彼女は声をかすれさせて非難した。

「そうだ。きみの意志で」キャルは釘を刺した。頬をほころばせたが、ほほえんではいなかった。「きみのお上品な素性を考えると、初めての男が貧しいカウボーイだったのは意外だな。もっとましな求婚者のためにとっておいたほうがよかったんじゃないのか?」

ノラは布のバッグを両手できつく握りしめた。恥ずかしくて、これ以上言いかえすこともできなかった。「送ってちょうだい」かろうじて聞こえる声でささやくと、キャルの脇をすり抜けて外へ出た。

キャルは片手でドアを叩いた。ただでさえ恥じているノラをさらに追いつめるつもりなどなかったのに、財産目当てで彼女を誘ったのだと高飛車に決めつけられて怒りが爆発してしまった。分別と自制心の欠如が、その怒りをさらにあおった。

ノラは馬車の上でキャルが隣に乗りこむのを待っていた。落ち着いてはいたが、沈黙が気がかりだった。

「軽はずみなことはするなよ」キャルは燃えるような目でノラをにらみつけ、ぶっきらぼうに言った。「わかったか？　もしも身ごもったら、その子はおれの子供でもあるんだ」

ノラは両手で再びバッグを握りしめた。「自ら命を絶って地獄に落ちるつもりはないわ」か細い声で言う。「赤ん坊を同じ目に遭わせるつもりも。あなたがどう思おうと、わたしは冷酷な人間ではないの」

キャルは手綱を指でもてあそんだ。ノラを見ることができない。彼は深く息を吸いこみ、長く重いため息をついた。「これからどうするか決めておこう、エレノア」しばらくして言った。

「決めるのはあなたではなくてわたしよ」ノラは言った。「家へ帰るわ」

「家だって！」

「家よ！」ノラはきっぱりと言った。青い瞳が口論を吹っかけている。「連絡するわ、もしも……もしも必要が生じたら。でも、ここにはもう一日だっていられない！　あなたの顔を見なければならないかと思うと胸が悪くなるの。あんな――」彼女はごくりとつばをのみこんで目をそらした。「――ことがあったあとでは」

キャルは手綱を握りしめ、口を引き結んだ。「こんなふうに言うのは不作法だろうが、きみはそれを楽しんだんだ」彼は馬の向きを変えて馬車を出しながら、歯を食いしばって言った。

ノラは応えなかった。そんなことを言われなくても充分に屈辱的だった。キャルがどれほどノラを傷つけたか、絶対に彼にはわからない。ノラが恋をした相手は、彼女を滅ぼすために手間のかかる復讐をくわだてていたのだ。ここに至っても、ノラにはグリーリーを傷つけるつもりなどなかったことをキャルは理解していない。はたして復讐をしたかいがあったのか、グリーリーの名誉は回復されたと思っているのか。ノラはきいてみたかった。でもそんなことはできない。胸も心も頭もいやな感じだった。どうしてあんなに愚かだったのだろう？　振りかえってみれば、キャルは最初からノラの虚栄心をもてあそんでいた。彼女をおとしめる手っとり早い方法を計算して、おだてたりからかったりしていたのだ。

「自分を苦しめるのはやめておけ」メリーが待っている十字路にさしかかると、キャルはこわばった声で言った。メリーは木の下に馬車をとめ、長いレインコートを体に巻きつけて待っていた。「なにをしたってとりかえしはつかない」

「残念だわ」ノラは震える声で言った。

「頼むから泣かないでくれ！」キャルは声を落とした。「涙を見せたらメリーに気づかれる!」

ノラは涙をこらえ、乱暴に目をぬぐった。

「男はほかにもいただろうに」キャルは罪の意識でいたたまれずにノラを責めた。「おれがきみにキスをしたり手を触れたりした最初の男のはずがない」

応えたノラの声は震えていた。「でも、そうなのだからしかたがないわ。男の人に興味はなかったもの」

「分相応な男たちのなかに、手練手管を用いる相手が見つからなかったからか?」キャルは押し殺した声で笑った。

ノラは視線をあげてキャルの引きしまった顔を見た。苦痛や罪悪感を覚えているのだとすれば、彼はうまく隠しおおせていた。彼女は目を伏せた。「誰も愛したことがなかったからよ」ノラはかすれた声で訂正し、そのとき初めて、自分がたった今なにを認めたかに気づいた。

大きくゆがんだキャルの顔は、ノラの愛を知って感じた罪の意識を露呈していた。グリーリーの屈辱を晴らすことに夢中になったあげくノラの心をつかんでしまったことを知った衝撃と苦悩は、もはやどんな仮面も隠せなかった。ノラを辱めたうえに心まで打ち砕いてしまったことに、彼は耐えていかねばならない。

かすかに哀れみのにじむ目でノラを見るキャルの表情が、少しやわらいだ。「いとしいノラ」彼はゆっくりとためらいがちに口を開いた。「そんなふうに呼ばないで」ノラはこわばった声で言った。「これ以上は人を憎めないほどあなたが憎いわ。わたしたちが犯した罪によって、小さな赤ん坊が損害をこうむらないことを祈るのみよ。なぜなら、あなたと結婚するくらいなら地獄に落ちたほうがましだから！」

キャルがその不愉快な一撃を受けとめているあいだに、ノラは馬車をおりてメリーのところへ走っていき、彼女の馬車にさっと乗りこんだ。

「まあ、ノラ、いったいなにがあったの？」いとこの状態をひと目見るなり、メリーは声をあげた。

「嵐に遭ったの」ノラは言った。「キャビンへ避難しなければならなかったわ。本当にひどかったのよ、メリー。稲妻と雨のなかを走って……。キャルが自分のコートをかけてくれたの。ひどい格好になってしまったわ！」

メリーはすぐさま緊張をといた。「なんだ、それだけなの！」彼女は笑った。「想像した自分が恥ずかしいわ。すぐに帰らなくちゃ！　母には、嵐に遭って一緒にキャビンでやりすごしたと言いましょうね、万が一の場合は」

ノラの目に涙がにじんだ。「やさしいのね、メリー」

「あなただって、わたしのために同じことをしてくれるでしょう？」メリーはからかった。

自分はそんなに残酷なことはしない、とは答えずにおいた。ノラはキャルが乗った馬車が雨のなかに消えていくのを見送った。そしてふたりは馬車の向きを変えて、逆方向へ進みだした。

牧場に戻ったノラは、今日の出来事が知れることを恐れて、牧場を離れる必要についてはロにしなかった。メリーがふたりででっちあげた嘘を母親に告げているあいだに、ノラは部屋で着替えをすませ、胸の痛みをこらえて笑みをたたえながら戻ってきた。外見はいつもと変わらないように見える。雨にぬれても幸い寒気はしなかった。だが、内心は死人のような気分だった。

翌朝、眠れぬ夜を過ごしたあとで、ノラは居間にいるおばに近づいた。

「わたしから言うべきではないかもしれないけれど、母からわたし宛《あて》に手紙が来ているとメリーから聞いたわ。ヨーロッパの親戚から招かれているんですってね」

ヘレンは恥ずかしそうにほほえんだ。「ええ、来ているわ。もっと早くあなたに話すべきだったわね。でも家へ帰る口実にしてほしくなかったの。あなたが来てから、メリーは以前よりずっと楽しそうにしているんですもの」

「わたしも楽しんでいるわ」ノラはそう言って笑みを返した。「でも、宮殿へ招かれたのよ……！」あとは強調した意気ごみが語るに任せた。

「わかるわ。わたしだって、そんな機会を棒に振るのはいやだもの」ヘレンはやさしく言った。彼女は立ちあがり、母親からの手紙をノラに渡した。「ほんの数日遅れよ。ごめんなさいね。あなたに残ってほしくて。身勝手だったわ。さあ、自分で読んでごらんなさい」

それはロンドン近郊のランドルフ邸への招待だった。唯一の気がかりはエドワード・サマービルがランドルフ一家の友人だという点だ。だが、アフリカでいとこから痛い目に遭わされたのだから、ノラをしつこく追いまわすのはあきらめただろう。ロンドン。宮殿。ビクトリア女王と皇太子に拝謁。わくわくする日々を送れば犯した罪から気がそれて、愛した男性に裏切られたことを忘れる助けになるかもしれない。

「行きたいわ」ノラは振りかえってヘレンに言った。「どうしても行きたいの。ごめんなさい」

ヘレンは首を振った。「謝る必要はないのよ。ヨーロッパから帰ったらここへ戻ってきて、詳しく話を聞かせてね」

「ええ、喜んで」ノラは嘘をついた。キャル・バートンがここで働いている限り、牧場へは二度と近づかない。自分がしてしまったことを考えずにはいられなかった。カウボーイごときに体を投げだしたのだ。キャルは手に入れた獲物のことを吹聴するだろうか？　誰かに話すかもしれないと思うと膝の力が抜けた。

「顔色が悪いわ」ヘレンが心配そうに言った。「雨にぬれて冷えたせいかしら？」

「いいえ」ノラは急いで言った。「少し疲れているだけよ。ひどい嵐だったの。あのキャビンに避難できて運がよかったわ」

「本当にそうね」

「荷造りを始めないと。チェスターおじさまは明日の朝、駅まで送ってくださるかしら？」

「ええ、そうすれば早い汽車に乗れるわ」ヘレンは力なく両手を動かした。「本当に、あなたが行ってしまうと寂しいわ。ほんの短いあいだだけれど、あなたのお母さまと過ごしているような気がしたの」

ノラは衝動的におばを抱きしめた。「戻ってくるわ」彼女は約束した。いつの日かキャル・バートンがここを辞めれば来ることができる。それに、もし自分の愚かな行為がひどい結果を招かなければ。言うまでもなく、未婚のまま妊娠したとなれば、おばはすぐさま縁を切るだろう。恥ずべき行ないをした女は社会から切り捨てられるのだ。それに家族からも。

メリーが不機嫌な悲しい顔をして荷造りを手伝ってくれた。「ここにいてくれたらいいのに」彼女は言った。「ミスター・バートンに思いを寄せていながら、どうしてここを離れられるの？　彼に会えなくなったら寂しくない？」

「もちろん寂しいわ」ノラはさりげなさを装って言った。「こっそり彼と会うのは楽しかった。でも、ああいう男の人と真剣につきあうわけにはいかないわ、メリー。率直に言って、ミスター・バートンがあのブーツと服装でオペラを見に行くところを想像できる？」彼女は笑った。

その笑い方は少し大げさに聞こえた。メリーはノラに顔をしかめてみせた。昨日を境にノラは人が変わった。それにキャルの馬車から戻ったとき、彼女の目は赤かった。

「彼と喧嘩でもしたのね？」メリーはやさしくきいた。

ノラは下唇を噛んだが、こみあげてくる涙はとめられなかった。両手に顔をうずめる。「なにもかも復讐のためだったのよ、メリー。甘い言葉も全部。あの人はわたしがグリーリーを傷つけたと思っていて、その仕返しだったの。わたしの……鼻柱をへし折りたかっただけ。わたしを辱めて、傷つけて、グリーリーをからかったことを後悔させたかっただけなの」彼女はすすり泣いた。「ああ、彼なんて大嫌いだわ」ささやくように言う。「大嫌い！」

メリーは年上のいとこに両腕をまわした。「なんて陰険なの」ぼそりとつぶやく。「どうしてそんな残酷なことができるのかしら！」

「わたしはグリーリーを辞めさせようなんて思っていなかったわ」ノラは言った。「あの人の恥じらう様子が好きだったの。わざと冷酷な仕打ちをしたわけじゃないのに！」

「そうね、わかっているわ。わかっているわよ」

「キャルを愛していたのよ」ノラは小さな声で打ち明けた。「それなのにこんなふうにわたしを傷つけるなんて！」

「男の人はときにひどいことをするものよ。本意ではないときもあるわ」メリーは言った。「彼があなたを愛していなかったのは確かなの？」

「わたしを愚か者だと言ったわ」ノラは泣いた。「お世辞を言ったのも、こっそり会ったのも、なにもかもわたしに自分がしたことを後悔させるためだって」

メリーはノラをきつく抱きしめた。「それで家に帰ることにしたのね？」

「そうするしかないでしょう」ノラはいとこに不安を悟られないように言った。「ここにいてもしかたがないもの。イギリスへ行けば、あの人とは遠く離れていられる。心の傷が癒《い》えるわ」

メリーはいぶかったが、なにも言わなかった。言葉は事態を悪化させるだけのときもある。彼女はノラの胡桃色の髪を撫で、涙が枯れるまで泣かせておいた。

荷物が馬車に積まれ、チェスターが男たちに作業の指示を出すあいだに、ノラはメリーとヘレンに別れの挨拶をすませた。

キャル・バートンがヘレンの不思議そうな視線を意識しながら、帽子を手に持ってノラのそばまでやってきた。

「バージニアまでどうぞご無事で、ミス・マーロウ」彼はていねいに言った。

「ありがとう、ミスター・バートン」ノラはか細い声で応えた。心臓が狂ったように打ち、彼女は目をそらした。キャルの手にかかって自分が犯した罪が、まざまざと思い浮かぶ。

「おれを見るんだ！」

ノラははっと顔をあげた。二日前の痛手を探るキャルの銀白色の瞳に見つめられて頬が赤く染まった。彼は小声でなにかささやき、手で帽子のつばを握りしめた。

「逃げても解決しない」キャルが言った。

「残っても解決しないわ」ノラは自尊心のかけらをかき集めて言った。「あなたからもらえるものはなにもないもの」

キャルは自制心でこわばった顔をそむけた。「おれには人生の目標がある。かなえたい夢がある。そこに女性が入る余地はないんだ。きみのほうにも」彼は言い足した。

「財産目当てのカウボーイが入る余地がないようにね。そうだろう？」

ノラは赤面した。「あんなことを口にするべきではなかったわ」みじめな気分で言った。「少なくとも、その程度にはあなたを知っているもの」

キャルの顔がこわばった。「きみは気づいている以上におれのことを知っているよ。あらゆる面においてね」

「知らないわ！」ノラはやっきになってささやいた。

「おれたちは一緒に楽園へ行った」キャルはかすれ声で言った。「それを忘れられるかい？」

「ばかにしないで！」

聞こえていないにせよ、キャルは人の耳があるのが気になった。ノラを行かせたくない。なんとかしなければ。なにか考えつくはずだ！

「ここに残ってくれ！」キャルは小声で言った。

ノラは唇を噛んだ。キャルの顔を見ることはできなかった。もし見てしまったら、ここを離れられなくなる。彼は結婚を望んでいない。欲しいのは体だけだ。好きだからといって負けてはならない。キャルを愛しているけれど、彼にはそんな感情はないのだから。

「できないわ」ノラはしぼりだすように言った。「残るべきじゃないのよ」ようやく視線をあげてキャルの目を見た。「あなたが知らないことがたくさんあるの」悲しげに言う。「結婚もできないし、子供も持てないのはわかっているわ。それは受け入れたのよ。

恋に落ちることもなかったでしょう……あなたさえいなければ！」

キャルは眉根を寄せた。「どういう意味だ？」

おじが戻ってきた。もう時間がない。もう遅い。手遅れだわ！

「さようなら」ノラはすばやく言うと馬車に向かった。キャルが手を貸した。腕をつかんだ彼の手の熱さはまるで焼き印を押されたかのように心臓にまで届き、跡を残した。ノラは木の座席にくずおれるように座った。熱い涙がこみあげてくる。

「準備はいいかね？」チェスターが明るく声をかけた。

「ええ」ノラは無理やり笑みを浮かべて、おばといとこに手を振った。「準備はいいわ。さようなら！」

ヘレンとメリーは挨拶を返したが、キャルは端に寄って立ちつくしていた。帽子をとった頭を太陽にさらして、去っていくノラを見つめていた。彼女を愛していたわけではない。彼は自分に言った。うしろめたく感じるのは彼女の名誉を傷つけたからだ。だが馬車が遠のくにつれて大きくなっていくむなしさは、それだけでは説明できなかった。

# 第七章

テキサスから家に戻って一週間後、ノラはイギリスに向かう船上にいた。にこやかで楽しげですらあったが、自分の愚かさを思い知る心は鉛のように重かった。過去に男性とつきあったことがあったなら、お門違いの相手と絶望的な恋に落ちてしまうことはなかっただろう。その結果、犯した罪の結果を待たねばならない。こんなに心細い思いをしたのは初めてだった。

船の乗客はおしなべて気さくだったが、ノラは食事のとき以外の人づきあいを避けていた。船長のテーブルについた彼女は上品で落ち着いた物腰に見えたが、内心はキャル・バートンに抱かれた記憶に悩まされていた。ここにいる上品な紳士たちは、決して不潔さや悪臭を寄せつけようとしないだろう。彼らは裕福で洗練されている。だがノラは、迷子の子牛を腕に抱いたキャルの表情を鮮明に覚えていた。銀白色の瞳には不思議なやさしさがあった。たった一度だけ、彼にそんな目で見つめられたことがある。思いだしたくない記憶だった。なぜならそれは、そのあとの裏切りとは相容《い》れないものだから。

ノラのような育ちの人間にとっては、キャルはまるで異邦人だ。小さいころ、身分違いの子供たちと遊ぶことは許されなかった。両親の不安をよそに、ノラはいたずらっ子だった。だが、住みこみの家庭教師が子供の自発性と衝動性を払拭《ふっしょく》した。彼女はレディとしての正しいふるまいと優雅な礼儀作法を学んだ。できなければ父が棒で脚を打った。分厚いスカート越しでも痛かったのを覚えている。子供にはしつけが大切だと父から何度も聞かされた。さもないと怠惰で品行の悪い大人に育つと。それを教えてくれる穏やかな方法があればいいのに、と思ったものだ。父を満足させるのは難しく、思春期の哀れな脚にはあざが絶えなかった。

そうしたしつけには母親も口を挟まなかった。母親自身もそうやって叩きこまれたのだ。ノラはひそかに、もし自分が子供を産むとしたら、わが身がどうなろうとそんなしつけは絶対にしないと思っていた。自分は母親のように夫を恐れはしない。

人生はつまらない決まりごとや規範に満ちている。男性のようにジーンズをはいて馬にまたがれたら、誰とでも好きな相手とつきあえたら、どんな気分だろう。小さいころは貧しい子供たちが泥で遊び、追いかけっこをして丈の高い草むらを笑いながら転げまわっているのがうらやましかった。貧困地域にはいつも犬や猫がいるのもうらやましかった。ペットを飼うことは許されなかった。動物は汚いと父は言った。もちろんレディは衣服を汚してはいけないのだ。

船がロンドンに停泊するまで、ノラは人づきあいを避けた。大型馬車でまっすぐ郊外のランドルフ邸に向かう。季節はもう十月で、その道のりはひどく寒かった。ノラは毛皮のコートにくるまり、脚を冷やさないように熊の毛皮を膝にかけた。毛足の長い黒い毛をやさしく撫でる。皮をはがれた動物のことを思うと胸がちくりと痛んだが、それでもあたたかいことに変わりはなかった。

自分が妊娠しているかどうか、ノラにはまだわからなかった。もともと月のものは不規則なうえに、旅の興奮が加わればますますわからない。キャルに会いたくてたまらず、ふたつに身を引き裂かれるような気がした。

ランドルフ邸は十七世紀に建てられた貴族の邸宅で、王族を迎えることもある。ひどく寒かったが、雰囲気はあたたかくて、ノラはすぐさまくつろいだ気分になった。年配のいとこであるレディ・エドナと夫のトーランス卿《きょう》は、着いたそばから歓迎してくれた。トーランス卿は準男爵だ。その爵位は軍功によりビクトリア女王から賜ったもので、一代限りのものだ。夫妻は同じ爵位を持つほかの貴族ほど爵位や儀礼にこだわらなかった。子供はなく、若い客人、とりわけノラをもてなすのが大好きだった。ふたりがちょうどこの時期に、誰かに甘えたくてたまらないノラを招待してくれたのは神の計らいに違いない。ノラの母親は親切でやさしいが、事業家の父は父親として娘に接する時間をほとんど持たなかった。勘当が怖くて、ノラはこの苦境を両親に話そうとはただの一度も思わなかった。父は決してノラの所業を容認しないだろうし、そんなことをした娘を許しもしないだろう。〝ふしだらな女〟に対する父の意見は家族のなかでは伝説になっている。母は同情してくれるかもしれないが、家長には決して逆らわないはずだ。

この嵐のような日々においてひとつ幸いなのは、熱病の再発が起きていないことだった。

「あなたの主治医が間違っていると思うわ」夜遅く応接間に腰をおろしていたときに、エドナはきっぱりと言った。「熱病が命とりだなんて！　まったく！　アフリカで熱病にかかった女性をふたり知っているけれど、どちらも充分に長生きして大家族に恵まれたわ」

「かかりつけのお医者さまはとても知識が豊富なのよ」ノラは残念そうに言った。「診断が間違っていたことはないわ」

「バージニアの医者が熱病についてなにを知っているものですか」エドナは鼻で笑った。「あきれたものね。植民地の医者のくせに」

「おまえ、その植民地は今アメリカと呼ばれているんだよ」夫がやさしくたしなめた。

「植民地には」エドナはきっぱりとくりかえした。「ましな医者が必要だわ。わたしたちのかかりつけのお医者さまに診てもらうことにしましょうね」

「いやよ!」ノラはソファにもたれて平静を装った。「つまりその、診察を受ける必要はないわ。元気ですもの」妊娠の恐れがあるときに、医師に診せるわけにはいかない。受胎から日が浅くても、医師には調べる方法があるかもしれないのだ。ノラに医学の知識はなかった。

「それならいいけれど」エドナはやさしく言った。「でも、考えてみてちょうだい」

「もちろんよ、約束するわ」ノラはきっぱりと言った。

宮廷はノラが目にしたこともない華やかさに満ちていた。ビクトリア女王に拝謁できるなんて、いまだに信じられない。今日まで何日も、なにを話し、どのようにふるまい、どうお辞儀をするか、細かく指導を受けてきた。守らねばならない厳格な礼儀作法があり、ノラはしっかりと耳を傾けた。心配なのは、ときおりめまいがするようになったことだ。女王の足もとで気を失うなんてもってのほかだわ!

ビクトリア女王については、ノラには王室に連なるいとこがいるにもかかわらず、ほとんど知らなかった。今では、子供が九人いてアメリカで南北戦争が勃発《ぼっぱつ》した年に夫君を亡くしたことも、アルバート・エドワード皇太子はビクトリア女王の長男であることも、一八九七年に即位六十周年祝典が行なわれ、南アフリカのボーア戦争と清朝における義和団の乱に心を痛めていることも知っている。いろいろな意味でイギリスを訪れるには悲しい時代だった。宮廷に足を踏み入れることに興奮を覚えているにもかかわらず、ノラのなかにはキャルの裏切りをいまだに嘆いている自分もいた。

拝謁を賜るのは午後の時間帯なので、ノラはとっておきのスーツを身につけた。黒の絹にレースのついた白のブラウス、染みひとつない真っ白なキッドの手袋。ベールつきの小さくて粋な帽子をかぶり、喉もとと手首には母のダイヤモンドをつけた。華やかな装いで優雅な気分にひたっていたのもつかのま、老いた女王をひと目見た瞬間に彼女の心臓は激しく打ち、息がつまった。

女王は八十一歳だが、堂々とした身のこなしと、イギリスを六十年以上も統治してきた女性にふさわしい神秘的な雰囲気を備えていた。女王は人々に愛され、世界中の尊敬を集めている。議会すら彼女を尊重していた。だが体調がすぐれないようだ。お気の毒に、誰よりも愛した夫君を亡くして以来、長い年月をひとりで過ごしてこなければならなかったなんて。ノラは奇妙な親近感を覚えた。ノラはノラで、キャル・バートンと二度と会わないのだと思うと心が引き裂かれるような気持ちでいたからだ。

女王の前に出ると膝が震えた。女王はやさしくうなずいてノラにほほえみかけてくれた。内心は見かけほど落ち着いていなかったが、なんとか転ばずにお辞儀をした。挨拶をしてすぐさまさがり、それでおしまい。宮廷で過ごす数分間を一生胸にとどめておきたい人たちは、あとにもまだたくさんいるのだ。

「さて、どうだったかしら?」ウィンザー城から数ブロック離れたカフェで、エドナはくすりと笑った。「どんな気分?」

「ああ、手袋は一生洗わないし、着替えもしないわ」ノラは言った。「それ以外は普通の気分よ」

エドナと夫はうれしそうに笑い、ケーキをもうひと切れノラにすすめた。


日々はゆったりと過ぎていった。ノラは旅の疲れからも、その前の悲しみからも立ち直りはじめていた。だが、冒険に踏みだそうとするそぶりさえ見せなかった。メイドに紅茶やケーキや雑誌を運ばせたり、静かな庭で誰にも邪魔されずに過ごしたりする生活に満足していた。エドナとトーランスは出すぎた真似はせずに力になってくれている。まるでノラが悲しい体験をしたことを知っているかのように、ただ彼女をのんびりさせてくれた。

しかし夜になると、ノラはあのキャビンでキャル・バートンの腕に抱かれた午後のことをくりかえし思いだした。彼の口を感じ、耳に届いた苦しそうな息づかいを聞き、文字どおり女になった瞬間の熱いエクスタシーのすべてを思いかえした。それは恥ずべき秘密だった。純潔をささげただけでなく、それを楽しむという大罪まで犯したのだ。教会へ行くときはベールで顔を隠し、牧師の説教を聞いてはたじろいだ。大きな罪を犯したのだから、おそらく地獄へ落ちるに違いない。だが、あのときノラはキャルを愛していたのだし、これからもずっと愛し続けるはずだ。それでもつりあいはとれないだろうか、ほんの少しも？　それにノラだけに罪があるわけではない。キャルが誘惑したのだ。彼女は無垢だったが彼は違う。彼は自分のしていることがはっきりわかっていたはずだ。実際、ノラに自分がいかに狩りやすい獲物かをわからせるために誘惑した。それこそがもっとも恥ずべき行為だ。彼女はキャルを愛していたのに、彼はノラを汚らわしい肉欲の餌食《えじき》にした。彼はノラを愛してなどいなかった。もっとひどいのは、ノラがそれでもかまわないと思ったことだ。キャルは罠《わな》にかけていたというのに、彼女のほうは彼を喜ばせたい一心だった。自分が汚れたような気がした。

ほかにもひそかな不安があった。月のものが遅れていた。いつもよりずっと。朝の食欲がなくなってきた。ノラはいつでもトーストとジャムとスクランブルエッグの朝食を楽しみにしていたのに、卵を見ると吐き気がするようになった。妊娠の恐怖に身が凍った。どこへ行けばいいのだろう？　どうすればいい？　勘当されてしまう。

キャルは知らせるようにと言ったが、それはノラの誇りが許さなかった。だめよ、ほかになにか方法があるはずだわ……。そのとき、熱病が再発するかもしれないと気づき、不安はさらにつのった。両手をそっとおなかに当てる。疑念だけで確証はないにもかかわらず、ノラはそれをすでに生きて呼吸をしている人間として考えていた。彼女は不安に震えながら身を横たえた。どうすればいいのかまったくわからない。わかるのは、心を決めるときだということだけだった。

その週の終わりころ、感謝祭までには帰ってくるようにと母が手紙を寄こした。さらにエドワード・サマービルが家に立ち寄ってノラの消息を尋ねたとある。イギリスに向かう途中だった彼は、怒りのおさまらない母にかまをかけてノラの居場所をききだした。ランドルフ邸に寄ってノラに会うと言ったそうだ。母も父もそれを快く思わなかったが、彼をとめられるはずもなかった。エドワード・サマービルには絶対に会いたくない！

ところが彼はアメリカからの手紙を運んできたその船に乗って、まさにその日の午後ロンドンに到着していた。彼はランドルフ夫妻からあたたかく迎えられた。夫妻がちやほやとサマービルに気をつかっているあいだ、ノラは不快そうに冷ややかなまなざしで彼を見ていた。

とがめるようなノラの目と目が合うと、サマービルの顔が上気した。ブロンドの髪に青い瞳、堂々とした長身、ハンサムすぎるほどだ。言葉のアクセントも非の打ちどころがない。彼は女性に好かれていた。ほとんどの女性に。ノラはぞっとするほど嫌いだった。

「元気そうだね、ノラ」サマービルは片手を差しだした。

ノラは彼の手が触れる前にあとずさりした。「アフリカへ行く前はもっと元気だったわ、エドワード」彼女はぴしゃりと言った。

サマービルは深いため息をついた。疲れた顔をしている。「そうだな」彼は言った。

「恥ずかしいがそのとおりだ。ぼくはひどく後悔しているよ、ノラ。実は謝りに来たんだ。信じられないだろう？」彼は皮肉な笑い声をあげた。

ノラはウエストのあたりで両手をしっかりと組んだ。「これですんだわね。もう二度とあなたの顔は見たくないわ」

彼は顔をしかめ、聞き耳を立てまいと暖炉のそばに腰かけている年配の夫婦にちらりと目をやった。「あのふたりががっかりするよ」小声で言う。「ぼくたちにロマンスを期待しているからね」

「それはよほどの想像力がないと無理だわ」ノラは愛想よく言った。

「痛いことを言うね」

「あなたにはなんの感情も持っていないの。嫌悪感以外は。夏になるまで、ほぼ一年間というもの高熱に苦しんだわ。あなたのせいよ」

「ああ、ぼくのせいだ」サマービルは熱心に言った。「きみのお母さんから聞いたよ。

ぼくは下劣な男だ、エレノア。だけどケニヤに行くまで、本当に知らなかったんだ」彼は右手に持った、握りの部分に大きな銀の狼《おおかみ》がついているしゃれた杖《つえ》に寄りかかった。「汚名を返上したいんだよ」

「よほどの努力が必要だわ」ノラはこわばった口調で言った。

「わかっている。しばらくここに滞在することになったんだ」

「それならわたしは帰ります」

「やめてくれ」サマービルは背筋をのばした。「お願いだ。ぼくに行ないをあらためる機会をくれないか、エレノア。きみの気にさわるようなことはしないと約束する。絶対にしない。きみのそばにいるだけでいいんだ。きみがそうさせてくれるときに」

ノラは躊躇した。確かに脅威は感じられないどころか、本当に悔いているように見える。彼女はひとりぼっちだ。ばかげたことをしているかもしれないと思いながら、しばらくするとノラはしぶしぶうなずいていた。サマービルはほっと力を抜いた。ケニヤ以来苦しんできたあの恐怖を忘れられれば、彼がキャルとのことから気をそらしてくれるかもしれない。心から自分の行ないを悔いている相手の謝罪をはねつけるほど、ノラは薄情ではなかった。人は変わると言うではないか。ときがたてばわかることだ。

一方ボーモントでは、疲れたキャル・バートンが新しいパートナーと二番目に購入した区画で試掘を見守っていた。人生を油田探しに費やしているパイクはやせていて肌は浅黒く、キャルより少し年上の男だ。キャルが〈トレメイン牧場〉で働きながらゆっくりとチェスターを現代的な畜産方法へと転換させるあいだ、試掘現場にとどまって作業員を監督してくれる人材が必要だった。ノラが去ってからの彼はうわの空だったが、惰性で働いていた。困るのは同時に二箇所にいることはできず、チェスターは新しい耕耘《こううん》機《き》の導入を拒んでいることだ。

「空振りだな」ドリルが水に行き当たると、パイクはそっけなく言った。

「わからないぞ。まだ深さが足りない」キャルは反論した。

「おれにはわかる」パイクは汚れた袖で顔の汗をぬぐい、黒っぽい瞳でパートナーの銀白色の瞳を見すえた。「見慣れた光景だ。水に当たったらそれでおわり。石油があるなら、すでにきざしが見えているはずだ」

「もっと掘り進め」キャルはぴしゃりと言った。「おれが話を聞いた地質学者は理想的な場所だと言った」

「地質学者がなんでも知っているわけじゃない」

「それは水脈探しも同じだ」キャルは皮肉をこめてつぶやいた。

「そうかな？　水脈を探す男はここから水が出ると言い、こうして水が出た」パイクが指摘した。「ちゃんと先の割れた枝を使ったんだ。柳の枝は暴れだして地面に刺さった。

そこがここだ。おれは水が出ると言っただろう」

「そのうち石油に当たる。テキサスではほかでも見つかっているんだ」

「ここはだめだ」

「当たるさ」キャルは決然と言った。

パイクはやせた肩をすくめた。「このまま掘り進めて、資金が底をついたらどうする?」

「あんたの財布を当てにするよ」キャルはにやりと笑った。

パイクは目を細めてキャルをにらみ、作業に戻った。

キャルは次の北行きの汽車に乗ってタイラー・ジャンクションに向かった。汽車に揺られながら、エレノアに思いをはせた。おれのことを思いだしているだろうか? 憎んでいるだろうか? 一番心配なのは妊娠だった。もし子供が生まれるなら、たったひとりでそんな屈辱に立ち向かわせるわけにはいかない。なんとかしなくてはいけない。だがどうすればいいんだ?

ノラが手紙をくれるとは思っていなかったし、実際キャルのところへは届いていない。彼は裏のポーチでメリーを待ちぶせして、ノラから連絡があったかどうか尋ねた。

「あったわ」メリーはためらいがちに答えた。彼がいとこを傷つけたことを知っているメリーは冷たかった。「イギリスの親戚の家にいるの」

キャルは帽子をとって汗にぬれた髪をかきあげた。射るような銀白色の視線がメリーの目を見すえる。「元気にしているのかい?」

メリーはキャルが熱病のことを言っているのだと思い、アフリカでの不幸な出来事をノラが彼に話したのだろうと誤解した。「ええ、元気よ。再発はないわ」

その言葉にキャルは首をかしげたが、なにも言わなかった。「長く滞在するつもりだろうか?」

「さあ、ノラは言っていなかったけれど、シンシアおばさまがとても心配して手紙を寄こしたわ。あのエドワード・サマービルがノラを追って、イギリスに渡ったんですって。結婚したいと言ったそうよ」メリーは冷ややかに笑いとばした。「あんな……ノラを窮地に立たせて見捨てるような下劣な男と結婚するはずがないのに!」

キャルの顔から血の気が引いた。「どういう意味だ?」

メリーは眉をひそめてキャルを見あげた。「ノラから聞いたのかと思ったわ。あの男はノラをつけまわすのよ。お金持ちで、ノラを愛しているの。少なくとも彼はそう言っているわ。今さらでも結婚を申しこむのは礼儀にかなっているとは思うけれど、そんなことでは正当化できないわ、ノラをあんな——」

「メリー! お願い、急いでちょうだい。お食事が冷えてしまうわ!」

「今行くわ、ママ!」メリーはすまなそうな目でキャルを一瞥し、急いで家のなかへ入った。

キャルは怒りに駆られてポーチに立ちつくしていた。そのサマービルとやらはノラと親密だったとメリーはほのめかした。その男はもしや？　キャルは腕のなかで震えていたノラを、快感に驚きの声をあげる彼女を思いだした。あれは演技だったのか？　初めてにしてはキャルの体を容易に受け入れ、快感も味わった。処女ではなかったのだろうか？　ほかに男はいないと勝手に思いこんだものの、初体験であんなに感じるものだろうか？　最初は痛みを訴えていたが、それも嘘かもしれない。

そうだ、嘘に違いない。キャルは猛烈に腹を立てた。これまでは、ノラをばかにした自分の不埒《ふらち》な行ないに良心の呵責《かしゃく》を感じてきた。ところが、ばかにされていたのは彼のほうらしい。ノラは、すでに彼女の処女を奪った好色な求婚者から逃げるために西部へやってきて、別の男を見つけたというわけだ。夫となる男を探していたのかもしれない。万が一、軽率な行動のつけがまわってきたときのために。キャルを受け入れたのはそのせいだったのだろうか？

ところが今度はサマービルの聞き分けがよくなり、ノラは西部を離れたのかもしれない。今ごろはふたりしてどこかイギリスの豪邸で紅茶を飲みながら、おめでたいキャルを笑っているのではないだろうか。自分の尻を蹴《け》り飛ばしてやりたかった。おれはなんて愚かだったんだ！

キャルは帽子を頭に叩きつけるようにかぶって仕事に戻った。もうだまされない。ノラがどんな女かよくわかった。子供ができたところで、キャルに結婚をせがむ必要はないわけだ。サマービルに突っかえしてやる。おなかの子供の父親になってもらおうじゃないか！

エドワード・サマービルにかいがいしく世話を焼かれ、ロンドン滞在の二週目が過ぎた。それでも完全に彼を信用したわけではないし、彼が過去の女性遍歴を語りはじめたときは鼻白んだ。女性に対する傲慢な態度が鼻につく。どうやらノラは、一緒にいると自分の品位をおとしめるような男性にかかわる運命にあるらしい。

朝食の席で気分が悪くなるのはまだ治らなかった。女はいったいどうやって懐妊を知るのだろう。結婚した友人たちの話は聞いたことがある。だが小声でする話だし、体調の不安には触れない。もっと注意深く耳を傾けておけばよかった。医師に相談したかったが、口で言うほど簡単ではない。醜聞の種をまくことになる。王室に連なるいとこたちがいるこの土地ではなおさらだ。帰国したらニューヨークかどこかの大都市へ行って、ノラを知らない医師に診てもらったらどうだろう。不誠実な行ないだが、親族に迷惑が及ばないようにするにはそれしか方法がなかった。

その夜、ノラはランドルフ夫妻とサマービルに次の船で帰ることを告げた。

「まあ、もう少しいてちょうだい」エドナが言った。「あなたがいてくれると楽しいわ」

「そうだとも」トーランスも口をそろえた。

「そうしたいわ、本当に。でも、母は感謝祭までに戻ってほしいんですって……」

「まだ二週間もあるじゃない」エドナがこぼした。

「船が遅れるかもしれないし……なにが起こるかわからないわ」ノラは言った。「それに、毎年母が親戚を集めて催すパーティーの準備も手伝わねばならないの。おふたりもご一緒にいかが？」

ふたりは首を振った。彼らにも約束があった。だがサマービルはアメリカまでノラを送り、できれば感謝祭のパーティーにも出席させてもらいたいと希望を述べ、にこりと笑った。希望だけではどうにもならない。両親はサマービルを嫌っているし、ノラも心を許したわけではなかった。心のどこかで、なぜわざわざノラを追ってロンドンまでやってきて二週間も滞在したのかという疑問がわいていた。彼は約束どおりノラの邪魔はしなかったし、手出しもしなかった。それでも彼には用心したくなるなにかがあった。

「気がかりなことがあるんでしょう？」その夜、ノラが荷造りをしているとエドナがきいた。

ノラはドレスをたたむ手をとめてうなずいた。「エドワードのことなの。あの人は信用できないわ」

エドナはため息をついた。「実はわたしも、急に訪ねてきたのはおかしいと思っていたのよ。普段はほとんど立ち寄らないのに」彼女は視線をあげてノラの目を見た。「あの一家の家産が傾いていることは知っている？」

ノラは眉をあげた。「ああ、なるほど、そういうことなの」

エドナは顔をしかめた。「許してちょうだいね。あの人のことは好きだけれど、あなたの夫にはふさわしくないわ。女性に興味を持ちすぎるもの」

「わかっているわ」

「それに女性の財産を当てにして結婚するなんてもってのほかよ」エドナは憤然として言った。「今日、お茶の席でレディ・ウインターとおしゃべりするまで、あの人がここへ来たわけがわからなかったわ。サマービルは本当にここに滞在しているのかと彼女がきいてきたの。そうだと答えると笑いだしてこう言ったわ。手近な妙齢の女性たちに次々求婚してもうまくいかないものだから、贅沢な暮らしを維持するために必死になっているのね、と。そのときレディ・シルビアがあなたがこっちに来ていると言ったので、みんながサマービルがここにいる理由を知ったというわけ」彼女は慰めるようにノラの手を叩いた。「ごめんなさい。あの人の魂胆がわかっていたら、ずうずうしくここに居座らせたりしなかったわ！」

「いいのよ」ノラはやさしく言い、年上のいとこを心から抱きしめた。「どうか気にしないで。残念ながら、エドワードのことはよく知っているの。わたしが熱病にかかったのも彼が言い寄ったせいなのよ。彼にドレスを破られて蚊に刺されてしまったの。ジョンとクロードが散々に痛めつけて以来、彼は連絡も寄こさなかった。おそらく、わたしに結婚を承諾させれば、そのうちのんきなやもめになれるとでも思ったんでしょう」ノラは苦々しげに言った。

「ノラ、あなたは熱病で死んだりしないわ！」エドナはきっぱりと言った。「黒水熱は診断の難しい病気ではないのよ。もしかかっていたら、とっくに死んでいるわ。すぐに体調を崩すし、食欲も落ちて疲れやすくなっているはずよ」

ノラは青ざめた。自分は間違っていたのだろうか？　体調がおかしいのは妊娠のせいではなく、死に至る熱病にかかっているからなの？　彼女はぞっとした。

「さあ、もう心配しないで」ノラの愕然とした表情には気づかず、エドナはメイドにたませるドレスをより分ける手伝いをしながら先を続けた。「神さまはあなたにそんな仕打ちをなさるはずがないわ。それにサマービルなんて蝿《はえ》みたいなものよ。もし彼が無遠慮に家までついてきたら、お父さまがなんとかしてくださるわ」

# 第八章

帰路の船旅は容易ではなかった。大型クルーズ船は大西洋で嵐に遭い、ノラが胃袋ごと吐きそうになるまで縦横に揺れ続けた。船室から一歩も出ないノラに船医が付き添ってくれたし、船酔いの薬はいくらか効いた。だが本当に不安なのは自分の健康状態なのに、怖くてきけなかった。

親切な年配の船医は簡易ベッドの脇に腰をおろしてノラの手をとった。「さあ」テーブルの上にジュースの水差しを置いた客室係が部屋を出ていくのを待って、医師は口を開いた。「お嬢さん、なにがそんなに心配なのか話してごらんなさい」

ノラは再度吐き気をのみ下し、苦悩が浮かんだ青い瞳で医師を見た。「わたし……不謹慎な行ないをしました」彼女は口ごもった。「とても愛していたんです。彼も愛してくれていると思っていました」震える声でささやくようにつけ加える。

その手の告白には慣れている医師はノラの手を軽く叩いた。「それで妊娠を恐れているんですね」

ノラは唇を噛んだ。「ええ……それに……」彼女は顔をあげた。

「それに？」医師は先を促した。

「サファリに行ったケニヤで蚊に刺されて、熱病にかかりました」ノラは不安そうに言った。「黒水熱は食欲の減退と吐き気から始まるそうですね」

「熱病にかかったのはいつです？」

ノラは答えた。

「それで、その……不謹慎な……行ないというのは？」

彼女はその質問にも答えた。

医師はやさしい笑みを浮かべた。「お嬢さん、黒水熱の心配はないですよ。診察をするあいだ看護婦に来てもらいましょう」

「いやです、お願い」ノラは懇願した。「誰にも知られたくないんです。家族にも……こんな不名誉なこと！」

医師は深いため息をついた。「人間であることが罪だとは、いったいなんという世の中なんでしょうね？　それではわたしがひとりで診ましょう、あなたさえよければ」

ノラはうなずいた。「もちろんです」

診察は恥ずかしいほど念入りだった。診察がすむと、医師はあきらめ顔で口を閉ざしたまま洗面器で両手を洗い、ふいてからようやく振り向いた。

「残念ながら」医師は静かに口を開いた。「子供が生まれます」

ノラは身をこわばらせてベッドの端に腰かけていた。最初は気が動転して船から飛びおりたくなった。やがて黒い髪の小さな頭が乳房に吸いついているさまが浮かび、猛烈な愛情と歓喜が波となって彼女に押し寄せ、青い瞳に涙が浮かんだ。

「こういう事態に対処する方法はあるんですよ」医師は父親のような口調で言った。「養子縁組もできます。しかるべきところを紹介しましょう。お召し物から察するに、裕福でいらっしゃるようだ。それは有利に働きますよ」

「でも子供は手放したくありません」ノラは真剣に言った。

「それは立派で高潔な考えですが、現実的ではありません。父親があなたと結婚して子供に姓を与えてくれるなら別ですが」

ノラは歯を嚙みしめた。子供ができたことを知らせれば、キャルはもちろん結婚してくれるだろう。でも彼は貧しくて、ノラにも子供にも満足な生活を与えられない。

ノラの父もキャルを義理の息子として受け入れるはずがない。それどころか、夫もいないのに身ごもった娘も受け入れてはくれないだろう。すぐさまノラを勘当するはずだ。キャルと結婚すれば、彼が働くおじ夫婦の牧場にある掘っ立て小屋で暮らすことになる。そしてノラは料理や洗濯のやり方を覚え、身のまわりのことを自分でしなければならない。悪夢だ。使用人がいる裕福な生活に慣れていた。野良仕事をする人たちのような暮らしがどうしてできるだろう？　愛のためになにもかも犠牲にするというのはロマンティックではあるが、現実的とはとても言えない。そういう環境では苦労するだろうし、ノラの病気は生涯キャルの重荷になる。結婚を余儀なくされて彼女を恨むかもしれない。ノラはうめいた。すべての扉が閉ざされた気がした。

「しばらく考えてみるといい」医師は言った。「わたしは口外しませんから、その点は心配いりません。ニューヨークに着いたら、わたしの連絡先をお教えします。今ここで決める必要はありませんよ」

ノラは目をあげた。「ありがとうございます」心から礼を言った。

医師は心配そうな顔をした。「わたしにも娘がふたりいます。相手の男性ですが……。まだ愛しているんですか？」

彼女は視線を床に落とした。「あのときは、命よりも愛していました」ためらいがちに言う。

「お嬢さん、もう彼を愛していないなら、その子供もそれほどいとしいとは思わないでしょう」医師はほほえんで言った。

ノラは愕然とした。「わたしを裏切った人を愛するなんて、できません！」

「悲しいかな、憎しみも愛のひとつの形です。あまり心配しないようになさい。きちんと食事をして充分に休むこと」医師は診察かばんを閉じながらつけ加えた。「注意を要する状態ですから」

「熱病ですね……」

医師が振り向いた。「発病するかもしれません。もしそうなっても命にかかわることはありませんよ。パナマやキューバで同じように感染して戻った人たちの多くが、病気と折りあって生活しています。アメリカ最南端の地域でも、蚊が媒介するプラスモジウム感染でマラリアにかかることはあります。大勢診ていますよ。命を落とすことはないです。キニーネは服用していますか？」

「ええ」ノラはみじめな声で言った。「二回も発作が起きたので、そうせざるをえません。でも、のむと気分が悪くなります。あの……赤ん坊に悪い影響は出ませんか？」

医師はほほえんで首を振った。「大丈夫ですよ。さあ、少しお休みなさい。船酔いの薬がいくらか効きますから」

「ありがとうございました、先生」

医師はノラの肩を軽く叩いた。「もっとお役に立てるといいんですがね。おやすみ、ミス・マーロウ」

ノラは疲れた目で彼を見送った。親切な医師だった。少なくとも熱病に関しては希望を見いだしてくれた。でも、キャルの子供はどうすればいいだろう？　とてもひと晩で解決できる問題ではない。

船が港に着岸し、汽車でリッチモンドに向かうあいだも、エドワード・サマービルはノラを注意深く観察していた。ノラの状態を知っているように思えるのは、ひどく彼女を気づかい、心を砕いていたからだ。

「手放さないのかい？」プラットホームでノラの父が迎えを寄こすのを待つあいだ、一瞬ふたりきりになると、サマービルはずばりときいた。

わけ知りな彼の視線と目を合わせたノラの顔から血の気が引いた。

サマービルは皮肉な笑みを浮かべた。「そんなことを秘密にしておけると思ったのかい？　医者は看護婦に話した。看護婦はちょっとしたお世辞と高価なチョコレートひと箱で、ずいぶん口が軽くなったよ」彼は首をかしげた。「テキサスの男か？　きみがエドナに話していた？」

「子供の親はあなたに関係ないわ」ノラは虚勢を張った。サマービルの干渉とあざといふるまいに怒りがわきあがった。彼はろくでなしだ。

「ぼくがきみのご両親に子供のことを話したらどうする、ノラ？」サマービルは目にあくどい光を浮かべて唐突に言った。「実はぼくの子供だと言ったら？」

「わたしたちは……そんなこと一度も……！」

「イギリスではずっと一緒だったよ」彼は言いつのった。「それにきみの腹は目立っていない。今のところは」

「そんなことさせないわ！」ノラは激昂した。

「父がぼくの相続分を酒と賭《か》けごとに使ってしまった」サマービルは氷のように冷たい声で言った。ハンサムな顔は怒りと欲で醜くゆがんでいる。「貧乏人の暮らしなどぼくにはできない。するつもりもないんだ。きみには夫が必要で、ぼくには生活を支えてくれる裕福な妻が必要だ。お似合いじゃないか。ぼくは絵に描《か》いたような愛情深い夫兼父親になると約束するし、生まれてくるちびは素性を知らずにすむ」

「いやよ！」ノラはあえいだ。

近づいてくる馬車を見て、サマービルは荷物を手にとった。ノラに冷ややかな笑みを向ける。「断わればどうなるか考えてごらん、ノラ。お父さんは無理やりぼくと結婚させるだろうね」

「父はわたしを勘当するわ！」ノラは正した。

サマービルは片方の眉をあげた。「そうは思えないな。ぼくには由緒ある家名があるし、お父さんはうちの経済状態を知らない。家名を守ることに必死になるような人だ。家名を汚さずにすんで、自分の面目が保てるならなんでもするだろう。銀行家に醜聞は命とりだよ」

ノラにもよくわかっていた。父には自分の命より社会的地位のほうが重要なのだ。それを守るためならなんでもするだろう。突きつめれば、娘をサマービルのような悪党に嫁がせることもいとわないということだ。

「金曜日まで考える時間をあげよう。それまでにぼくとの結婚を承諾しなければ」彼はもったいぶって先を続けた。「承諾させるまでだ」

「わたしに強制することはできないわ！」ノラは高飛車に言った。だが、旅の疲労と体調のせいで体力がなかった。彼女はよろめき、倒れかかったところをサマービルに抱きとめられた。

「ぼくに逆らわないほうがいい。無駄だよ。きみを手に入れる。アフリカでもそうするつもりだったが、いとこ連中に邪魔された。今度は頼れる人も助けてくれる人もいない。ぼくは思いどおりにきみの財産も手に入れるさ。きみにはそれを防ぐ方法はない」

いいえ、あるわ。ノラはきっぱりと自分に言った。なんとかしてとめてみせる。もっと気分がよければいいのに！　とてもそんな体力はないが、どうにかしなくては。さもないと自分の人生と財産の主導権を失ってしまう。キャルという人はなんてひどい運命をもたらしてくれたのだろう！

ほどなく両親の家に着くと、サマービルはノラに手を貸して馬車からおろし、家のなかへ入れた。母親はノラをあたたかく迎えてくれたが、招かれてもいないのにくつろぐサマービルには冷淡だった。

「お父さまも、もうすぐ見えるわ」母のシンシアはノラに言い、不審げなまなざしでサマービルを見た。「失礼ですけれど、ミスター・サマービル、あなたをお招きした覚えはありません」

彼はわざとらしい笑みを浮かべた。「ノラに招かれたんです。そうだね、ノラ?」

ノラは彼をにらみつけた。「いいえ、そんな覚えはないわ」

サマービルはゆっくりと立ちあがり、ノラの前に立った。「金曜日の朝までだ」彼は釘を刺した。「それじゃ、そのときに……ダーリン」彼は身をかがめてノラの頰にキスをしようとしたが、彼女はさっと身を引いた。サマービルの視線を受けとめたノラの青い瞳はぎらぎらと光っていた。

「警察を呼んでおくわ」

「ぼくは記者を呼んでおこう」彼は穏やかに言いかえした。

サマービルがうしろ手に玄関のドアを閉めたとき、ノラの顔は蒼白《そうはく》だった。シンシアは娘をソファに横たえた。「下劣な男!」母はノラの世話を焼きながら吐き捨てた。「熱があるの?」

「気分が悪いの」ノラははぐらかした。

「無理もないわ。長旅ですもの」母はメイドに湿らせた布を持ってこさせ、娘の額にあてがった。「ノラ、帰ってきてくれて本当にうれしいわ。お父さまはいつも銀行だし、寂しかったのよ。銀行のほうがわたしより大切なのじゃないかしら」

ノラにはそのとおりだという確信があった。両親は長い年月をともに暮らしているが、ふたりのあいだに情熱はなかった。父は命令し、母は従う。その退屈で殺風景な関係を見ていると、ノラに結婚願望は生まれなかった。キャルに出会うまでは。

ノラは目を閉じて、サマービルが脅迫を断念して消えてくれることを祈った。だが、そうはならないだろう。ノラの財産に目をつけた彼には結婚に持ちこむ勝算があるのだ。

シンシアは娘の具合が悪いのは熱のせいだと思っていた。母はノラのそばに腰をおろし、いつもの静かな声でありきたりな話をしはじめた。そのあいだずっと、ノラは窮地を脱する方法を模索していた。自分がどれほどやっかいな状況にあるかを父に話すことを考えただけで恐怖心に襲われた。さらにエドワード・サマービルがとんでもなくことを複雑にする。なにか打つ手があればいいのに！

あるわ。ノラははっと気がついた。それは不愉快で避けたい代案ではあるけれど、唯一の方法だった。彼女は湿った布を額から外して深いため息をついた。助けを求めるのは自尊心が許さない。でも選択肢は限られている。

ノラは上体を起こした。「お母さま、クラレンスを〈ウエスタン・ユニオン〉社へ使いに出してもらえるかしら？　電報を打ちたいの」

「まあ、もちろんいいわよ。どなたへ……？」

「お願い、きかないで」ノラは母の目を見て言った。「信じてちょうだい。自分のしていることはわかっているわ」

「ノラ、なにか問題でもあるの？」シンシアがきいた。「そもそも数週間前に追い払ったあの男も一緒に戻ってきたかと思えば、あなたは疲れきっているし。わたしに話してちょうだい、お願いよ」

「もちろん話すわ」ノラは安心させるように言った。「でも今はだめなの。紙と鉛筆をくださる？」

苦しげなため息をつき、シンシアはそれらをとってきた。「わたしの秘書がいれば口述筆記させるのだけれど」

「自分で書けるわ。それからクラレンスには返事が来るまで待ってもらって。少し……時間がかかるかもしれないけれど」

「妙なことを言うわね、ダーリン」

ノラは応えなかった。小説に匹敵する事態をほんの数語で書き記すことに没頭していた。書きあげると文字数を数えてバッグから一ドル銀貨をとりだし、一緒に封筒に入れて封をした。

シンシアは気になってしかたがなかったが、娘のこわばった顔を見ておとなしく従った。なにか困ったことが起きたのだ。ひどく困ったことが。サマービルに関係がありそうな気がした。あの男はノラに執着している。なにかたくらんでいるに違いない。きっと不愉快なことだろう。金曜日にまた来ると言っていたし、ノラはそのことで動揺しているようだ。金曜日の午前中は夫に家にいてくれるよう頼むことにしよう。職場を長時間離れるのは気が進まないだろうが、シンシア同様、夫もサマービルを嫌っていた。あの男には嫌悪感を覚える。ノラが自分のしていることをわかっていればいいのだけれど。

庭師のクラレンスはメッセージをリッチモンドへ持っていき、電報を打った。返事を受けとるのに午後の半分を費やしたが、〈ウエスタン・ユニオン〉の従業員が封をした封筒を渡してくれるまで辛抱強く待った。

クラレンスが返事を持ち帰ると、胸の高鳴りを抑えて封を切るノラの手が震えた。キャルが牧場を離れていて連絡がつかないのではと不安だった。だが、少なくとも返事だけは届いた。その内容はわからなかったし、なにを期待すればいいのかもわからない。でも、これ以上引きのばすのも耐えられなかった。色よい返事を期待するしかない。

簡潔な飾りけのない文章が目に飛びこんできた。〝キンヨウビ　ノ　ゴゼンチュウニ　ツク　C・B〟それだけだった。それ以上はなにもない。彼が来てくれる。ノラは横になって目を閉じた。これで万全というわけではないが、少なくともエドワード・サマービルから逃れるチャンスはできた。あとは神を信じてゆだねるだけだ。

金曜日の朝、キャル・バートンはリッチモンドの駅で汽車をおりた。疲れていて、ほこりまみれで、不機嫌だった。乗り継ぎをしながらこんなに早くここへたどり着くには、およそ魔法以外のすべてを駆使しなければならなかった。くたくたで眠かったが、とにもかくにも到着した。あの短いメッセージがいったいどういう意味なのか、説明してもらうとしよう。〝スグニ　キテ　エレノア〟そう書いてあった。サマービルとやらのことを知ったからには、彼女の顔を見る機会を逃すわけにはいかない。きっと妊娠がわかってキャルを責めるつもりなのだろう。別の男の存在を知った今、ノラの思いどおりにはさせない。絶対に。

キャルは馬車でマーロウ家に向かった。中心街にある屋敷はれんが造りの大きなもので、中庭と幾何学状に配置した庭があり、晩秋にもかかわらず見応えがあった。それはいかにもエレノア・マーロウが住んでいそうな屋敷だった。

キャルの眉はすでにつりあがっていた。彼は上等なスーツに着替えることさえしなかった。誰かにいい印象を与える必要もない。作業服のままでかまわなかった。ふたり組の銀行強盗を捜索する保安官に手を貸したときのまま、引きしまった腰には拳銃までさがっている。ちょうど町にいて捜索隊の一員に名のりをあげたときに、エレノアから電報が届いたのだ。ジーンズと大きなブーツ、つば広のカウボーイハット、房飾り付きの革ジャケットにガンベルトといういでたちは、ノラの〈ダイム・ノベル〉から抜けでたようだ。仕上げは玄関ドアのノッカーに手をかけたときにくわえた巻き煙草だった。ドアを開けた執事は卒倒しかけた。キャルはにやりと笑ってみせた。

「やあ、ノラはいるかい？」彼はテキサスなまりで言った。

執事は自分の目を疑うようにじろじろとキャルを見た。口を開くが言葉にならない。

「いえ、その――」

ノラが自分で玄関へやってきた。顔は疲労と不安に青ざめ、弱々しく見える。「もういいわ、アルバート、ありがとう」彼女はやさしく声をかけた。

白髪の老人はていねいに頭をさげ、もう一度キャルに啞然《あぜん》とした一瞥をくれて立ち去った。

キャルはノラを前にしてわきあがる感情とは裏腹に、冷ややかに目を細めて彼女を見つめた。ノラは具合が悪かったのだ。そのやつれた顔を見ると、キャルは罪悪感と保護欲の両方を感じた。なかへ招き入れるやせた手が震えていることに気づいて、彼は怒りを忘れた。

「どうぞ入って」ノラはそわそわと言った。目はキャルに釘づけだったが、今は彼の腕に飛びこむわけにはいかない。「あなたを巻きこんでしまってごめんなさい。ほかに方法がなかったの」

キャルは両方の眉をつりあげた。なんという変化だろう。彼のいでたちをとがめるどころか謝罪の言葉が出てくるとは。よほどせっぱつまっているに違いない。ふたりで歩いているあいだ、彼はノラのやわらかな唇をじろじろ見ないようにつとめた。唇を見ていると、最後にふたりきりになったときの光景が思い浮かぶ。その記憶には今も毎晩悩まされていた。激怒していたはずが、それも思いだせないほど彼女が恋しかった。

「立派だな」キャルは贅沢な調度に感嘆したふりをして言った。「こいつはすごい！本当に金持ちなんだな、ハニー」

ノラはキャルの冷やかしを無視した。気分がすぐれない。キャルが室内をうろうろと歩きまわって眺めているあいだに、彼女はソファに座りこんで両手をきちんと膝の上で組みあわせた。

ノラは泥がこびりついたキャルのブーツを見たが、満足そうにほほえんだだけだった。ガンベルトをしている彼は初めて見た。そこにおさまっている六連発銃のすり減ったグリップを見て、彼女はかすかに顔をしかめた。

「タイラー・ジャンクションで銃撃戦は起きない」ノラは言った。「いつかあなたがそう言っていたわ」

キャルは煙の立ちのぼる煙草を手にして振り向いた。引きしまった唇にかすかな笑みを浮かべ、親愛には少し及ばない表情でノラを見た。「ふたり組の銀行強盗の捜索に加わったところへ電報が届いたんだ。そいつらは女性をひとり殺した」

「まあ。なんてひどい！」

「リンチに遭わずに裁判まで進めたら運がいい。それで、おれがここにいるわけは？」

キャルの銀白色の瞳が光り、ノラの鼓動が速まった。玄関で彼がちらりと見せた不安はみじんも感じさせない目でノラを見つめている。それどころか、おもしろがっているような、かすかにさげすむような表情が浮かんでいた。

ノラは戸口に目をやり、両親の耳に届かないことを確認した。金曜日だが、娘の様子がおかしいと告げられた父はまだ出かけていない。

「それが、その――」ノラは口を開き、言葉をつむごうとした。

「伝染したね」キャルは語尾を引きのばした。「さっきの執事も口ごもっていたよ」

ノラは彼をにらみつけた。「協力してくれなければ、話そうにも話せないわ」

「おれは協力すべきなのかい？」キャルは言いかえして目を細めた。「彼はどこだ？」

「彼？」

「サマービルさ」ノラが驚くと、キャルは笑みを浮かべた。「その男の存在がいつかはおれの耳に入るとは思わなかったのかい？」

「知っているのね」ノラはあきらめたように言った。

「ああ」目は細めたままだ。「別に天才でなくても、きみが身ごもっているのはわかる。サマービルはヨーロッパへきみを追いかけていったくらいだから、求婚しているんだろう。ふたつの出来事にはつながりがあるような気がするね」

ノラはキャルをにらみつけた。侮辱されて腹が立った。「彼はわたしとの結婚を望んでいるわ」彼女は口を開いた。

「そしておれは妻を望んでいない。それならなぜ電報でおれを呼んだ？　すでに婚約者がいるなら、おれはきみの複雑な人生にどんな役目を果たせばいいんだ？」

ノラはキャルの冷ややかな凝視を受けとめた。彼女の顔から希望が消えた。彼はノラのことなどどうでもいいのだ。サマービルがノラにしたことを知っていても、関心はないのだろう。キャルに助けを求めなければよかった。彼女は激しく後悔した。彼が結婚を望んでいないのは火を見るより明らかだ。赤ん坊も望んでいない。自分の愚かさとふたりの再会を夢見たことに涙が出そうだった。人を愛し、こんな状況でここまではっきり拒絶されるなんて悲しすぎる。

「ああ、ここにいたのね、ノラ――」娘と同じ明るい青色の瞳を持った母親が戸口でぴたりと足をとめた。まるでノラがそのまま年をとったかのようだ。シンシアは応接間の空間を占めている粗野ないでたちのカウボーイを愕然として眺めていたが、やがてホルスターに入った銃に目がとまると、その視線に好奇心が浮かんだ。「強盗なの？」彼女はおずおずときいた。

キャルはうなずいて煙草を口にくわえた。

「ここへ盗みに来たの？」母親はたたみかけた。

キャルは尊大にあたりを見まわした。「マダム、ここにはなにひとつ欲しいものが見あたりません」漫然とそう言いながら、まっすぐノラを見る。彼女は傷つきながらもしっかりと彼の視線を受けとめた。青ざめたノラの顔に浮かんだ痛みに、キャルは少しばかりうしろめたさを覚えたが、それをねじ伏せた。

シンシアは顔をしかめた。「謎めいたことをおっしゃるのね」

「彼はそれが得意なのよ」ノラはそっけなく言った。

キャルはノラをにらみつけた。「おれがここにいるわけはお嬢さんにきいてください。呼びつけたのは彼女ですから」

「お母さま、こちらはキャル・バートンよ」ノラは彼のほうを見ないで言った。「この人は……チェスターおじさまの牧童頭なの」

「まあ」テキサスから来た妙な男に対しても礼儀を重んじずにいられないシンシアは、進みでて片手を差しだした。「お目にかかれて光栄ですわ」

「こちらこそ、ミセス・マーロウ」キャルはそう言うと、いつも社交の場ではそうしているかのようにシンシアの手を唇に持っていった。

ノラは母が喜んでいるのと同じくらい衝撃を受けた。これまでおじの家以外の応接間にいるキャルを見たことはない。だが、まったくものおじしている様子はなかった。むしろすっかりくつろいでいる。

シンシアは軽い笑い声をあげた。「どうぞおかけになって、ミスター・バートン、今紅茶を用意させますわ。それともコーヒーのほうがよろしいかしら？」

「ええ、できたらそのほうが」キャルは帽子までとって慇懃に返事をした。

そのしぐさにシンシアはうっすらと頬を染めた。「すぐに戻りますわ！」あわてふためいて出ていった母は、ノラが彼を呼びつけた理由をきき忘れた。

母に聞こえる心配がなくなってから、ノラはキャルをにらみつけた。「紳士的なのね」彼女はつぶやいた。「お辞儀もできるの？」

「レディに対してならね」キャルは冷ややかな笑みを浮かべて言った。

怒りのあまりノラの胸がふくらんだが、言いかえす前に玄関のノッカーが再び鳴り、アルバートが応対に出た。

「また客かい？」キャルはカウボーイハットをソファに座っているノラの隣にほうって安楽椅子に腰かけると、こぎれいなキャンディー皿を灰皿代わりに膝にのせた。

ノラが振り向いて不安そうに目をやった玄関から、エドワード・サマービルが入ってきた。スーツに山高帽というでたちの彼は一分の隙《すき》もない。ブロンドの頭から帽子をとり、アルバートがしぶしぶ来訪を告げるのを待って応接間へやってきた。

「ノラ、ぼくのいとしい人」サマービルは挨拶をしながらノラの手をとろうとした。ノラは彼に届かないところまで手を引っこめた。

「そんなふうに呼ばれる覚えはないわ」ノラは冷たく言った。「それにあなたと結婚するつもりもないの」

「もちろん結婚するのさ」サマービルはそう言いながら、安楽椅子に座っているカウボーイに不思議そうに一瞥をくれた。「誰だい?」

「キャラウェイ・バートンよ」ノラが紹介した。「世間話はもういいわ。さあ、この人を撃ってちょうだい、ミスター・バートン」

ふたりの男性はあっけにとられてノラを見た。

「足でもかまわないわよ、そのほうがいいなら」ノラは淡々と先を続けた。「わたしとしては心臓を撃ち抜いてもらいたいけれど、大目に見るわ。さあ、お願い」手でサマービルを指しながらたたみかける。

サマービルの金色の眉がきゅっとつりあがった。「ノラ……!」

メイドのメアリーの言葉に愉快そうに笑いながら、シンシアが戻ってきた。しかし劇的な場面が目に入ると笑みは消えた。

「まあ、ミスター……サマービル」シンシアは口ごもり、サマービルと、脚を組んで座っているキャルを交互に見た。

「目をつぶってちょうだい、お母さま」ノラは落ち着いて言った。「ミスター・バートンがわたしのためにミスター・サマービルを撃ってくれるのよ」

シンシアがはっと息をのむ音がはっきり聞こえた。彼女は別の安楽椅子に崩れるように腰をおろした。「ノラ。あなた……」

「理由もなく人は撃てない」キャルはあっけにとられたまま言った。

「理由はあるわ」ノラはサマービルをにらみつけながら激昂して言った。「わたしを侮辱し、わたしの命を危険にさらして、この前はわたしを脅迫して結婚を迫ったのよ！」

サマービルはあんぐりと口を開けてノラを見た。「きみは病気なんだ！」

「きっとそうだわ」シンシアが呆然と言った。「ノラ、横になったらどうかしら？」

「いやよ」ノラはそっけなく言った。「横になったせいでこんなことになっているんですもの」彼女はキャルをにらみながらつけ加え、彼はその当てこすりに歯を食いしばった。

「わたしにはさっぱりわからないわ」シンシアが言った。

「いったいなんの騒ぎだね？」ノラの父親が入ってきた。いつも以上にいらだった彼の顔は、キャルを見てさらにこわばった。「このカウボーイは誰だ？　おまけにその悪党はここでなにをしているんだ、シンシア？」

「わたしにきいたら、お父さま？」ノラはぼそりと言った。「わたしは頭が悪すぎて、その質問には答えられないとお思いかしら？」

「ノラ、おまえは黙っていなさい！」父がぴしゃりと言った。「サマービル、いったい……？」

「問題の核心は、ノラがこの伊達《だて》男と結婚したくないということだと思いますよ」ようやく状況を把握しはじめたキャルは、煙草でサマービルを指し示しながら語尾を引きのばすように言った。

「そうかな？」サマービルが高飛車に応じた。「ノラはぼくと結婚しますよ。そうだね、ノラ？」彼は態度で脅しながら意味ありげに言い添えた。キャルは彼を殴りつけたい衝動を抑えなければならなかった。

ノラは深く息を吸いこんだ。「いいえ、あなたと結婚するつもりはないわ、エドワード」

「きみは何週間もぼくと一緒にイギリスで過ごした」サマービルはことさら大きな声でほのめかすように言った。「そして」気どった笑みを浮かべる。「きみは身ごもった」二階にまで聞こえそうな叫び声があがった。使用人たちがなにを言いだすかわかったものではない、とシンシアは思った。

父親は恐ろしい顔をしてノラを見た。「本当なのか?」冷たい怒りをこめて言う。「答えなさい!」

ノラがまっすぐに背筋をのばすと、内心で震えているようには見えなかった。最後の勇気を振りしぼって、彼女は父の目を見あげた。

「本当よ」

父の開いた手がすぐさま飛んできて、ノラの顔を打った。叩く音と彼女の叫び声が相まって部屋にこだました。

# 第九章

平手打ちの音がやむより早く、キャルがすばやく立ちあがり、ノラの父親は仰向けに床に倒れた。

「この野郎――」キャルは大きな両のこぶしを体の脇で握りしめ、初めにシンシアが間違えた強盗ばりにすごんだ表情で年配の男を見おろした。「二度とノラに手を触れてみろ、首をへし折ってやる!」彼は声を荒らげることすらしなかったが、脅しは露骨に効いていた。態度だけでも脅威なのだ。それに銀白色の瞳に宿る冷たい悪意と威厳のある口調が加わると、サマービルでさえ一歩しりぞいた。

父親は頬ひげがふくらんでいるあたりを手で押さえながら、信じられないという面持ちでゆっくりと上体を起こした。腰の低い位置にガンベルトをさげて上から見おろしている男は、どんな暴力も働きかねないように見えた。だが、銃を抜こうとする様子はない。持っていることすら意識していないようだ。父親は顎の痛みにもかかわらず、目の前の男を少しばかり尊敬してしまいそうな気持ちと闘っていた。しかし、自分のとった行動を悔やんではいない。ノラは殴られて当然だ。娘の不埒な行ないにくすぶった怒りを感じながら、そう思った。ノラのために一族がそろって面目を失うのだ！　クラブで娘のぞっとするような噂話がささやかれれば、同輩に合わせる顔がない。そんなことになってたまるものか！

ノラは痛む頬を撫でながら目を輝かせた。少なくとも、キャルは彼女が手荒に扱われるのをほうってはおかなかった。それだけでもたいしたものだ。横柄な父親が啞然として床に座りこんでいるのを見ても、ちっとも胸は痛まなかった。身重の女性を殴るなんて！

「ぼくの子供です」サマービルは大きな声で明言した。「嫡出子にするためにノラと結婚するつもりです」そう言いながら、彼はキャルからさらに離れた。この男は凶暴そうだ。

キャルはちらりとノラを見た。彼女の顔に浮かんでいる表情は、キャルの思いこみとは矛盾していた。確かにノラはサマービルと一緒だったかもしれないし、この男は彼女と関係を持ちたいと願っていたかもしれない。だが、一瞬彼女の瞳をよぎった輝きは間違えようがなかった。あんなことがあったあとでも、ノラはキャルを愛しているのだ。その思いがある限り、別の男の腕に抱かれるとは思えない。サマービルの主張がどうあれ、キャルは心の奥底でそれを悟った。

「違う」キャルはノラと目を合わせたまま静かに言った。「おれの子供だ。エレノアは手続きがすみしだい、おれと結婚する」

キャルの瞳を探っていたノラの視線がやわらいだ。

父親は再び激怒した。「わたしの娘がカウボーイごときと結婚するだと？」彼は絶叫した。「そんなことは認めんぞ！」

「相手が誰なら認めるんです？」キャルは冷ややかにきいた。「この伊達男ですか？」彼は親指でサマービルを指した。サマービルは気色ばんだが、言いかえす勇気はなかった。この男は銃を持っているし、自分は愚か者ではない。サマービルはノラの父親と一緒に床に伏すつもりはなかった。

「エドワードには収入がないわ」ノラがつけ足した。「父親が博打《ばくち》で資産をすってしまったんですって。彼はわたしと結婚して資産を巻きあげようとしているのよ、お父さま」彼女は容赦なく言った。「子供の父親はエドワードではないわ。あんな汚らわしい手に触れられてたまるものですか！」

サマービルは真っ赤になった。ノラをにらみつける。「こんな貧乏人と結婚するのか？　浮浪者のような格好をした、まともな屋敷に入る前に靴の汚れをとることも知らないような男と？」サマービルの顔が引きつった。カウボーイから殺意が感じられる気がして、万が一のためにもう一歩後退した。「それにどこで暮らすつもりだ、エレノア、ちっぽけな小屋かい？　料理や掃除も自分でしなければならない。使用人もいないし金もないんだぞ」

ノラの顔色がさらに青ざめたが、彼女はなにも言わなかった。身動きもできず虚空を見つめながら、濃い青のベルベットで覆われたソファの端に体をかたくして座っていた。そういうことも考えてはみた。だが、ほかに選択肢は残っていない。キャルはノラを信じてくれた。今はそれだけで充分だった。

キャルはじっとノラの表情をうかがっていた。子供はおそらく彼の子だろうし、ノラは彼を愛しているのだろう。それでもノラが上流階級の娘であることには変わりなく、キャルでは不足だと思っているのは明らかだった。彼女だけではない。両親もぞっとしたような顔をしていた。キャルは冷たく笑った。さて、ミス・エレノア・マーロウ、おれと結婚してテキサスへ行くことはできるが、エルパソにほど近いわが家の〈ラティーゴ牧場〉の裕福な暮らしはおあずけだ。リッチモンドのミス・マーロウに、〈ラティーゴ牧場〉の金のかかった品のいい住まいなどとんでもない。〈トレメイン牧場〉の牧童頭のキャビンでおれと暮らし、人を見下さず普通の人間として生活することを学んでもらうとしよう。ふたりの過ちでおれの自由が奪われなければならないのなら、ノラには贅沢な暮らしをあきらめてもらう。それが公平というものだ。

キャルはノラの父親を見つめ、自らの子供時代を思い起こした。父が危うくすべてを失いそうになり、大きな痛手を受けたときのことだ。ほんの短いあいだだったが、一家は貧しい生活を余儀なくされた。エルパソの富豪タールトン一家は、カルヘイン家に力があるあいだはちやほやしていたものだ。運が傾いて首がまわらなくなったブラント・カルヘインが借金を申しこむと、タールトン一家の態度はてのひらを返したように変わった。エルパソでは珍しい彼らの変節は若いキャルの心に深い傷を残した。タールトン家の末息子はキングとキャルの友達だった。だがカルヘイン家が経済的苦境に見舞われたとたん、その子は貧乏人の子供と遊ぶつもりはないと言ってのけた。学校ではカルヘイン兄弟をからかい、ブラントが立ち直って富をとり戻すまでの二年間をみじめなものにしてくれた。

なじられ愚弄された日々を思いだすと、キャルは今でも怒りがよみがえる。彼はキングよりもそのことを重く受けとめていた。畜産市場が活気をとり戻し、カルヘイン家が再び財をなすと、タールトン家は仲間外れになった。彼らが〈ラティーゴ牧場〉に招待されることはない。タールトン家の末息子はカルヘイン兄弟のパーティーから自動的にしめだされた。しかしそれも、カルヘイン兄弟が受けた屈辱の償いには遠く及ばなかった。

キャルが追想にふけっているあいだに、ノラの父親はようやく立ちあがった。彼はキャルをにらみつけたが、近づこうとはしなかった。「結婚は許さんぞ」ぶっきらぼうに言う。「こんなごろつきと結婚するなら、おまえとは縁を切る！」

「そんな、あなた、いけませんわ」シンシアが声をあげたが、手遅れだった。夫がノラを叩いたときは青くなって前に踏みだしかけたものの、夫の勢いに抗議もできず震えあがった。いつもそうだった。

「わたしがそうすると言ったらそうする」父親は断固として言った。彼は冷ややかにキャルを見た。「こんなに身分の低い男との結婚は許さん。娘はわれわれと同等の身分と階層に属する男性と結婚させる」

キャルは片方の眉をつりあげてノラを見た。「この親にして、ということか」彼はぶつぶつとつぶやき、ノラの父親を見た。「えり好みをしている場合ではないと思いますよ。あとひと月もすればずいぶん目立つでしょう。実際」キャルは彼女の腹部のあたりがわずかにふっくらしていることに気づいた。「すでに目立ちはじめている」ノラの腹を見て自分が誇らしい気持ちになったことに、彼は驚いた。

ノラははっと息をのんで腹部を手で隠した。父の両手は体の脇できつく握られている。

サマービルはあたりを見まわして肩をすくめると、帽子を注意深く頭にのせた。「それではお幸せに」ノラに悪意に満ちた笑みを向ける。「奴隷のような暮らしに疲れたら、きみにもう一度チャンスをあげるよ、エレノア。もしもまだ……結婚できるようならね」

それとなく熱病のことを言っているのだ。ノラは青ざめた。医師には大丈夫だと言われても、将来を楽観視することはできなかった。自分だけでなく子供のことも心配だ。

「いつの日か神さまは、わたしを苦しませたあなたに償いをさせてくださるわ、エドワード」ノラはささやくように言った。「きっとよ。無慈悲な行ないには相応の罰が下るでしょう」

サマービルは笑いとばしたが、キャルの動きを目にとめて笑みを引っこめ、急いで玄関へ向かった。「失礼することにしよう。それでは」

彼が行ってしまうと、あとには四人が残った。

「そうだわ……メアリーがコーヒーを」シンシアが口を開いた。

父親の顔は上気し、キャルのこぶしが当たった部分は赤くなっていた。彼は娘を振りかえり、さげすむような冷たいまなざしを向けた。「荷物をまとめてこの家から出ていけ、このあばずれめ」父はノラに言った。「一ペニーだってくれてやるものか。おまえはその……愛人に助けてもらったらいい。どんなことでも。二度とここへは来るな。わたしの顔に泥を塗りおって！」

父親は部屋を出て勢いよくドアを閉めた。

シンシアは泣いていた。「ああ、ノラ、どうしてわたしたちをこんな目に遭わせるの？」彼女はみじめな声できいた。「ちゃんとした娘に育ててきたつもりなのに。キリストの教えを守って……」

キャルはうんざりした。家庭におけるノラを見て、さらに彼女のことがわかってきた。サマービルのほのめかしとノラが最後に浴びせた言葉は腑《ふ》に落ちないが。時が来たら直接きいてみる必要がある。今はこの地獄のような場所からノラを連れだすことが先決だ。彼女は気分が悪そうだった。

「身のまわりのものをまとめておいで、ノラ」キャルは彼女に手を貸してソファから立ちあがらせ、やさしく言った。これまで誰に対しても、こんなに保護欲と所有欲を刺激されたことはなかった。

ノラは逆らわなかった。悲嘆のあまり全身を小刻みに震わせながら、母親の脇を通り過ぎる。運よく、イギリスへ渡ったときの荷物がほとんどそのままになっていた。アルバートはそれらをキャルが馬車で待つ外へ運びだすだけでよかった。荷造りされていないものは惜しげもなく置き去りにした。

シンシアはノラと一緒に表へ出た。「ああ、ノラ、どうしてこんなことを！　あんなによくしてあげたのに、わたしたちに恥をかかせて！　なんて親不孝なの！」

嘆き悲しむ年配の女性を、ノラは初めて見るような目つきで見た。友人も慰めもない死刑囚になったような気分だった。彼女は毅然《きぜん》として顎をあげた。

「あなたはただの一度もわたしを弁護してくれたことはないわ。今までずっと、お父さまがどんな形でわたしを罰しようと、あなたはそれに同意してきた。今回もそうよ」ノラは上気した頬を両手で押さえて言った。

シンシアはハンカチーフをもみしぼった。「夫ですもの。夫の望みどおりにするのがわたしの役目よ。それに、ノラ、お父さまが正しいわ。あなたのせいでおしまいよ」

ノラは気色ばんだ。「あなたには自分たちの社会的地位がなにより大切なのよ、そうでしょう?」静かに問いかける。「わたしの体も、生まれてくる子供もどうでもいいんだわ。わたしはあなたたちに恥をかかせないように勘当されたのよ。わたしの娘は決してそんな目に遭わせない。たとえ手近なオークの木の枝につるされようと、わたしは娘を守るわ!」

シンシアは青ざめてハンカチーフを握りしめた。「ああ、あなたにはわからないのよ。お父さまの仕事のことも、財産のことも──」

「世界中の富を手に入れたとしても、魂を失ったのではなんの得にもならない。聖書にそう書いてあるわ。違う?」ノラはきいた。母の繊細な顔がぱっと赤く染まるのを目にとめて、ノラは彼女に背を向け、キャルの手を借りて馬車に乗りこんだ。このときばかりは、彼もノラを誇りに思った。

キャルは手綱をとり、冷たく意味ありげな視線をノラの母親に投げた。「いつの日か」

静かな声で言う。「後悔することになりますよ。ご主人もね」彼はノラの母親にていねいにうなずきかけて馬を出した。ノラが、そして彼女の両親がキャルの真の姿を知る日のことを考えていた。確かにマーロウ家は裕福ではある。だが、カルヘイン家の財力には遠く及ばない。

「きみが泣く姿を見せてはいけない」キャルはすすり泣くノラに言った。「きみは勇気がある。おれもそれは認めるよ」彼は目を赤くしたノラの顔を見た。「これから向かう場所ではそれが必要だ」

ノラは応えなかった。涙をぬぐって気持ちを落ち着かせた。ずいぶん家を離れてからも、彼女は振りかえらなかった。今までの生活は終わったのだ。これからは、甘やかされた環境とは一変する世界で、なんとか暮らしていくすべを学ばなければならない。

汽車の駅に着くまで、ノラは口を開かなかった。道すがら、キャルのことと、ここまで来てほしいと彼女が頼んだせいで彼が払うことになった犠牲について考えていた。それに、こんな立場に追いこまれたのも愉快ではないだろう。キャルは結婚などしたくなかったのだ。曲がりなりにも彼女を救ってくれた彼に、これ以上の迷惑はかけられない。自分のことは自分でしなければ。それが現代女性というものではなかった？　今は身重で病気の不安を抱えているとはいえ、夢に見た現代女性になれるかもしれない。しきたりに逆らい、陰口を無視して行動する勇気さえあれば。

「わたしのせいでお金がかかってしまうわね」ノラは疲れきって魂が抜けたような声で言った。「少しはたくわえがあるの。あなたの汽車賃くらいは払わせて」彼女は涙をこらえて呼吸を落ち着かせようとした。「エドワードと無理やり結婚させられないために、あなたの助けが必要だっただけなの。わたしは大丈夫よ。ニューヨークへ行って、なにか仕事を探すわ」

キャルは静かにノラの横顔を眺めた。「その子はおれの子だ」

それは質問だった。ノラは頭をめぐらせずに首をかしげた。「そうよ。でも、あなたにすべての責任があるわけではないわ。わたしの責任でもあるのよ。あなたの自由を犠牲にすることはできないわ」

キャルは馬車の座席にもたれて手綱を指でもてあそび、ぼんやり前を見ていた。結婚して子供を持つ予定などなかった。まだ当分のあいだは。この展開は彼が追う夢にはよけいなことだ。だが、どうして彼女をほうりだせるだろう? 父親が娘に浴びせかけた言葉と平手打ちを思いだして、キャルは激しい怒りを覚えた。たったひとりの子供になぜあんな下劣な仕打ちができるのだ? それを考えると猛烈に腹が立った。

「荷物を汽車に乗せるのを手伝ってもらえるかしら……?」ノラがきいた。

キャルは首をめぐらせてノラを見た。「きみが乗る汽車はおれが乗る汽車だ。途中で結婚しよう。地元の牧師にきみの状態を知られて、おじさんたちが恥をかかないように」

恥ずかしさのあまり、ノラは目をぎゅっと閉じた。そのことに思い至らなかった。おじとおばに再会するのだ。今までとはまったく違う立場で。客としてではなく、使用人と変わらない立場で。そう考えるとプライドが傷ついた。「その必要はないわ」彼女はなんとか逃れる道を探そうと口を開いた。

「自分たちのことより、子供の幸せを第一に考えるべきだ」キャルはぶっきらぼうに言った。「その子が身ごもってくれと頼んだわけじゃない」

ノラは妊娠した原因を思いだして顔を赤らめた。「わたしはいらないんでしょう」「妻はいらない」キャルはぎこちない口調で言った。「だが、見も知らない誰かにきみをゆだねるほど愚かでもない。さあ、行くよ」

ノラはプラットホームまでキャルについていき、彼が切符を買うあいだうしろに控えていた。彼女の視線は長身で肩幅の広い背中をさまよった。キャルのたくましさと大きさ、身に備わった威厳が好きだ。彼には指揮官の雰囲気がある。一八九八年のアメリカ・スペイン戦争で培ったものだろう。だが、それだけではない。彼は命令を下すとすぐさま誰かが応じる生活に慣れているかのように、威厳のある話し方をする。それにノラに手をあげた父親を殴ることにも躊躇しなかった。裕福な人間に対してまったく臆さないのは驚きだ。彼が大胆不敵なのがうれしかった。彼女はキャルの体は知っていても、彼の本質はなにひとつ知らなかった。

キャルは切符を手にして振りかえった。駅舎のなかへノラを連れていき、曲線を描く背もたれと肘掛けがついた木のベンチに座らせた。彼女は座って待つあいだ、なめらかな木肌に手をすべらせた。

「ソーダ水か紅茶でもどうだい？」キャルが礼儀正しくきいた。

ノラはおずおずとほほえんだが顔はあげなかった。「それより、ストレートのウィスキーのほうが今の気分にぴったりくるわ。一度も飲んだことはないけれど」

キャルはノラの隣に腰をおろした。ベンチに触れて銃がごつんと音をたてる。彼は注意深くそれをどけて、ノラに顔を近づけた。「大丈夫かい、エレノア？」やさしくきいた。

ノラは驚いて視線をあげた。キャルと目が合うと、その意外な近さにぞくぞくした。彼女は小さく神経質な笑い声をたてた。「もちろんよ。助けに来てくれてありがとう」細い肩をすくめ、両手を膝の上にそろえる。「帰国の船旅で体調を崩さなければ、自分ひとりで闘えたのに」

「それでも父親にはかなわないさ」キャルはノラの頬を思いだして顔をしかめた。彼はそこにそっと手を触れた。「まだ痛むかい？」

「ひりひりするだけ」

「許せない」キャルはやわらかい肌を撫でながら、引きつった声で言った。ノラの唇が開き、息が浅くなる。キャルが引き起こした反応を隠そうとするノラを見て、彼はほほえんだ。「いつもあんなふうだったのかい、エレノア？」

「いいえ」ノラは言った。「子供のころは杖を使っていたわ。だけど乱暴ではなかったのよ」急いでつけ加える。

キャルは驚いたような顔をした。「杖だって？」

ノラはもじもじと動いた。「ええ、そうよ。子供のしつけに使うのは普通のことでしょう？」

キャルの顎がこわばり、目は怒りに細くなった。「女の子には使わないよ」吐き捨てるように言う。「ひどすぎる！」

ノラはほほえんだ。「もう長いあいだそんなことはしていないわ。今はだいたい顔を真っ赤にして怒鳴るだけ。父は父なりに気にかけてくれているのよ。母もそう」娘の妊娠を知った両親の驚愕と非難を思いだすと、目頭が熱くなった。彼女は涙を見せまいとして顔をそむけた。

「泥んこの子供たちとは遊ばせてもらえなかっただろう？」キャルは唐突にきいた。

「下層階級の子供たちのこと？　もちろんよ」ノラは即座に答え、キャルの顔が曇ったのを見て眉を寄せた。「ごめんなさい。失礼な言い方だったわ」

キャルは顔をそむけた。道のりはまだ遠い。彼はいらいらと思った。お互いに困難な道のりになるだろう。「それで、紅茶は?」

「いただきたいわ。近くにお店があるの?」

「ああ。もっといいものがある」キャルの鋭い視線が道の少し先にさがっている看板を見つけて言った。「おいで」

汽車の発車時間まで少なくとも一時間はある。キャルは荷物を運び人にあずけ、板敷きの歩道を歩いて、軒を連ねる店とは離れた小さな一軒家へノラを連れていった。

「ここなの?」ノラはたじろいで足をとめた。

キャルはまじめな顔でうなずいた。「ここだよ。どうせなら早いところ片づけてしまおう」彼は小声で言った。

そんな言葉は慰めにならない。キャルはノラを連れてなかへ入った。

たいして時間はかからなかった。治安判事はキャルの悩みに耳を傾けてくれた。ふたりはまだ結婚していないため、恥ずべき関係のままテキサスまで行かなくてはならない。ノラの世間体は台なしになる。キャルは妊娠については口を閉ざしておいて、治安判事の妻が涙を浮かべるまで、その調子でしゃべり続けた。

「もちろん、すぐに結婚させてあげますよ!」小柄な年配の治安判事が言い、彼の妻は慰めるようにノラの肩を軽く叩いた。「さあ、こちらへどうぞ、ミスター・バートン、必要な書類に書きこみましょう」

キャルは躊躇した。うまく言いつくろわなければならない。偽名で結婚することはできないが、ノラに本当の姓を教えるつもりはない。キャルと治安判事とで書類を作成し、ノラに先に署名させ、あとから彼が書きこんだ。彼女に自分の本名を見られないように、結婚許可証はキャルが受けとった。

簡素な式だった。ノラはその場にふさわしくガンベルトを外したキャルの隣に、みじめな気分で口をつぐんで立っていた。社交界の盛大な結婚式を夢に見てきた。遜色《そんしょく》のない来賓。フランスのウォルトがデザインしたウエディングドレスを身につけ、手には白薔薇のブーケ。それなのに、治安判事の妻が唯一調達できた生花は一輪の黄色い菊だけだった。着ているドレスはくすんだ灰色で、白ですらない。そのドレスに合う帽子を探す時間などなかったから、帽子もベールもなかった。それどころかウエストのあたりがきつくなっていた。そのドレスがもともと少し大きめでベルトで調節するものでなければ、着ることもできなかっただろう。ノラは妊娠していて、隣にいる男性は彼女との結婚を望んでいない。まるで奴隷に売られたような気分だった。身から出た錆《さび》だ。ノラは声をあげて泣きたかった。

治安判事が結婚の成立を宣言したとき、ノラは泣いた。結婚指輪すらないのだ。花嫁へのキスを促されて彼女に一歩近づいたキャルにも、結婚指輪はない。

キャルは打ちひしがれた様子の花嫁を見おろし、こぼれた涙が唇を伝うのを見た。彼は歯を食いしばった。ハンカチーフを出してゆっくりと涙をぬぐう。

「まともなドレスもないわ。それを着る権利はないかもしれないけれど」ノラはみじめな声でささやいた。「花嫁の付添人も、ブーケも、牧師さまもなし……」

キャルの顔が凍りついた。「少なくとも夫はいる」彼はぴしゃりと言った。「きみの状態を考えれば、夫がいるだけでもありがたいはずだ！」

歯が食いこみそうなほど下唇を噛んだノラは、顔をあげることができなかった。キャルは激怒していた。彼の怒りがはっきりと感じられる。

「まあ、まあ」治安判事がノラを慰めた。「感きわまるのも当然ですよ」

キャルはなにも言わなかった。ノラが吐きだした言葉で、あらためて彼を見下す彼女の態度を意識した。ノラを誘惑してこの危機的な事態を引き起こしていなければ、彼女は決してキャルと結婚しなかっただろう。彼の資産を調べ、紳士録をめくってからでなければ、結婚など思い浮かべもしなかったに違いない。

サマービルのほうがずっとつりあう。だが、ノラはあの男を嫌っていたようだ。そして、彼女がサマービルに向かって発したあいまいな言葉。キャルは治安判事の妻と話している彼女に視線を向け、疑わしげに目を細めて華奢な体を見やった。ノラは美しくて上品だが、道ばたのキャビンで過ごしたあの午後は別にして、妙に冷たい女性だと思っていた。彼女が見せる意外な複雑さにキャルは驚き、それを楽しんだ。彼がガルベストンから戻ってきたときに、ノラが慰めてくれたのをはっきりと覚えている。だが同時に、キャルの仕事や服装に向ける彼女の態度も忘れることはできない。彼女は気どった俗物になるべく育てられたのだ。育て直すことはできるだろうか？

キャルの両親はこの電撃結婚を理解しないだろう。しかし知らせないわけにはいかない。母はまともな若い娘の人生を台なしにし、彼女の面目を保つために結婚した息子を叱りつけるはずだ。久しぶりに家へ帰ったら、十五分間は小言を食らってもやむをえない。キャルはノラの打ちひしがれた顔を見ながら、実際は途方もなく裕福な男と結婚したと知ったらどんな反応を示すだろうかと考えた。

いつかは打ち明けねばならない。でも今はだめだ。ノラのおじに新しい畜産業の手法を導入させるまでは秘密をもらすわけにいかない。チェスターとまだ話をつめなければならない事柄が残っていた。ミス・エレノア・マーロウ――いや違う、彼女は知らないが、ミセス・エレノア・カルヘイン――には、そのあとで驚いてもらおう。

キャルは小さなカフェにノラを連れていき、紅茶のほかにサンドイッチを注文した。

「なにも食べられないわ」彼女は疲れたように言った。

「それでも食べなくてはいけないよ、ミセス・バートン」キャルは言った。「おれは丈夫な息子が欲しいからね」

ノラは顔を赤らめてキャルをにらんだ。「もう神さまと話したの？」

意外な攻撃にキャルはくすりと笑った。「まだだよ」目を細めて、ノラのやせた顔を見る。「大変だったね？」さりげない気づかいをこめて言った。「外国へ旅するのはひと苦労だったはずだ。それも往復したうえに、あのサマービルもずっと一緒だったんだろう？」

ノラは特徴のある〈ロジャース〉社製の銀のスプーンで磁器のカップに注がれた紅茶をかきまぜながら、首を振った。「両親からわたしがロンドンにいることをききだして追ってきたの。彼の家族はわたしが世話になっていたいとこのランドルフ家と親しくしていたから、彼も招かれて滞在したのよ」彼女は視線をあげてキャルと目を合わせた。

「彼が憎いわ。アフリカでなにがあったか、メリーから聞いたの？」

キャルは顔をしかめた。「いや、アフリカがどうかしたのかい？」

ノラの手がとまった。「でも、あなたはエドワードのことを知っていると言ったわ」

「あの男がきみと一緒にヨーロッパにいたことは知っていた」キャルはにべもなく言った。

そういうことなら形勢が違ってくる。ノラはどう言えばいいのかわからなかった。キャルに打ち明けるのは簡単だが、この期に及んで彼の負担を増やす必要があるだろうか？　結婚相手が病弱だと知らせて、さらなる試練を押しつける必要が？　彼の貧しい懐はノラを養わなければならなくなって、いっそう目減りする。もし発病したらどうなるだろう？　働きながらどうやってノラを看病する？　プライドの高いキャルは荒れるに違いない。あの日、彼を拒む勇気が自分になかったせいで周囲の人々に味わわせることになった不幸を思って、ノラは涙をこらえた。

「おれとの結婚で捨てた財産のことを考えて、早まったと後悔しているのかい？」キャルは小さな泣き声を耳にして、それを誤解した。「まだサマービルが引き受けてくれるかもしれないぞ」

「あなたがわたしの夫よ」ノラは口を開いた。

「もちろんきみの家族にとっては、離婚するのも未婚の母になるのと同じくらい不名誉なことだろうが」キャルはぶっきらぼうに言った。

「あなたには腹が立つわ」ノラは冷たい目でにらみながら言いかえし、紅茶を口に含んでぬくもりを楽しんだ。「家に親戚や友人を招いて感謝祭のパーティーをするのが楽しみだったのよ。それなのに今年はキャビンでビーフを食べなくちゃならないなんて！」

わざと高飛車に、キャルが一番傷つきそうな言葉を投げつけた。

「ビーフではないよ」キャルは穏やかに言った。「七面鳥だ。野生の。料理はできるんだろうね？　おれはできないからな」

「料理ですって?」

ノラの表情を見て、キャルの頬がゆるんだ。「それに掃除。洗濯とアイロンかけ。テキサスの女房たちが明るく胸を張ってこなす家事の数々だよ」

「それはおばが……!」ノラが口を開いた。

「きみのおばさんは身分が上だ。おじさんの使用人の妻になったことを忘れたのかい?」キャルはわざと皮肉っぽく言った。「考えてごらん、ミセス・バートン。繊細な磁器の皿で食事をするどころか、大きな家でそれを洗うことになるかもしれない」彼は身を乗りだした。「それから七面鳥だけどね、料理するだけじゃないんだ。まずはつかまえて、殺して、羽をむしるのさ!」

# 第十章

「やれやれ、なんてことだ!」椅子の上でぐったりしたノラの意識が戻るまでひざまずいて体を支えながら、キャルはつぶやいた。

コルセットのせいで、ノラは息も絶え絶えだ。まったく、古い習慣ときたらいやになるわ!

「こいつのせいだろう?」キャルはドレスの下のコルセットをつまんでぼそぼそと言った。「赤ん坊にいいはずがないよ、ノラ」

キャルがニックネームを使った。それもいとおしげに。意識が遠のいてさえいなければ、深くゆったりした彼の声で聞く呼びかけを堪能《たんのう》できたかもしれない。ノラはテーブルの端につかまって上半身を起こし、頭に血液がまわるように前へ傾けた。ひどい吐き気がした。

「赤ん坊によくないことをあげるなら、七面鳥を殺す話もそのなかに入るわ!」ノラは腹立たしげに言った。

「猿ぐつわをはめておくよ」キャルはいらいらと言った。「食事の準備について話しただけで気分が悪くなるなら、ふたりとも餓死するだろうね」

あまりにも男性らしい言いぐさに、ノラは笑った。キャルの短気は父のように恐くなかった。ときにおもしろいくらいだ。

「ようやく元気が出たようだね」キャルは少しほっとして言った。血行を促すようにノラの両手をさする。「大丈夫かい？」

ノラはうなずいた。「暑さのせいもあると思うわ」

「こんなに涼しいところで？」キャルは声をあげた。

ノラはテキサス東部の暑さを思いだした。でも、もう十一月だ。いくらなんでも……。

キャルの顔が語っていた。「テキサス東部の冬はとても穏やかなんだ」彼はやさしく言った。「あまり寒くならない」

「それは……悪くないわね」

「そろそろ汽車の時間だ。まだなにも食べていないね。サンドイッチを包んでもらおう。あとで食べたらいい」

ノラはキャルの袖に手をかけた。「食べられないわ」

彼はノラの指をそっと握った。「食べられるさ」やさしく言う。「ひと口ずつ食べさせてあげよう」彼女の頬がほんのりと染まり、キャルの瞳がきらりと光った。「気に入ったようだね？　夫に少しずつ口に運んでもらうのはロマンティックかい？」

頬の赤みが増した。「やめて！」

キャルはくすりと笑った。「きみは見かけよりはるかに子供っぽいときがあるな。ここで待っていてくれ」

やさしい気づかいを見せてくれるときのキャルが、ノラは好きだった。普段のあざけるような態度とは大違いだ。もちろん、彼に依存すべきではない。それにこれから先のことは……毎日少しずつやっていくしかない。おばのヘレンは質素で過酷な生活に適応した。ノラにもできるかもしれない。ふたりの到着がどう受けとめられるか不安だった。

「わたしたちが向かっていることを電報で知らせたの？」キャルが手配した個室に落ち着くと、ノラはおそるおそるきいた。汽車はセントルイス行きで、終点まで乗り換える必要はない。思いきって不安を口にしたのだが、彼はあっさりとしりぞけた。

「もちろん電報は打った」キャルは言った。「おれはきみのおじさんに雇われているんだよ、覚えているかい？」わざとらしく言い足す。

ノラは顔を赤らめた。「忘れられるはずがないわ」居心地が悪そうに体をもじもじと動かした。太陽が沈みかかり、彼女は眠くなってきた。

「横になったらどうだい、ノラ？　寝台をおろしてあげるから」

ノラはぽかんとしてキャルを見た。つまり服を脱いで、同じ部屋で眠るということだ。そうしたら彼は……？　当然のこととして……？　キャルは彼女の見開いた目と上気した頬を見て、なにを考えているのかを悟った。

キャルはいらだった。「きみは妊娠していて体調も悪い」嚙みつくように言う。「おれが今ここで夫婦の権利を主張するかもしれないと本気で思うのか？」

ノラは両手をきつく組んだ。「ごめんなさい」切れ切れに言葉をつなぐ。「わたし……疲れていて、どうかしていたのね。もちろんそんなはずがないわ」

彼はノラをやさしく脇に移動させて寝台をおろし、シーツをめくった。ブラインドをおろして、通路を通る乗客の目をさえぎる。

「きみが夜着に着替えるあいだ喫煙車に行ってくる」キャルはノラが頼む前にそう言った。「そのばかげたコルセットも外すんだよ、いいね？」いらいらと言い添える。「身重の女性がそんな拷問のような衣類をつけるなんて狂気の沙汰《さた》だ！」

男性から自分の服装に関してそんな立ち入った意見を聞かされたのは初めてだった。だが、キャルは夫なのだ。

「つけないわけにはいかないわ」

「そんなことはないいさ」キャルが反論した。「明日、スーツの上着を着ていたって誰も

「気づかないよ」

ノラはそわそわと身じろぎした。「慎みに欠けるもの」

キャルがノラの肩をつかんで自分の正面にすえた。すぐ近くに来るまで、彼のたくましさと背の高さを忘れていた。かすかにコロンの香りがする。キャルがこざっぱりとしていることに、彼女は驚いた。爪の先まで清潔だ。

「慎みには欠けても、くつろげる」キャルの目は静かにノラの瞳を探っていた。「赤ん坊のことはどう思っているんだい？」

その問いかけにノラは不意を突かれた。キャルの瞳と感触に陶然としていたのだ。

「うれしいわ」彼女はささやいた。

キャルはそんな答えを聞こうとは思ってもみなかった。彼の胸が盛りあがり、すぐさましぼんだ。「うれしい」おうむ返しに言う。まるでその言葉が理解できなかったか、耳を疑ったというように。彼の視線がノラのほっそりした体に落ち、再び顔に戻った。

彼女が心にかきたてる感情にキャルは困惑していた。女性は知っていても、愛にはなじみがない。だが、目の前の女性は彼をあたたかい気持ちにしてくれる。心に安らぎを与えてくれる。それは不思議な感覚だった。彼は下半身にこわばりを感じた。今のノラでは満足させることのできない欲望の前兆だ。その衝動は、最後に彼女と会って以来、感じなかったがゆえにかえって目立っていたのだ。それに気づかなかったとは、なんて奇妙なのだろう。

ノラは自分の陶酔を壊さないように、そっとため息をついた。「あなたは？ 子供ができて残念だった？」

バックスキンのジャケットのなかでキャルの広い肩が動き、長い房飾りが揺れた。

「いや」彼は短く答えた。

「でも……喜んではいないわね？」

キャルは困惑して両手を握りしめた。「おれは三十二歳だ。ずっと乱暴な生活をしてきた。今もそうだ。腰を落ち着けることもまだ考えていなかったんだから、子供を持つなんてそれ以前の話さ。いずれ……慣れるだろう。だが時間はかかるよ、ノラ」

「そう」がっかりしたノラの視線がキャルのジャケットに落ちた。そのやわらかい手触りが好きだ。

キャルは大きな手でノラの頬に触れ、さがった視線を上向かせた。悲しそうな顔は好きではない。彼はゆっくり身をかがめ、ノラの唇にそっと自分の唇を重ねた。ただ慰めたいだけだった。しかし、彼女が身を震わせてはっと息をのむのがわかった。ジャケットをつかむ指を感じる。キャルは頭を起こして彼女の顔を見た。恥じらいと欲望が同時に浮かんでいた。

ノラは謎だ。あんなにお高くとまっているのに、キャルが触れると敏感に反応して彼の血をわきたたせる。

「喫煙車に行ってきて」ノラはあいまいに促した。

キャルはかすかに眉を寄せた。「おれにキスを求めるのがそんなに恥ずかしいのかい?」やさしく尋ねる。「おれに触れられる喜びを隠せない妻を持つのはすばらしいよ」

「そう……なの?」

はにかんだ笑顔が魅力的だ。キャルは笑みを返した。親指で彼女の下唇をつついてもう一度うつむき、金属の車輪が線路の連結部に当たる音だけが響くなか、唇をぴったりと重ねた。

キャルはノラに腕をまわして、自分の引きしまった体へとやさしく抱き寄せた。「だめだよ、口を閉じないで、ノラ」唇を閉じた彼女に言う。「開くんだ、ゆっくりと……。そう、少しずつ、その調子だ……」

ノラは上唇をなぞるキャルの舌を感じた。その舌がだんだん下唇へと移動していく。そのあいだずっと、自制心を発揮しているキャルの意志とは裏腹の荒い息づかいを聞いていた。ノラは両手を上にあげ、彼の鎖骨のあたりに押しつけてシャツ越しに豊かな胸毛の感触を味わった。

ノラの両手がキャルを奮いたたせた。「待ってくれ」彼はささやくように言い、動きをとめてジャケットを脱いだ。片手をノラのウエストから離してふたりのあいだに差しこみ、いぶかしげな彼女の顔を見ながらシャツのボタンを外して、ベルトをしたジーンズからゆっくりと引き抜く。見つめるノラの瞳孔《どうこう》が開き、乱れた呼吸の音が車内に大きく響いた。

ノラの顔に浮かぶうっとりした渇望の表情に、キャルは身震いした。耳ざわりな音を残してシャツを脱ぎ捨てると、小刻みに震える彼女の両手をむきだしになった熱い胸に導いた。彼女の息づかいがキャルの呼吸と同調する。胸に当てた手が震えていた。素肌に触れるノラの手の感触はすばらしかった。

「ノラ！」キャルはかがんで唇を強く押しつけながら、苦しそうにささやいた。

彼女はキャルの口にしがみつくように唇を合わせ、無意識に脚を彼の脚に押し当てて、男性としての高まりが執拗におなかの子供に押しつけられてもひるまなかった。

キャルの引きしまった手がノラの手を放し、小さなヒップへ移った。ぐいと引き寄せ、セクシーなダンスを踊るように腰をまわす。ノラは貪欲《どんよく》な彼の口に口をふさがれたままあえいだ。

ふたりはめくるめくような熱を放っていた。ノラはキャルの手がドレスのボタンにかかるのを感じて、指が動きやすいように胸をそらした。欲望に体を震わせながら必死でボタンを外している彼の目を、ノラはうるんだ瞳をなかば閉じてうっとりと見つめた。

キャルがノラの腕からドレスをすべらせるとひもで結んだコルセットが現われ、彼は笑いながら悪態をついた。ようやく頭から脱げるくらいまでゆるめて、寝台の上にほうり投げた。

キャルが向き直っても、ノラは胸を隠そうとしなかった。彼はおなかの赤ん坊が小ぶりな乳房に引き起こした変化に気づいて、薄く色づいた頂を見つめた。

大きくなった乳輪を指先でなぞり、青い血管を鎖骨までたどる。そのあいだ、ノラは彼の指の感触に震えながら立っていた。

「今までと……違うの」ノラはつかえながら言った。「理由はわからないけれど、たとえお医者さまでも男の人にはきけないわ」

キャルは親指を乳首の周辺にそっとすべらせた。「それならおれが教えようか？」彼がささやく。「牛飼いは授精や出産についていち早く覚えるものだ。きみの体に起きている変化はほかの動物にも起きるんだよ。これはね」はっきり見えている血管をたどりながら言う。「たくさんの血液を乳房に送って、母乳を作る準備をするため。それからこれは」彼は、つんととがってノラが息をのむまで乳首をなぞった。「赤ん坊が乳を吸うとき、口にぴったり合うように大きくなるんだ」

想像とキャルのくぐもったやさしい声に、膝の力がなえた。「思ってもみなかったわ……」ノラはささやいた。

キャルは身をかがめてノラを抱きあげ、腕に抱いたまま座席に座った。片手でいとおしげに胸のふくらみをなぞる。そのあいだ、ノラの両手は胸毛に覆われた彼の胸に強く押しつけられていた。

「石膏《せっこう》のように白い肌」キャルはささやいた。「薔薇の香り。きみの体を感じたいよ、ノラ、きみを深く貫くたびにおれの脚をこするきみの脚のやわらかさを感じたい」

「キャル！」彼の大胆な言葉が恥ずかしくて、ノラは上気した顔をキャルの胸に押しつけた。

「内気だね」キャルはノラの耳もとでささやいた。「おれに敏感に反応するわりには。もっとそばへおいで。きみの肌に触れたのは、もうはるか昔のことだ」

キャルはノラの両手を自分の首にまわして抱きあげた。胸を合わせるあいだも、ずっと彼女の瞳を見つめていた。

「いい気持ちだろう？」キャルは静かに尋ねた。

ノラが答えに窮すると、彼はほほえんだ。

「レディはそんなやましい快感を口にしない。そうなのかい？」キャルはからかった。

「慎み深い女性は快感を得るべきではないわ」ノラは不安そうに言った。

キャルはくすりと笑った。「ああ、ノラ、きみは本当にそんな世間知らずなのか？肉体的快楽には心して無関心であれ、と世間が言えば、快感は存在しないのかい？スウィンバーンの詩を読んでみたことは？」

ノラはほんのり頰を染めて、キャルの胸に顔をこすりつけた。その感触にキャルは笑みを消し、彼女の頭を押さえて動きをとめた。ノラはキャルの震えを感じた。彼は胸に顔をこすりつけられると気持ちがいいのだ。彼女は興味をかきたてられた。もっとなにかしてほしいのかしら？　してほしいことがあるのに、わたしを驚かせまいとしてためらっているように見える。ノラの喉の奥で息が震えた。「キャル？」彼女はささやいた。「わたし……なんでもするわ」

キャルは目を閉じて声に出さずにうめいた。彼女の髪をつかんだ手に力がこもる。「ノラ、体にキスをしてくれないか」彼がささやく。「少しだけ。口を開けて。そう……ここだよ」キャルは自分の乳首にノラの顔を引き寄せた。

彼女は驚いた。初めはその要求に、それからキャルの反応に、やがては彼に大きなうめき声をあげさせる快感に。小さなかたい乳首と湿った肌、胸毛、そして速い鼓動を唇に感じた。

親密な触れあいに歓びを感じながら、ノラはゆっくりとキャルの胸をついばんだ。結婚って、わくわくするわ！　彼女は笑みの浮かんだ顔をあげ、きらきら光るキャルの瞳を見あげた。

「おれをこんな目に遭わせるのは気に入ったかな？」彼がかすれ声でささやく。「おれを自由にするのは好きかい?」

ノラはうなずいた。呼吸がおぼつかなくて言葉にならない。

「じゃあ、もう一度だ」

ノラはキャルの胸に沿って体をずらし、もう片方の乳首を見つけた。両手であたたかい筋肉をさすりながら、彼の胸の不思議な男らしさをやわらかくひたむきな唇で味わった。

それ以上耐えられなくなると、キャルはかがんでノラの口にキスをした。彼女の唇がふくらみ、キャルの手のゆったりした動きに合わせてその体がリズムを刻みはじめるまでキスを続けた。

ノラのドレスはヒップのあたりにたまっている。キャルの指はかすかにふくらんだ腹部をさまよった。彼は顔を起こしてノラを見おろし、なだらかなふくらみを見て自慢げにほほえんだ。

「得意そうね」ノラは息をはずませて言った。

「おれが授けた子供だ」キャルはかすかに眉を寄せてノラの目を見た。「これほど簡単に、これほどすぐできたことにとまどっているけどね」

「たくさん子供ができるかもしれないわね」

キャルはうなずいた。「あとは禁欲しかない」悲しげに言う。「もしくはほかの女性か。そんなことは考えたくもないよ」彼はノラに口を開く間を与えずに言った。「ノラ、あの午後以来、ほかの女性には興味がわかないんだ」

キャルはそれが気にさわるかのような口ぶりで言った。ノラの顔がぱっと輝いた。

「そんなに心配しないで」穏やかに言う。「とにかく一日ずつ生きていきましょう」

キャルはノラの腹部にそっと手を当て、彼女の目を見ながら静かに言った。「きみが欲しいんだ。今以上に妊娠する危険はないから大丈夫だよ。でも、きみが望まないことはしない」

「認めるのは恥ずかしいけれど」ノラは打ち明けた。「わたしも……あなたが欲しいわ」

「赤ん坊にはよくないかな？」キャルはきいた。「ゆっくりとやさしくするように気をつけるよ」

ノラは両手をキャルの首にまわした。「あなたはやさしかったわ、初めてのときも」彼の首筋に顔をうずめて言う。「ああ、わたしを愛して」熱に浮かされたようにささやいた。「愛して、わたしを愛して……！」

キャルは喉の奥でうめき声をあげてノラを寝台へ運んだ。

一枚きりの白いシーツの下でキャルの裸身に体を寄せ、ノラは長いあいだ震えていた。彼は灰皿を胸の上にのせて、不安そうな顔をして煙草を吸っている。

ノラはキャルの胸に手を広げ、たくましい筋肉の感触を味わった。「どうかしたの？」

「きみは少し出血した」

ノラはさらに身を寄せた。「ええ。でも痛みはなかったわ」

「それでも、赤ん坊にはよくないかもしれない」キャルは静かに言った。「最後は少し乱暴にしてしまった。そんなつもりはなかったんだが、腹をすかせた息子は聞く耳を持たなかったんだ」

旺盛《おうせい》なキャルの食欲を、ノラは幸せな気持ちで思いかえした。今度もまた、彼はノラの上に覆いかぶさり、汗をしたたらせて顔をしかめ、声をあげて激しく体を震わせた。そんな彼を目にすると歓びが頂点にまで高まった。そこまで激しくないときも、同じように満たされた気分になれた。

キャルはノラの髪を撫でつけた。「きみに見られると興奮するよ」手を握りしめ、しわがれた声で言う。「きみの視線を感じると、快感が増して耐えられないほどになる」

ノラは両目をキャルの喉に押しつけた。彼の顔を見ていられなかった。「わたし……あなたを見ているのが好きよ」ささやくように打ち明けた。「とても親密になれる気がするわ」

「おれたちは結婚したんだよ」

「ええ、でも、わたしのなかに少し恥知らずな自分がいることを知ったの。あなたにささやいたことをあとで思いだすと顔が赤くなるのよ」

「愛しあう仲でも、それは不自然なことだと思うのかい？」キャルは愉快そうだ。

「愛しあった相手はあなただけですもの」

キャルは煙草を消して灰皿を床に置いてから寝返りを打ち、真っ赤になったノラの顔をのぞきこんだ。「おれが愛しあいたいのはきみだけだ」ノラの顔をじっと見つめながら言う。彼女の髪は白い枕の上に広がり、暗い個室のなかでかろうじて見える豊かな胡桃色を、通り過ぎる町の明かりが一瞬浮かびあがらせた。

キャルは片脚をノラの脚のあいだに入れ、ぴったりと体を寄せられるようにそっと彼女を動かした。口を開きかけたノラの唇を、彼は指で押さえた。

「脚をおれの上にのせてごらん。もっとぴったり寄り添えるように」キャルはささやいた。

ノラはキャルのざらざらした長い脚の感触を楽しみながら従った。彼はそれ以上のことはしようとせず、ノラの頭を自分の肩にのせて、ふたりの体に上掛けをかけた。

「夜着を着なくては寝られないわ！」ノラは声をあげた。「わたしたち、裸なのよ！」

「そうだよ。なんていい気持ちだろう、ノラ」キャルは彼女のすべすべした背中を撫でた。「きみの肌はすばらしい手触りだよ」

「誰かが入ってくるかもしれないわ」ノラは不安を口にした。

「ドアには鍵《かぎ》をかけたし、ブラインドもおろした。なにも心配はいらない。約束するよ。さあ、おやすみ。長くてやっかいな一日だった。きみは疲れている。おれもだ」

ノラは主張をのみこんで目を閉じた。気持ちがよかった。それは認めざるをえない。とても気持ちがいい……。


窓のブラインドの隙間から差しこむ日差しがまぶたに当たったとき、ノラは自分がどこにいるのかわからなかった。目を開けると見覚えのない空間が見えて、静かな寝息が聞こえた。

頭をめぐらせ、驚いて目を見張った。隣には、どぎまぎしてしまうほどハンサムなキャル・バートンが、上掛けの上に裸で大の字になって寝ていた。ノラはいったんそらした視線をまた戻した。たくましい体の線を目で追い、力強い両脚のつけ根の部分でとまった。彼の体には見とれてしまう。初めてのときは恥ずかしくて、すべてを見ることはできなかった。こうして眠っているときなら、心ゆくまで好奇心を満たすことができる。

ノラの体とはまったく造りが違う。彼女の上になって動く力は恐ろしいほどだ。ふたつの体がどうやって結ばれるかを知った今、レイプがどれほど深刻なものかわかってきた。キャルの体は美しい。だが、世間知らずの目にはとてつもなく大きく見える。キャルの動きはやさしくて慎重だが、それでも初めて彼にゆっくりと貫かれるまでは少し恐かった。

ノラはキャルのほうへ手をのばし、自分がしようとしていることに気づいて手を引っこめた。寝台の上から愉快そうな笑い声が響いた。彼女がさっと枕のほうを見ると、銀白色の瞳と目が合った。

「触ってごらん」キャルが促した。「ほら、弱虫だな、おれは嚙みつかないよ」

「触れないわ！」

「なぜだい？　ただの肉と血だよ。おれはゆうべ、どれだけさまざまなやり方できみに触れたか見当もつかない」

ノラは上掛けを引きあげ、どぎまぎした瞳をキャルの視線から隠した。

「こっちへおいで、弱虫さん」キャルはノラを自分の上に引っぱりあげて、笑いながら抵抗する彼女の手を好奇の対象へと導いた。「逆らわないで」彼はささやいた。「望みどおりにすればいい。手を開いてごらん」

そこは……奇妙な感触だった。まったく未知の感触。けれどもしばらくすると、ノラは手の緊張をといて、キャルのなだめるような指先に屈した。男性の体のことはなにも知らない。だが彼は早朝の静寂が満たす個室のなかで、やさしく説明してくれた。

「結婚って複雑なのね」キャルが放した手を引きながら、ノラは言った。

「ああ、そうだな。だけどすばらしくもある」キャルは大きくのびをすると、ノラを脇におろして寝台から立ちあがった。ノラは上体を起こし、うっとりと夫を見つめた。

キャルは振りかえり、恥ずかしそうなノラを見てほほえみかけた。「ほらね？　もうそんなにびっくりしないだろう？」

ノラは笑みを返した。「まだ少しだけ」

「きみはきれいだ」キャルはノラの手から上掛けをとって彼女を寝台からおろし、目の前に立たせた。彼女の頭から爪先まで満足そうに眺める。「すばらしいよ」彼はそっと言った。「完璧だ」

ノラがキャルに身を寄せると、彼は引きつった笑い声をあげて押し戻した。

「だめだよ」キャルは息をはずませて背中を向けた。「自分を抑えきれない。きみが壊れてしまう」

「でも、抱きしめるくらいはいいでしょう？」

「いいとも。服を着て、気持ちを落ち着けてからならね」彼は下着に手をのばしながら言った。

困惑したノラに、キャルは服を着ながら説明してくれた。ノラは震える手を自分の衣類にのばした。結婚というのはなんて複雑なのかしら！

ふたりとも身支度を整えると、キャルはノラのほうに向き直ったが、寝台にうっすらと残る染みが彼の視線をとらえた。ノラはその視線を追って不安そうに下唇を噛んだ。

「きっとなんでもないわ」

「医者に診てもらわなくてはだめだ」キャルはきっぱりと言って片手をあげた。「おれたちがいつどこで結婚したのか、誰にも話す必要はない。もしおばさんにきかれたら、おれたちはひそかに会っていて、きみがここを離れる前に結婚したと言えばいい」

「でも、どこで、誰のもとで……?」

「リッチモンドから来ていた治安判事さ、もちろん」キャルはポケットから結婚許可証をとりだした。名前の部分を親指で隠しながら言う。「ほら、どこで結婚したことになっているか見てごらん」

「タイラー・ジャンクション!」ノラが声をあげた。「でも、どうやって……?」

「治安判事は話のわかる人だったよ。もう会うこともないだろうと、おれの頼みを聞いて、ほんの少し法を曲げてくれた」

これでなにもかもがはっきりした。ふたりを結婚させた治安判事とその妻の親切と同情、簡単な挙式。根掘り葉掘りきかれもしなかった。「ああ、キャル。あなた、判事に赤ちゃんのことを話したのね!」

# 第十一章

キャルは結婚許可証をたたんでポケットにしまった。「治安判事には結婚を急ぐわけを話す必要があった。待たされるところだったんだ」

ノラは深いため息をもらした。「判事が誰かに話したらどうするの?」

「あの判事は良心的な人だよ。口外はしない。奥さんもだ」不安そうなノラの顔を見て、キャルは声をやわらげた。「おじさんの牧場できみに恥をかかせるわけにはいかないよ、ノラ」

彼女は視線をあげた。「わたしを守るためだったのね」

キャルは口をゆがめた。「このごろはそればかりしている気がするよ」

ノラはもじもじして彼を見あげた。「わたしも体調が万全なときなら、あなたを守れるわ」

キャルはきらりと目を輝かせた。「ぜひそうなってほしいね」身をかがめてノラの額にキスをする。「医者に診てもらわなくてはだめだよ」彼はくりかえした。「それまで……接触はなしだ」

ノラは残念そうな顔をした。

「堅苦しいレディにしては珍しく表情が豊かだね」

「あんな夜を過ごしたら、堅苦しくなどしていられないわ」

キャルはほほえみ、ノラの両手をとって唇に押し当てた。「それでも、きみが堅苦しいことに変わりはない」

ノラは笑みを浮かべた。「疲れたわ。紅茶とトーストがあれば、かわいそうな胃袋が落ち着くかもしれないんだけど」

キャルはあたたかい腕をノラにまわした。「見に行ってみよう」

タイラー・ジャンクションに着いた日は雨だった。チェスターとヘレン、そしてメリーが顔を輝かせ、駅に馬車をつけて待っていてくれた。

「まあ、すごい歓迎ぶりね！」ノラは抱きしめられ、喜びの声を浴びながら言った。

「キャルが結婚とおめでたのことを電報で知らせてくれたのよ」メリーが声をあげた。

「ああ、ノラ、なんて幸運なのかしら！　夫だけでなく赤ちゃんまで……それにわたしたち目と鼻の先にいるから、いつでも会えるわ！」

驚いて息をのんだノラをキャルが抱き寄せた。「赤ん坊のためにおれたちが仲直りしたことを、みんな知りたいだろうと思ってね」

「あとで全部聞かせてちょうだい」ヘレンがきっぱりと言った。

「そうだな」チェスターが言った。「でもまずは、明日の晩にちょっとしたお祝いをしよう。それならふたりでキャビンに落ち着くのに一日あるし、わたしも購入予定の機械についてキャルの意見が聞ける。待ちかねたよ」彼はにっこりとキャルに笑いかけた。

「キャルは新しい機械にとても詳しいからね」

「コンバインやトラクターを使っているところで働いたことがありますから」キャルはそれが自分の家の大牧場だとは言わなかった。

「仕事の話はやめてちょうだいな」ヘレンがノラの腕をとって言った。「メリーと一緒に新しいカーテンを作ったのよ、キャビンもきれいに掃除したわ。気に入ってくれるといいけれど」

「きっと気に入るわ」ノラは言った。そんな質素な環境で暮らすことや、身内よりも低い身分になることにおびえているとは認めたくなかった。だが、メリーもヘレンも赤の他人や身分違いの相手としてノラと接してはいない。それに赤ん坊についても、キャルの気転のおかげですんなり受けとめてもらえた。

ノラはあっさり結婚を認めて親切にしてくれるおばをいぶかった。これまではっきりと反対意見を口にしていたのに。その疑問に対する答えは帰りの馬車のなかで判明した。

「こんなに急いで結婚してしまって、お母さまはがっかりしたでしょう」ヘレンは残念そうに言った。「あなたに大きな期待を寄せていたんですものね、ノラ。わたしもよ。でもあなたがそんなに強くミスター・バートンに思いを寄せているなら、わたしたちはあなたの判断が間違っていないことを祈るだけだわ」

ノラはほほえんだが、笑みは瞳まで届かなかった。「ミスター・バートンはやさしい人よ。それに知性もあるわ」

「もちろんよ」ヘレンは言った。「でも労働者階級だわ、ノラ。だからこそ、あなたは今までずっと使用人がしていたことを自分でやれるようにならなければね」

おばはすべてをわかっていて反対していたのだと、ノラはそのとき初めて気づいた。ヘレンのほうを向くと、瞳には昔を思いだすような苦悩が浮かんでいた。

「おばさまには……わかっていたのね」ノラは口ごもった。

ヘレンはせつなげにほほえんだ。「ええ、そうよ。わかりすぎるくらいに。わたしは二十五年前、家族の反対を押しきって結婚して勘当され、チェスターとキャビンで暮らしはじめたわ。あのころ、このあたりはまだ荒野で、コマンチ族の奇襲もあったのよ」

「こんなに東でも？」ノラは驚いた。

「ええ、こんなに東でも」ヘレンは愉快そうにくりかえした。「チェスターたちが鉄道の最西の駅まで牛を追っていくときは、自分の身を守るためにわたしがライフルを撃たなければならなかったわ」彼女は白くなりはじめた髪をかきあげた。「良家に生まれた人間がいきなり質素な暮らしに投げこまれるのがどういうものか、わたしにはわかるの。わたしはチェスターを愛しているわ。でも、もう一度やり直せるとしたら……どうするかわからない。この暮らしは楽ではないもの。去年、牧場が破産の危機に瀕《ひん》していて買収されると聞かされるまでは、うまくいっているものと思っていたわ」ヘレンは頭を振った。「この年になって、見も知らない人たちの言いなりになっているのよ」

「でも、きっと状況はよくなるわ」ノラは請けあった。「チェスターおじさまは立派にやっているもの」

「あなたのミスター・バートンの助けを借りてね」ヘレンは静かに言った。「あなたのお母さまはきっと、歴史はくりかえすと思っていることでしょう。姉はチェスターとの駆け落ちをやめさせようとしたけれど、わたしは聞く耳を持たなかった。姉はいつも、自分のほうがいい結婚生活を送っていると考えていたわ。でもね」彼女はかすかな自尊心をにじませて言った。「正直に言うと、あなたのお父さまは結婚するまで貧乏だったのよ。家柄はよかったけれど」

ノラは、いまだに不機嫌なときは残酷になる父と熱意のない母を思った。「ふたりとも、キャルと結婚したわたしを軽蔑しているわ」彼女は引きつった声で言った。「打ち明けたときの光景は、お世辞にも気持ちのいいものではなかった。ところが、お金に困ったエドワード・サマービルがわたしを脅して結婚させようとしたの。キャルを呼んでわたしが結婚していることを話してもらわなければならなかったのよ」

その時点では結婚していなかったのだから、それは真実ではない。だが、ヘレンを納得させるには充分だった。「あの男！」彼女は語気を荒らげた。「ひどい男だわ。あなたを病気にしておいて……」ヘレンは眉をひそめた。「ノラ、キャルには話したの？」

ノラは顔をしかめた。「いいえ」おばの非難のまなざしを受けとめる。「言えないわ！わたしと赤ん坊だけでも重荷なのに、どうして話せるの、もうひとつお荷物があるだなんて？」

「まあ、なんてこと」ヘレンは力なく言った。

「わたしは大丈夫よ」ノラは実際に感じているよりも自信に満ちた口調で言った。「本当に。おばさまも同じ立場を生き抜いたんですもの。わたしにもできるわ」

ヘレンは無理やり笑顔を作った。「もちろん、できますとも」

牧場へ戻るだけでも骨が折れた。キャルはノラに手を貸して、ふたりの新居となる小さなキャビンへ足を踏み入れた。彼女はつとめて明るく幸せそうにふるまおうとした。だが、離れの台所で大昔の薪《まき》ストーブを見て自信を失った。これがノラの家なのだ。掃除をし、キャルのために料理をして、洗濯とアイロンかけをする……。

ノラは青ざめた。「本気ではないわよね、わたしが七面鳥を殺すっていうのは?」

キャルはやさしく笑った。「ああ、ノラ」首を振りながら言う。「もちろんそんなことはさせないよ!」

キャルはノラを抱き寄せた。彼の瞳にはやさしさと別のなにかが見てとれた。「心配はいらない。きみにとっては大きな変化なのはわかる。でも、うまくやれるさ」

「ええ、そうね」

「だけど明日は」キャルはきっぱりと言った。「医者に診てもらうんだ」

「わかったわ」

最初の夜は母屋の夕食に招かれ、料理はしなくてすんだ。ノラはその親切が涙が出るほどうれしかった。家事のやり方はなにひとつ知らない。覚えるにしても、ひと晩ではとうてい無理だろう。一番の不安は、食べられるようなものを作れるかどうかだった。

「お料理の本を貸してほしいの」ほかの人たちが食後のおしゃべりを楽しんでいるあいだに、ノラはメリーに耳打ちした。「それから、火のおこし方を教えて」

「火はキャルがおこしてくれるわ」メリーはやさしく請けあった。「それにお料理はそれほど難しくないのよ、本当に。慣れの問題だから」

ノラは眉を寄せた。「一日目から毒を盛るようなものだわ、きっと!」

「そんなことないわよ」メリーはきっぱりと言い、感心したまなざしでいとこを見た。「家へ帰る前にこっそり結婚するなんて。それもわたしに内緒で！」

ノラは目を伏せた。「ヘレンおばさまが認めてくれないと思ったから」彼女は言い訳をした。

「賛成してくれるわよ。だって自分も同じ道を通ってきたんですもの」メリーはにっこりした。

ノラはメリーの目を見た。「あなたとミスター・ラングホーンはどうなの？」

笑みが消えた。「ミスター・ラングホーンは今もミセス・テレルに求愛しているわ。あの婦人クラブの集まりがあった晩以来、話していないの。あんなことを言われたら、もう二度と口をきくものですか。不作法で、下品で、たまらなくいやな人！」

そしてメリーは彼を愛している。口にこそ出さないけれど。ノラは慰めるようにメリーの肩に手を触れた。「残念ね」

メリーは肩をすくめた。「あの人のことは忘れるわ。わたしね、子供たちに美術を教えているのよ。あの人の息子も参加しているわ。ブルースとわたしは気が合うけれど、ミセス・テレルは自分の子供たちを参加させないの。ミスター・ラングホーンになにか言ったらしいわ。だって昨日になって、ブルースがいつまで授業に出させてもらえるかわからないと言ってきたのよ」

「なんて卑劣なの！」

「ミスター・ラングホーンは卑劣漢だわ」メリーらしくもない毒のある言い方だった。「ミセス・テレルをお芝居へ連れていく時間を作るために、最初の夜だけブルースを連れてきたんだから」

「どんな授業なの、メリー？」

「主に彫刻を教えているの。ブルースはとても器用なのよ」メリーは思い浮かべるように言った。「あの子が作った父親の胸像はすばらしい出来だったわ。でも、あの卑劣漢には見せたがらないの。ばかにされるのが怖いんだと思う。つまりね、ミスター・ラングホーンは、彫刻は暇つぶしにはなるけれど男の職業ではないと思っているわけ」彼女はつぶやいた。「あの人はブルースを牛飼いにしたいのよ。ブルースは牛が嫌いなのに！」

ノラは開いた口がふさがらなかった。その少年の過酷な未来が目に浮かぶ。自分の子供に芸術的才能があったら、キャルはそれをのばそうとしてくれるだろうか？　彼女はふと考えた。男性には息子の職業に関する奇妙な考えがある。畜産業には一時のような隆盛はないし、前途は多難だ。自分の息子には別の商売をさせたい。とはいえ、子供には自分で決める自由を与えるべきだろう。

そのあとキャビンでふたりきりになったとき、ノラはキャルにきいてみた。「あなたは子供に自分のあとを継がせたい？」

キャルはブーツに目を落とした。「女の子だったら、こんな格好をさせるのはどうかな」彼は静かにほほえんだ。「息子だったら、なんであれ自分の商売を手伝ってほしいと思うよ」石油のことも〈ラティーゴ牧場〉のことも口にせず、彼はそれだけ言った。

「でも、子供に無理やり両親のあとを継がせるべきではない」

ノラはうれしそうに笑った。「そうでしょう！　わたしもそう思うの！」

キャルはくすくす笑った。「しきたりにとらわれないところも少しはあるんだね」

「ほんの少しよ」ノラはうんざりしたような笑みを浮かべて言った。「もっとあれば、あなたに望まない結婚をさせずにすんだのに」

キャルはねじを巻いていた時計を置いてノラの肩をつかんだ。せつなげな青い瞳をとらえた銀白色の目は真剣だった。「おれはこの子を望んでいる」彼はぶっきらぼうに言った。「これまで結婚は試練だと思ってきたが、そうでもない。それどころか」ノラのほっそりした体に視線を走らせる。「いいこともある」

「たとえば？」彼女はからかった。

キャルはノラを抱き寄せた。「たとえば、いつでもキスができる」待ち受ける彼女の唇につぶやいた。

キャルは我慢の限界までキスをしてからしぶしぶノラを放し、くすりと笑った。「今の唯一の不満は、きみを裸にしてベッドに押し倒し、味わいつくせないことだ」

ノラは頰を染めてため息をついた。「ああ、わたしもそうしてほしいわ」正直に言った。

キャルが大声で笑いだした。ノラを抱きあげて振りまわし、やさしいキスとともに下へおろした。「おれに嘘をつかないでくれ」顔から笑みを消して、彼は唐突に言った。「きみの正直さは、おれの一番の宝だ」

ノラは隠しごとを見抜かれないように急いで目をそらした。でも、それは思いやりのある嘘だ。ノラはそう自分を納得させた。彼のために秘密にしているのだから。

「あなたもわたしに正直でいてくれるわね？」ノラは目をあげて静かにきいた。

キャルの顔に、ノラにはとらえきれないなにかが浮かんで消えた。

「もちろんだよ」キャルは請けあった。「寝る前に牛を見てくる。すぐに戻るよ」

ノラは大きな鉄製のベッドに目をやった。家で使っていた品のいい木製の四柱式ベッドとはまったく違う。彼女は無理やりほほえんだ。「わたしたち……一緒に寝るの？」

「結婚してからそうしているようにね」キャルは片方の眉をつりあげた。「いやなのかい？」

ノラはほほえんだ。「いいえ、ちっとも。あなたの腕のなかで眠るのが好きよ。でも、あなたはつらいでしょう？」

キャルの広い肩が上下した。「ずっと続くわけじゃないさ。おれたちの小さなケーキが焼きあがって、砂糖衣をつける段階になるまでのことだ」彼はノラの腹部をいとおしげに見つめて言った。

「すてきな言い方だわ」

「身ごもっているきみはすてきだよ」キャルは静かに言った。「はかなげで、とてもきれいだ」

ノラは気どってお辞儀をした。

キャルはしかめっ面をしてみせると、笑みを浮かべながら出ていった。

朝食は、ごく控えめに言っても惨憺《さんたん》たるものだった。キャルはストーブの火をおこしてから納屋と柵囲いのなかの牛を点検しに行った。一日に少なくとも二回はそうしている。病気の牛がいるからだ。

キャルが出かけているあいだ、ノラは借りてきた古い料理の本をとりだしてパンを作ろうと必死になった。ベーコンはそれほど難しくなかったが、火を通そうとして片側が焦げた。汗が流れて髪が顔に張りつき、着ていた青い模様のドレスのように小麦粉が筋を作った。それは応接間で着るべきドレスで、キッチン向きではない。すでに場違いな着方をした無理が現われていた。

ベーコンの油で卵を焼こうとすると油が跳ねた。ひりひりする腕を調べているうちに、卵はどんどん焦げてかたくなっていき、フライパンからとりだしたころには、落とせば跳ねかえってきそうな代物になっていた。

それでも食事には違いないと、ノラは自分を慰めた。食べられるわ。かろうじて。すべてをテーブルに並べ、小さな貯蔵庫からバターを出してヘレンがくれた葡萄《ぶどう》ジャムを添えた。

キッチンに入ってきたキャルは、焦げくさいにおいをかいで、思わず鼻にしわを寄せた。彼が食前の祈りをささげ、ふたりは食卓についた。

「初めてパンを作ったの」ノラは誇らしげに言った。

キャルはなにも言わずに、ひとつ手にとった。

「バターとジャムはここよ」ノラは両方を彼のほうへ押しやった。

キャルはナイフでパンを切ろうとしたが、想像以上に難しいことがわかった。ノラは平然とバターを塗ってかぶりつこうとした。やがてなにも言わずに皿の上へ戻し、卵に移った。だが、とても手が出せない。油まみれの卵に見あげられると、胸がむかむかしてきた。急いで裏のポーチに飛びだし、かろうじて間に合った。

「さあ、これを」キャルは洗面台の水差しで湿らせたハンカチーフを手渡した。「おれも最初はそうなるかと思ったが、卵は悪くないよ。ベーコンは少し焼きすぎだけど。すぐにこつを覚えるさ」

ノラは口もとをハンカチーフで押さえて上を見あげた。「パンのことはなにも言わないのね」

キャルはおずおずと笑みを浮かべた。「ああ、実を言うとパンのことは忘れようと思ってね」

ノラも声をあげて笑い、彼が抱き寄せてくしゃくしゃの髪にキスをしてくれると不安が消えてなくなった。

「きみは頑張り屋だね、ノラ」キャルは自慢そうに言った。「本当に頑張り屋だ！」

「あなたに喜んでもらいたいだけよ」ノラは頭をキャルの肩にあずけ、満ち足りた気分で彼の腕のなかに立っていた。「いい妻になれるようにもっと努力するわ、キャル。手際が悪いのは許してちょうだいね。まだたくさん覚えることがあるんですもの。こんな……生活は初めてだから」

キャルは激しい良心の呵責を感じた。ノラは甘やかされて育ったうえに妊娠している。こんな生活をしいるべきではない。もっとましな生活をさせてやるべきだ。

ノラを〈ラティーゴ牧場〉へ連れていって家族に会わせたい。このキャビンから連れだして、彼女にふさわしい家に住まわせてやりたい。だが、チェスターを見捨てるわけにはいかなかった。それに石油も。二ヵ所の土地と掘削機械に有り金のほとんどを注ぎこんだところでやめるわけにはいかない。多くがこの試掘にかかっているのだ。この賭《かけ》に負けたら、一生を〈ラティーゴ牧場〉の施しで生きていかなければならない。ノラも一緒に。そんなことになればキャルのプライドが傷つく。〈ラティーゴ牧場〉の跡継ぎはキングだ。たとえ両親が亡くなったとしても、分けあうことのできる資産はまだ充分にある。だが、キャルは家族の財産を当てにするより自分の財産を築きたかった。

「なぜ黙りこんでいるの？」

キャルはノラの髪にもう一度キスをした。「考えごとをしていたんだ。今週末は出かけなければならないから」

ノラは眉を寄せた。「どこへ？」

キャルはほほえんだ。「今のところは秘密だ」ノラの口を指でふさぐ。「仕事だよ。ほかに女性はいない」彼はノラを抱き寄せた。「女はきみひとりで手いっぱいさ」彼女の耳もとでささやく。「手にあまるくらいだ」

ノラは喜びで上気した顔をキャルのシャツにこすりつけた。「メリーにお医者さまのところへ連れていってもらうわね」

「いい子だ」キャルはノラの疲れて青ざめた顔にほほえみかけた。「気をつけて行くんだよ」

「そうするわ」

ノラは出かけるキャルを見送った。彼が父と違って辛抱強く、難しい注文もつけず に、皮肉な口もきかないことを感謝した。ノラに過剰な期待をせずにいてくれそうだ。

医師は親切で、ノラはすぐさま彼が気に入った。発熱と出血——どうしてそうなったかを説明するときに耳まで真っ赤になったが——と健康への不安を話した。

診察を終え、向かいあってオフィスに座った医師は険しい顔をしていた。

「疲れないようにすることです」医師は言った。「あなたのような体型の女性には珍しくありませんが、少し体が弱っています。気をつけてさえいれば問題が起きることはないでしょう。熱病に関して言えば」医師は言葉を切って眼鏡を外した。「発熱の原因はいろいろ言われています。わたしは疲労が原因のひとつだと考えていますがね。きちんと食事をして充分に休み、病気の原因を作らないように注意して生活すべきでしょう。普通の風邪でも熱発作が起きることはありますから」

「体に差しつかえますか？　子供に悪影響が出るでしょうか？」ノラは不安そうにきいた。

「可能性はありますね」医師は言った。「一ヵ月後にまたいらしてください」

「わかりました、そうします」

「具合が悪くなったら、遠慮なく連絡をください」

ノラは医師と握手をした。「ご親切に、ありがとうございます」

疲れないようにすること。それからの日々は、その言葉が何度も頭のなかをめぐった。でも、どうすれば疲れずにすむだろう？　井戸から水をくみ、ストーブから重い鍋《なべ》を動かさなければならない。キャビンを掃除するには腰をかがめなければならないし、馬車の乗りおりにも苦労する。その週が終わるのも待たずに、ノラは疲労困憊《こんぱい》していた。

「ノラ、清潔なシャツは一枚もないのかい？」キャルは汚れたシャツを次々にほうり投げながら文句を言った。「まったく……！」

「あるわ」ノラは初めての作業の結果を差しだし、こわばった声で言った。昨日ヘレンと一緒に洗濯をし、アイロンを使ってなんとか着られるように最善をつくした。たたんだシャツを広げる前に、キャルが怒りだすのはわかっていた。案の定だ。

「なんだこれは……！」袖と背中が焼け焦げだらけだった。シャンブレー織りのシャツだ。白いシャツに穴まであけてしまったとは、とても言えなかった。キャルの表情を見て、ノラはひるんだ。

「メイドとして雇われたわけじゃないわ！」唇を震わせて言った。「わたしの育ちも考えてちょうだい！」

キャルはゆっくりと呼吸をして怒りを静めた。焦げた朝食、焦げた夕食、汚れた床、そして今度は焦げたシャツだ。

キャルの母親はすばらしく料理がうまい。家のなかはいつもぴかぴかに磨きあげられているし、洗濯も自分でして、エルパソにある中国人のクリーニング店と同じくらいきれいに仕上げた。ノラはどんなに簡単な家事も失敗した。食事の前にキャルが手を洗えるように、水差しに水を入れておくことすら覚えられないらしい。彼女の唯一の長所はベッドのなかで発揮されるが、妊娠しているためにそれすらもままならない。ノラの隣で眠りながら手を触れることもできないキャルは、日に焼けた蛇のようにいらだっていた。

「通いの家政婦が必要よ」ノラは腹立たしげに乱れた髪をかきあげた。このごろは身なりにもかまわなくなった。キャルはいらだちまぎれに思った。めかしこんだ美女にはほど遠い。せめて食べられる料理が作れるなら、それでも腹は立たないが。

「おれの給料では雇えない」キャルは嘘をついた。「きみも医者へ行ったついでに、〈ミリナーズ〉で買ったパリの新作帽子に貯金を使いはたしたんだろうね？」

ノラは赤面した。自分を元気づけようと新しい帽子を衝動買いしたのだ。だが、必要もないものにあんなにお金をつかうべきでなかったことは認める。「ごめんなさい」ぼそぼそと言った。「いつも気に入ったものにはお金をつかっていたの」

「それももう終わりだ」キャルはぶっきらぼうに言った。「これからは、一セント銅貨一枚でもつかう前におれにきくんだ。わかったな？」

ノラはキャルをにらみつけた。ひとりの男性をどうしてこんなに愛し、なおかつ憎めるのだろう？　彼女はきつく歯を食いしばった。「わたしがレディだったころなら、そんな口のきき方はできなかったでしょうね！」

「そうかな？」キャルはノラを値踏みするように見た。「結婚する前にきみがどんな人間だったにせよ、今は牧童頭の妻だ。財布のひもはおれが握る」

ノラは荒い息をしながら、慣れない労働でこうむった背中と足と手の痛みを感じていた。ストーブにのった鉄の深鍋を頭の上まで持ちあげられたら、キャルの頭を叩き割ってやるのに。

ノラの瞳に闘いの火花を見たに違いない。キャルは薄笑いを浮かべた。しかしそれもつかのま、彼は見るからにしぶしぶといった様子で焦げたシャツに袖を通し、仕事に出ていった。

感謝祭が来て去っていった。感謝祭のごちそうにヘレンが招待してくれると、キャルは折れて誘いを受け、ノラはそれを感謝した。だが、それも一日だけの小休止にすぎない。また翌日は手のなかで割れてしまった卵の殻から中身をとりだし、骨の多い肉を切るのに四苦八苦する日々に戻った。体の不調は顔にも表われていた。そしてノラの健康は、うまくいかない結婚生活と慣れない肉体労働の二重苦に少しずつむしばまれていった。

気づいたときは風邪を引きかけていたが、なんとかベッドからおりてキャルの朝食を作った。それも骨折り損だった。彼は真新しい失敗作を冷たくにらみつけると、さっさとカウボーイたちの宿泊小屋へ食事をしに行った。キャビンのドアを開けて出ていくまでずっと、湯もわかせない女と結婚した自分の愚かさをぶつぶつとこぼし続けた。ノラはろくに見もせずに食べ物を片づけた。食欲はまったくなく、きちんとした食事も充分な休息もとっておらず、具合もいいとは言えない。ノラは料理を放棄した。パンと野菜、それに心配したメリーが差し入れてくれるちょっぴりの肉しか食べなかった。

キャルがそれに気づいていたとしても、口には出さなかった。実際は追いつめられていて、気づくどころではなかったのだ。食事だけでなく、寝泊まりもカウボーイたちの宿泊小屋でするようになっていた。周囲には、自分がいるとノラが休めないからと言っていた。

言い訳としては悪くないが、ノラはひとことも信じなかった。キャルは口論を避けたいのだろう。彼女の具合が悪くなり、不満と不快を反映して気が短くなってからというもの、なんでもないことで口喧嘩が絶えなくなった。自分でもいやだったが、感情が不安定でどうすることもできない。風邪のせいでいつ熱を出して倒れるかと思うと不安だった。キャルが真実を知ったらどうすればいいだろう？　彼をだましていたことを知ったら、ノラを今以上にお荷物と感じることだろう。このごろでは彼女をろくに見もしない。見ただけで目が痛くなるとでもいうように。

実際、ノラを見るとキャルの目は痛んだ。彼女は自分がどれほど弱々しく見えるかも、体調がどう外見に表われているのかも知らなかった。キャルは日に日に罪悪感をつのらせていた。彼女ができもしない料理や家事をしなくていいように、体にいいはずもない口論をしなくてすむように、キャルは宿泊小屋へ移った。

今週末はパイクの作業の進捗状況を見にボーモントへ行かねばならない。そのあとでノラをエルパソへ連れていこうかと真剣に考えた。彼女をこんな目に遭わせた自分を恥じていた。明らかにノラに不向きな生活をしている自分を毎日責め続けた。社会的地位ではなく、ひとりの人間として評価するすべを教えるつもりだったが、そんな大望はとうに消えた。ノラの家事の手際が悪いことに理不尽にいらだっていた。彼女のそばにいながら手を触れることができないのも、それに拍車をかけた。近ごろはノラの機嫌もよくない。ボーモントから戻ったら、彼女をこれ以上苦しめないように、すべきことをしようとキャルは思った。もう充分に苦しめたのだから。

# 第十二章

なんの説明もしてくれない謎の仕事に出かける金曜日をキャルが心待ちにしていたところで、ノラは別に驚きはしなかった。ちょっとした体の痛みや風邪のこと、ましてや医師からの指示など彼の耳には入れていなかった。キャルはだんだんとよそよそしくなり、なにかにひどく気をもんでいるように見えた。ついに宿泊小屋で寝起きするようになるまでノラが作り続けた焦げた野菜や肉、目も当てられないパンも、初めは大目に見てくれたことを忘れてはいけない。彼女はそう自分に言い聞かせた。

キャルは金曜日の午後に突然無愛想な顔をしてキャビンへ帰ってくると、無言で荷造りを始めた。きれいにたたまれたシャツを見ても、最初はなにも言わなかった。ノラは焼け焦げを作らずにアイロンかけができるよう麻袋や小麦粉の大袋を使って練習し、ようやく彼のシャツにアイロンをかけたのだ。ところが、シャツを見たキャルは再び罪悪感に襲われていた。これだけうまくアイロンかけができるようになるには、さぞかし練習を積んだのだろう。

「ありがとう」キャルはこわばった声で言った。

ノラは肩をすくめた。会話ははずまないし、体の具合も悪かった。彼女は咳をこらえて、くしゃみが出たふりをした。

「大丈夫か？」

「ほこりのせいよ」彼女はエプロンのポケットからハンカチーフを出して、赤くなった鼻を押さえた。「ただのほこり」

キャルは悲しげにほこりの積もった家具を見まわした。「そうだな」

ノラは彼をにらみつけた。「家具の掃除に費やす時間はないわ。ほこりはどうせまた積もるのよ」

「ごもっとも」キャルに口論をする気はなかった。ノラは前にも増してやせたように見える。「ちゃんと食べているかい？」彼は尋ねた。「食べなくてはだめだ。医者が心配ないと言ったのは確かなのか？」

「先生は大丈夫だと言ったわ」ノラは嘘をついた。「それに重労働はしていないし」日中は留守にしているため、ノラがどれだけの家事をこなしているかをキャルは知らない。彼はただうなずいた。「体に気をつけるんだよ。月曜日の午後には戻る」

ノラの視線はスーツケースに向いた。「銃を入れたのね」

キャルは驚いた顔をした。「銃はいつも持っていくんだ。礼儀を知る人間ばかりではないからね。強盗に襲われることは珍しくない」

ノラは顔をしかめた。「泥棒が盗みたくなるようなものなんて、持っているの？」彼女は考えもせずに言った。

キャルの目がすっと冷たくなった。「なんだって？」

ノラは赤面した。「つまり……」

「まだそんなことを言っているのか？」キャルは辛辣な口調で言った。「おれは資産もなければ、強盗にねらわれるものも持っていない男だと、そう思っているんだな？」

ノラは唇を噛んだ。「キャル、それは言いがかりだわ」彼女の目は理解を求めていた。「わたしはあなたの妻よ。普通の人々と同じように暮らすのはわたしの役目でもあるの。慣れようとしているわ。本当よ」

「だが、いやでたまらないんだろう」キャルは唐突に言った。「一緒に町へ出ると、きみは目を伏せる。まるでおれといるところを見られるのは恥だというように。それに殉教した聖人のような顔をして家事をする。なぜなら、品のいい女は家事などしないと教えられて育ったからだ。こういう暮らしをしていることも、おれを夫に持つことも、きみは恥じているんだ」

ノラは歯を食いしばった。「やめて……！」

「考えてもみろ。リッチモンドのミス・マーロウが汚れたブーツを履いた貧しいカウボーイと結婚したんだ」抑えていた怒りをすべて言葉にこめたキャルの声は、鞭のように響いた。「あげくの果てに、きみのおばさんはさっきおれを呼びとめて、通いの家政婦を雇えないかときいてきたよ。レディはつまらない家事労働に向いていないからだそうだ。それに食事はメリーに頼っているんだって？　それなら食べても心配はない」彼はわざとらしくつけ加えた。

ノラは赤面した。「でも、わたしから頼んだことは一度もないわ！　確かにメリーは親切に助けてくれたけど……。あなたはここを出ていったじゃない！　わたしひとりのために、どうして料理をしなくてはならないの？　それにおばに家政婦を頼んだこともないわ！」

キャルはいらいらとため息をついた。「おれはきみに頼まれたが断わった。おばさんにおれを説得してくれと頼んでいないなら、おばさんは心が読めるんだろう。おれを愛していると言ったね、ノラ。だが、きみがここでは幸せになれないのはふたりともわかっている。きみには家事の能力がまったくない。料理を覚えようとする気もない。きみには絹のドレスと麻のテーブルクロス、銀器とクリスタルとメイド、それから日曜日の晩餐に招くにふさわしい地位の人たちが必要なんだ。おれがここに持っているものでは、きみは決して満足しない」

「そんなことはないわ！」ノラは怒りに任せて言った。

「そうかい?」キャルは目を細めてノラの顔を見た。「それならどうして、両親に謝罪の手紙を書くようにおばさんに頼んだ?」彼はもっとも気にさわっていたことを口にした。

ノラは息をのんだ。「頼んでないわ!」あんなひどい仕打ちをした両親に謝罪の手紙を? ありえないわ。キャルにそんなことを言うなんて、おばはなにを考えているのだろう? それで彼の冷たい態度が変化すると思ったのだとしたら、大間違いだ。

「両親は裕福で、きみはひとりっ子だ」キャルは不愉快な笑みを浮かべたまま先を続けた。「ひとつ言っておく。両親とよりを戻すのはかまわない。だがドレスだろうと、装飾品だろうと、現金だろうと、無心できるとは思うな。おれの妻でいる限り、きみの家族からは一セントも受けとらせない!」

ノラはキャルをにらみつけた。新たにわきあがった怒りに、いわれのない非難への反論も忘れた。「わたしはしたいようにするわ! わたしはあなたの妻かもしれないけれど、あなたの所有物ではないのよ! 自分の面倒くらい自分で見られるし、実際あなたにたぶらかされて、この……この……みじめな貧困生活を始めるまではちゃんとそうしていたわ! 少なくともわたしと同じ身分の男性なら、皿洗いのメイドみたいにわたしに料理や掃除をさせたりしないでしょうね!」彼女は一気にまくしたてた。体がひどく熱い。風邪のせいで少し熱が出ているのだろう。あまりに気分が悪くて、なにを言っているのかもよくわからなかった。

キャルはなにも言わない。顔から表情が消え、目が細くなった。「まっとうな労働は不名誉なことではない」冷ややかな誇りとともに言う。「おれはこの手を使って働いているが、それを不名誉だとは思わないし、母は夫と三人の息子のために家で料理や掃除することに不平を言ったことは一度もない。それどころか、母はそれを誇りにしている。家名と身分がそれほど大事なら、父親とよりを戻してリッチモンドへ帰るがいい。エレノア、きみは皿洗いのメイドのように暮らす必要なんてないんだ。きみをこれ以上おとしめるつもりは断じてないよ」

ノラは返す言葉が見つからなかった。出ていけと言っているのだろうか？　わたしを追いだそうとしているの？

「もう行くよ」キャルはそっけなく言った。「帰ってきたときにきみがここにいなくても、互いに言うことはなにもない。そうしたければ、おれはきみの人生に一時的に現われた異状だと思えばいい。どうせおれは最初から結婚する気などなかったんだ」彼はさらに心にもないことをつけ加えた。「ただ抱きたかっただけさ」それは嘘だ。だが、キャルの傷ついた誇りを少しつくろう助けにはなった。彼はスーツケースを手に持ち、ノラの引きつった顔に急いで背を向けた。ヘレンの話を聞いてノラにこんな生活をさせていることを心苦しく思い、両親に惨状を訴えていると聞いて胸が悪くなった。

ノラは全身をこわばらせ、熱にうるんだ目でじっとキャルを見つめていた。「あなたは家族について話してくれたことも、わたしに会わせてくれたこともないわ……」

キャルは冷たい目をあげてノラの目を見た。「考えたこともないね！　きみを家へ連れていって、家事や料理をこなす母を侮辱させると思うのかい？　母を見下されてたまるものか。おれたちの結婚は人生最悪の間違いだったよ。それを家族に吹聴するつもりはない！」

驚愕のあまり、ノラは言葉もなかった。キャルはわたしのことを……恥じている！　恥ずかしくて紹介するに耐えないのだ。なによりもそのことがショックだった。

キャルはそれ以上ノラを見ようとしなかった。キャビンのポーチに彼女を置き去りにして、彼を駅まで送る男の馬車に乗りこんだ。ノラはふたりの姿を見送りながら、あの男性は口論の内容を聞いたかしら、と投げやりに考えた。

ノラはキャビンのなかに引きかえし、きちんと整えたベッドの上に身を投げだして泣いた。もう少し体の具合がよければ。顔と喉が焼けるように熱くなければいいのに。彼女はひんやりした枕に顔を押しつけた。冷たくて気持ちがいい。結婚生活の崩壊を案じるのはあとにしよう。起きてからなにをすべきか考えるのだ。ほんの少しのつもりで彼女はまぶたを閉じ、そのまま熱にうかされた眠りに落ちていった。

その日の夕方、タイラー・ジャンクションでは、こぢんまりしたメリーの美術教室にブルース・ラングホーンだけが残っていた。彼女は学校から特別の許可をもらって教室を開いている。通常は子供たちの親が時間どおりに迎えに来るのだが、ブルースはまだ父親を待っていた。もうすぐ日が暮れる。今すぐブルースを送り届けなければ、帰りは夜道を走ることになってしまう。若い女性にとっては好ましい状況ではない。メリーの父はかんかんに怒るだろう。教室をやめろと言うかもしれない。彼女の最大の楽しみはブルースを迎えに来るミスター・ラングホーンをちらりと目にとめることなのだとは、口が裂けても言えなかった。

暮れゆく空を気にしながら、メリーはブルースを父親の牧場まで送り届けることにした。

「父さんはどうしたんだろう」ブルースが不安そうに言った。「遅れてきたことなんてないのに」

「そうね」メリーは笑みを浮かべて言った。「大丈夫よ。本当に。あなたを送っていくのはちっともかまわないわ」

ブルースは顔をしかめた。「あの人がいないといいな」

「ミセス・テレルのこと？」

メリーの口ぶりに、ブルースがおもしろがるように言った。「ひとりでは来ないんだよ」横目でちらりと彼女を見ながら言う。「おばさんが一緒に来るんだ。間違いがないようにって」

「わたしには関係ないわ」メリーは冷静を装って言った。

「そうだね」

正面のポーチに馬車を寄せると、家のなかには明かりがついていた。だんだん暗くなってきて、帰りの長い道のりが気がかりだった。それにもうひとつ、認めたくない気がかりがある。ブルースが言っていたように、遅れたことのないミスター・ラングホーンが迎えに来なかったことだ。具合でも悪いのかもしれない。

「さあ、早くなかに入りなさい」メリーは言った。「お父さまがいてなにも問題がなかったら、手を振って合図してちょうだい。わたしは馬車からおりないから」

「わかったよ。送ってくれてありがとう、ミス・トレメイン！」

「いいのよ」

メリーはきつく手綱を握りしめ、ブルースがなかに入ってようやく出てくるまでの永遠とも思える時間を待った。ブルースは門まで走ってきた。「大丈夫だった。父さんは椅子で寝ちゃってたんだ」ブルースはくすくす笑いながら言った。「柵と離れの修理をしていたんだよ。くたくたになるまで働いてたんだね、きっと」

メリーはほっとした。「じゃあ、おやすみなさい」家のなかでなにかが動く気配を視界の隅にとらえて明るく言った。この子の憎たらしい父親とは話したくない。ダンスのときにミスター・ラングホーンが言った言葉に、メリーはまだ傷ついていた。彼女は手綱で馬の尻を叩いて馬車を出した。

闇がメリーを包んだ。空にかかった三日月はわずかしか道を照らしてくれなかった。牧場沿いに道があって本当によかった。それに馬は道をよく知っている。これなら大丈夫だ、ならず者が待ち伏せでもしていない限り……。

突然、背後から馬の蹄の音が聞こえた。メリーの馬の規則的な足音をしのぐ大きさだ。うしろの馬は疾走していた。追いつかれる。

メリーの鼓動が激しくなった。最近頻発しているひとり歩きの女性が襲われる事件が頭をかすめ、もう一度きつめに手綱で馬の尻を叩いて急がせた。

曲がり角にさしかかるところでやむなく速度を落とすと、追っ手が馬車に追いついた。黒っぽいブーツを履き、ジーンズに包まれた脚が馬車のかたわらに現われて、メリーは叫んだ。

メリーが再び馬をせかそうとしたところで、ごつごつした手がのびてきて手綱をつかみ、ゆっくりと馬の足をとめた。

追っ手の正体はわかったが、動悸《どうき》を静める助けにはならなかった。相手は帽子もかぶっていない。脚をあげて馬から馬車の脇におりたった無駄のない動きで、彼が怒っているのがわかった。

彼は豊かでまっすぐな髪をかきあげ、片手を馬車の枠にかけてメリーをにらみつけた。

「あんな速度で馬を走らせてたら、どうなるかわかっているだろう！」彼は噛みつくように言った。

「当然あなたが心配しているのは馬のほうで、暗闇をひとりで行くわたしの身ではないわね、ミスター・ラングホーン！」メリーはかっとして言った。

「なぜおれに声をかけなかった？」

「もちろん、あなたと話したくなかったからよ」メリーは言った。「ブルースはあなたが椅子で寝てしまったと言ったわ。あの子を置いていっても大丈夫かどうか、それだけわかればよかったの。大丈夫だとわかったから引きかえしたのよ」

「今日は長い一日だったし、ゆうべはほとんど寝ずに病気の子牛の世話をしていたんだ」

「年のせいでしょう」メリーは意地悪く言った。

「くそったれ！」

メリーは息をのんだ。「ミスター・ラングホーン！」

馬車をつかむ彼の手に力が入った。暗闇のなかでも、メリーをにらみつける黒っぽい瞳がぎらぎら輝くのが見えた。「おれは不作法なんだよ。知らなかったのか？」ラングホーンはこわばった声で言った。「おれは離婚した男だ。地域の恥だ。もちろん、妻が売春婦と変わらないような女だったことは誰も口にしない。息子もかえりみず、アヘンを買うために自分の体を売っていた。どんな男にも身をゆだねたよ、金さえもらえれば――」

「やめて！」

「純粋なお嬢さんの耳には聞くにたえない話だったかな」ラングホーンは語尾を引きのばすようにして言った。「ひそかに熱をあげている男のことを、なにもかも知りたくはないのかい？　それとも、きみが遠くからうっとりとおれを見ていることを当人が知らないとでも？」

メリーは穴を掘ってもぐりこみたい気分だった。安っぽい女になった気がする。彼女をことさら侮辱しているのもさることながら、ろれつがまわらないような彼のしゃべり方がメリーを不安にさせた。

「もう帰らないと」メリーは懇願するように言った。「そこをどいてちょうだい」

「未亡人はおれにそんなことは言わない。おれが望むことはなんでもしてくれる」

「それなら、どうぞ彼女になんでもしてもらって、お願いよ。わたしはうちへ帰りたいの」

「おれもさ。だが、おれにはうちと呼べる家庭はない」ラングホーンは疲れた声で言った。「必死に働いて維持している家はある。ほかにはありったけの時間を費やさなければならない牧場と、父親業がおろそかになってまったく言うことを聞かない息子もだ。あの子はきみが好きだよ」彼は怒った声で言った。「話すのはきみのことばかりだ、守護聖人のミス・トレメイン！」

「ああ、ミスター・ラングホーン、そんなこと……！」

「おりておいで」彼はそうつぶやくと、両腕をのばしてメリーを座席からおろし、地面に立たせた。

「馬が逃げてしまうわ」メリーはすぐさま言った。

実のところ、馬は息が切れていて逃げるどころではなかった。馬は荒い息をしながら、道ばたの水桶《みずおけ》とその隣に生えている丈の高い草の存在に気づいた。

ラングホーンのがっしりした手がメリーの顔を挟み、彼は薄暗がりのなかで目をこらした。「きみには悩まされる」彼は震える声で言った。「大きな茶色の瞳、汚れのない体、おれの胸の上で渦を巻かせたい長く美しい髪……」

まるで稲妻のような力強さで、ラングホーンの口がメリーの口に当たった。唇が触れあった衝撃に、彼女は息をのんだ。こんなふうにキスをしたのは初めてだった。同年代の少年たちのためらいがちなキスは、大人の男性の執拗で荒々しい情熱の前に忘れ去られた。

ラングホーンはメリーをきつく抱き寄せた。彼女は全身に鋼のようなたくましさを、そして下腹部にあからさまな欲望のあかしを感じた。

恐くなったメリーは体を引き離そうとした。だがメリーの口の感触と味わいにわれを忘れたラングホーンは、しっかりと彼女を抱いたまま離れようとしない。

ラングホーンの手がメリーの髪をまさぐってピンを外し、ウエストまで届くつややかな髪をほどいた。そのあいだじゅう、彼の口は一瞬もメリーの口から離れず、激しさは弱まらなかった。

「かたいな」ラングホーンは両手でメリーの長い髪をまさぐり、唇を押しつけたままささやいた。「板のようにかたい。材木を抱いているようだよ」彼がメリーの下唇に歯を立てると、彼女をはっと息をのんだ。「まだほんの子供だな」ラングホーンはうんざりしたように言って息を継いだ。「キスの仕方も知らない。情熱に身を任せるのも恐い。男にとってなんの価値もないよ！」

メリーはごくりと喉を鳴らし、さらにもう一度つばをのみこんだ。膝の力が抜け、唇は小刻みに震えている。ラングホーンが嚙んだ下唇が痛い。彼女は指先をあてがった。

「うちへ帰りたいわ」喉をつまらせながら言った。

「ああ、いいとも」ラングホーンは怒ったように言った。「おじけづいたな。これで自分がなにを求めていたのかわかったかい？　楽しむふりすらできないくせに！」

メリーはもう一度体を引き離そうとしたが、ラングホーンの両腕はまたもや彼女を抱き寄せた。

「今度は泣きだすんだろう？」彼は引きつった声で言った。

メリーは額をラングホーンの広い胸にあずけ、熱い涙が頬を流れるに任せた。声も出さず、彼のシャツの襟のところでこぶしを握りしめて身じろぎもしなかった。

ラングホーンはメリーの震えを感じていた。飲んでいたウィスキーが理性を奪っていた。彼女を怖がらせるつもりはなかった。我慢にも限界がある。メリーはもう何ヵ月も彼を苦しめてきたのだ。

ごつごつしたラングホーンの手は、絹のようになめらかな長い髪が指をすり抜けていく感触を楽しんでいた。「まるで天使の髪だ」彼は静かに言った。「とてもやわらかい。焦げ茶色のコーンシロップのようだ」

「あなたはミセス・テレルと結婚するんでしょう」メリーはかすれ声で言った。「あなたにこんな……こんなことをする権利はないわ！　わたしに手を触れるなんて！」

「わかっているさ」ラングホーンはがっかりしたように言った。唇で彼女の髪とこめかみに触れる。「泣かないでくれ」

メリーはこぶしで涙をふいた。暗くひとけのない道ばたで、命より愛している男性に手を離してくれと言っているのだから、ばかばかしい話だ。でも、ラングホーンの意志ははっきりわかった。メリーがひそかなあこがれを抱いていることが、彼女の若さと純情さが、彼は不快なのだ。彼がメリーに望むものはない。それなのになぜ、と彼女は震えながら思った。なぜ手を離してくれないのだろう?

ラングホーンは魅せられたように、再びメリーの髪に手を差し入れた。指に絡みつけて自分の唇に持っていく。

「ミスター・ラングホーン」メリーは声をこわばらせた。

ラングホーンは唇でメリーのまぶたを閉じた。ウィスキーのにおいがする彼の息が、冷たい夜気を払ってあたたかく感じられる。「おれには名前がある」

「名前を呼ぶつもりはないわ」自尊心で喉をつまらせながら、メリーは言った。魔法のような彼の感触に、再び膝の力が抜けていく。唇でそっと顔をなぞられると、全身が妙な感覚に包まれた。とりわけ彼の舌が長いまつげをやさしくかすめたときは。

髪に絡めたラングホーンの手が下へ動いていった。ブラウスに重ねたボディスのフリルに届く。その手が胸のとがった頂をかすめると、メリーは彼の腕のなかへ倒れこみたくなった。

下半身に張りつめたような感覚が広がり、ラングホーンの唇が触れ、こぶしが胸のふくらみをかすめるたびに脈動する奇妙な痛みが激しくなっていくようだった。胸の頂に触れられると、メリーは身をこわばらせた。

抵抗しなくては。ラングホーンの唇がそっとメリーの唇に重ねられたときまでは、そうするつもりだった。唇を少し離し、そして重ねる。浮かせてはかすめ、再び重ねる。激しく、さらに激しく……。

唇が重なっているあいだに、彼の親指と人さし指が乳首をつまんだ。メリーの全身を炎が駆けめぐり、閉じたまぶたの奥に目もくらむような光が見えた。彼女は声をあげ——むせぶような声を——重ねられた唇を開いた。

ラングホーンがなにかささやいた。メリーの髪に手を入れてうなじを支え、少しうしろへ傾けて唇を重ねやすくした。彼は舌で彼女の唇と歯を刺激し、やがてその先にある甘く小刻みに震える暗がりに分け入った。舌をぐいと差し入れると、メリーが声をあげた。同時に、彼のごつごつした手は胸のふくらみをすっぽりと包みこんだ。

あとで考えても、どちらが先に身を引いたのかわからない。メリーは体中が腫《は》れあがったような気がした。舌がこわばって、話すこともままならない。全身がぴんと張りつめて動作が鈍り、彼女には正体のわからない欲求が拍動していた。

ラングホーンはひとりでは立っていられないメリーを腕で支えていた。彼女はその腕にしがみつき、雷鳴のようにとどろく彼の心臓のあたりに頭をあずけた。

ラングホーンの息づかいは荒く、指先はメリーの腕に痛いほど食いこんでいた。彼は正気をとり戻そうとするように空気を吸いこんでいた。

「こんなこと……いけないわ」メリーはかすれ声でささやいた。

ラングホーンは彼女の髪に頬をこすりつけて言った。「黙って」

「ミスター・ラングホーン」

彼は軽い笑い声をあげた。「もうそんな段階は過ぎただろう？　おれの名はジェイコブだよ」

「ジェイコブ」メリーはささやいた。目を閉じて、高ぶる感情に震えた。

ラングホーンはただやさしくメリーを抱き、彼女が落ち着くまで背中を撫でていた。

ようやくメリーが体を離すと、ラングホーンは腕の長さの分だけ離れるまでじっと見守った。

彼はシャツのポケットから煙草の紙束をとりだして一枚抜きとり、残りをポケットに戻して、〈ブル・ダラム〉の煙草が入った袋を引っぱりだした。薄暗がりに二頭の馬が草をはむなか、彼には帰路を急ぐ気配はなかった。煙草を一本巻くと、マッチを出して火をつけた。

ゆっくりと煙を吐きだす。片手をジーンズのポケットに突っこみ、ただそこに立ってメリーを見つめた。黒っぽい柄のドレスに濃い色の髪がふんわりと波打っている。絹のようだ。彼女が胸のふくらみに触れることを許してくれたときのやわらかな感触を、ラングホーンは思いかえした。

その記憶に体がこわばった。自分の愚かさに、ラングホーンは軽く笑い声をあげた。ストレートのウィスキーを二杯飲み、薄闇のなかをがむしゃらに馬を走らせたあげく、ふたりの生活を混乱に陥れた。彼がしたことはまさにそれだ。互いにこのキスの感触を忘れることはできないだろう。

「うちへ帰るわ」メリーが言った。

「賢明だ。夜は悪い男たちがうろついているかもしれない」

「あなたよりも悪い男が？」彼女がたしなめるように言った。

ラングホーンはくすりと笑った。「たぶんね。痛く……しなかったかい？」なめらかな肌を夢中で愛撫したことを思いだして、そっと尋ねる。ドレスに目を落として、その問いを強調した。

メリーは胸の前で腕を組んだ。「あなたって人は！」

彼は物憂げにため息をついた。「どんな感じだった、メリー？　もう何年も、きみはおれを求めていたんだ。おれの口がきみの口に重なり、やわらかな体に手が触れた感じはどうだった？」

メリーは沈んだみじめな目をして馬車のほうへ向きを変えた。

ラングホーンは車輪のところでメリーをとめ、うしろからウエストに腕をまわして乱暴に引き寄せた。

「明日行くよ」彼は耳もとでささやいた。「きみの両親とちゃんと話す」

「なにを？」メリーは仰天してきいた。まさか、たった今の出来事について話せるわけがない！

「おれたちのことを」ラングホーンは神妙に言った。「お互いの味を知ってしまった今、なにもせずにいられると思うのかい？」

# 第十三章

メリーが振り向いた。茶色の目を呆然と見開いて、ラングホーンの瞳を探っている。

「なんですって……?」

彼は長い人さし指でメリーの口を押さえた。「はっきり言えば、きみが欲しいんだ。きみもおれを求めるようにしてみせる」

「ジェイコブ!」メリーは声をあげた。

彼はくすくす笑った。「ブルースはきみが大好きだ」声をやわらげて言う。「おれもだよ」

「でも……ミセス・テレルが」メリーはあっけにとられて言った。

「ただの目くらましさ。おれはきみよりずっと年が上だ、メリー」ラングホーンは真剣に言った。「きみが若すぎると言ってもいい。だが、これ以上は自分を抑えきれない。婦人クラブのダンスできみにあんなことを言うのは心臓がえぐられるような思いだったよ。立派な動機があったにせよ、二度ときみを傷つけることはできない。ミセス・テレルは友人だ。ただの友人だよ」彼は強調して言った。「不道徳なことはひとつもない」

「わたしの……両親と話すと言ったわね？」

「ああ。なんとかして」ラングホーンはため息をついた。「きみに求婚する許しがもらえるように説得する」

メリーは自分の耳を疑った。聞き間違いに違いない。彼女はまっすぐにラングホーンを見た。

「メリー」彼はやさしく言った。「きみと結婚したい」

幸福感が大波のように押し寄せ、メリーは小刻みに震えだした。瞳はあふれんばかりの輝きを放っている。

ラングホーンは飢えたようにメリーを抱きしめた。「そんなに驚くことはないだろう」彼女の耳もとでうめいた。「まわりにどう思われようと、おれは道徳心に欠けた男ではないよ」

「それはわかっているわ。わたし、すごく幸せよ」メリーはラングホーンにしがみついた。「あなたに嫌われていると思っていたわ」

彼はため息をついた。「こうならないように努力していたんだ。きみを守るために。メリー、きみはまだ十八歳だ。人生は始まったばかりだよ」

「あなたがミセス・テレルと結婚していたら、そこで終わっていたわ。あなたがいなければ、愛することも、結婚して子供を持つこともなかったでしょうね」

ラングホーンの腕に力がこもった。「子供は好きかい？　きっと好きに違いないね。ブルースはきみに夢中だから」

「子供は大好きよ」

「それなら、おれたちふたりの子供をひとりかふたり持とう」ラングホーンは少し考えた。「きみに似た髪の女の子がいいな」

「まあ、ジェイコブ！」メリーは叫んだ。天にものぼる心地だった。

ラングホーンはくすりと笑って身をかがめると、メリーにキスをした。「だが、今日のところは実行に移さないほうがいい。おれは死ぬほど疲れていて、気分転換にウィスキーも飲んだ。この組みあわせできちんとした思考は望めないからね」

メリーが不安そうな顔をした。それを見てラングホーンはもう一度笑い声をあげた。「大丈夫。自分が言ったことはよくわかっているから。だけど、きみのご両親に対面するときにはそれらしく見えるようにしないとな」

「明日？」

ラングホーンはうなずき、一瞬心配そうな表情を見せた。「ご両親がおれを認めていないのはわかっているんだ。それに娘がかかわるとなると……。うまくいくといいが」

「もしだめだったら？」

ラングホーンはほほえんだ。「きみのいとこのノラは反対に遭ったとき、自分で解決策を見つけだしたらしいじゃないか」

「ええ、ノラとキャルは内緒で結婚したのよ」メリーは目を輝かせた。「わたしたちもそうするの？」

「それは最後の手段だ」彼はメリーの口にそっと手を触れた。「だから心配しなくていい。わかったね？」

メリーは笑みを浮かべてうなずいた。ラングホーンは彼女を馬車に乗せて、自分は裸馬にさっとまたがった。

「それであんなに早く追いついたのね！」そのとき初めて鞍がのっていないことに気づき、メリーは驚きの声をあげた。

ラングホーンはくすりと笑った。「鞍がなくても、結構うまく乗れるんだ。家までついていくよ。目につかない程度にうしろからね」メリーが不安そうな顔をすると、彼はそう言い添えた。

たいして時間はかからなかった。家に着いてみると、誰もメリーの帰宅が遅くなったことに気づいていなかった。家のなかが騒然としていて、母親は涙を浮かべていた。

「まあ……なにがあったの？」メリーは声をあげた。

「ノラが」ヘレンがすすり泣いた。「ああ、メリー、ノラがひどい熱発作に襲われて苦しんでいるの。そのうえ、赤ん坊まで失って」

「まあ、そんな！」メリーは叫んだ。「かわいそうなノラ！　それにキャルも……」

「この週末はキャルが留守なのよ。連絡方法もわからないわ」ヘレンは困りはてたように言った。「早くても月曜日までは戻らないのに、ノラの容態はとても悪いの。とても悪いのよ」彼女はそれ以上言わなかったが、メリーにはよくわかった。

ふたりは客用の寝室に足を踏み入れた。その午後、ヘレンが熱で錯乱しているノラを見つけてそこへ運びこんだのだ。熱に浮かされて汗まみれのノラには、疲弊した医師が深刻な顔をして付き添っていた。夕食にはまだかなり早い時刻に呼ばれてからというもの、一杯の紅茶すら飲む暇がなかった。

「なにかお持ちしましょうか、先生？」ヘレンが静かにきいた。

「コーヒーとパンをいただけると助かります」医師は感謝をこめて言った。「患者には冷たい水を。シーツと夜着も替える必要があります」医師は首を振った。「長年患者を診てきたが、こんなひどい熱は初めてだ。最後にわたしのところへ来たときに注意したんだが、充分な休息をとっていなかったのですか？」

ヘレンにもメリーにも初耳だった。ふたりは驚きの視線を交わした。

「なるほど」医師は冷ややかにつぶやいた。「誰にも話さなかったというわけだ。無理解な夫にも話していないのでしょう。物を持ちあげることはおろか、疲れるようなことをしてはいけないと忠告しました。風邪気味なことと体調を考えれば、それが熱発作の引き金になるかもしれないことに誰も気づかなかったのですか?」

「知らなかったわ」ヘレンは悲しげに言った。「健康なのだと思っていました。結婚してからはあまり表に出てこなかったんです。メリーがノラに食欲をとり戻してもらおうと食事を運ぶだけで、ここ数日顔も見ていませんでした。ノラは料理を覚えようとしていて……」

「なんと間の悪い」医師はいらいらと言った。あまりにうしろめたそうにしているふたりを見て、彼は折れた。「なにをしても子供を救うことはできなかったでしょう。だが熱は……」医師は首を振った。

「ノラは死ぬんですか?」メリーはおずおずときいた。

「なんとも言えません。重体です」

「わたしたちにできることはありますか?」ヘレンがすがるように尋ねた。

医師は眼鏡の上の部分で見あげて言った。「祈ってください」

それから二日間というもの、彼らは必死で祈った。最初ノラは痛みに苦しんでいて、熱をさげるために体をスポンジでふこうとすると叫び声をあげた。誰もが疲れはてていた。メリーも同様で、ジェイコブに両親と話をさせるどころではなかった。メリーは彼に事情を伝言してノラのもとへ寝ずの看病に戻り、自分の問題のことはしばし忘れた。

月曜日になっても、熱は猛威をふるったままだった。

疲れきったキャル・バートンは汽車をおりると、牧場へ戻るために貸し馬車屋で馬車を調達した。今度の試掘も空振りに終わった。油田を探しはじめてから二回目だ。もう一ヵ所、別の場所に購入した土地がある。今日パイクがそこに立て杭の先頭部分を打ちこんでいるところだ。

キャルはその場に残って、最後の試掘が利益を生むかどうかを見届けたかった。なにもかも、この掘削にかかっていた。賭けごとに手を出すような人間ではないが、あの場所と直感と地質学者の確信にすべてを賭けていた。だがそんな心配事を抱えているにもかかわらず、ノラとの口論が頭から離れなかった。しまいにはそれしか考えられなくなっていた。生まれてくる子供のために、なんとか溝を埋めなくてはならない。どうすればいいのだろう。

牧場に着いてキャビンに入ると、そこには誰もいなかった。ノラはバージニアに戻ったのだと思った。本心とはまったく裏腹にそうさせるようなことを言ったのはキャルだ。彼はヘレンの言葉に動揺していた。できるものなら、あのとき口にした言葉をすべてとり消したかった。

みじめに顔をこわばらせ、まとめられた荷物が置いてあるに違いないと思いながら、キャルは寝室に入っていった。震える手でチェストを開けてみると、ノラの服が並んでいた。彼は目を閉じて神に感謝した。ノラは母屋におばといとこを訪ねているのだろう。てっきり出ていったものと思った！

安堵の笑みを浮かべて居間に戻り、揺り椅子にどさりと腰をおろした。この数週間をやり直したいと思いながら、ぐったりと背にもたれる。もしノラが出ていったなら、キャルはひとりぼっちになっていた。ここを離れているあいだ、焦げた肉やかちかちのパン、だめになったシャツをどれほど懐かしく思ったことか。彼女が一生懸命家事をこなそうとしていた姿を思いだすと、せつない笑みが浮かんだ。この週末、裕福な家庭に育った女性が労働者の暮らしを営むことの難しさについて考える時間は充分にあった。彼女をそんな立場に追いこんだのは公平を欠く行為だ。タイラー・ジャンクション行きの汽車に乗りこむ前に、キャルは心を決めていた。態度をあらため、ノラを変えてみせようなどというばかげた考えは捨てると。彼女を傷つけた言葉の数々を思いかえせば、その埋めあわせが容易なことでないのはわかっていた。

どうか手遅れではありませんように。ノラを〈ラティーゴ牧場〉の家に連れて帰れば、彼女はこれ以上苦しまなくてすむ。〈トレメイン牧場〉は充分改善されたし、チェスターも正しい軌道に乗った。石油は掘り当てられるかどうかわからない。もしだめでも、キャルには頑丈な体と知恵がある。自尊心をのみこんで〈ラティーゴ牧場〉へ帰り、そこで働けばいい。もしノラが彼を愛しているなら、新しい環境に慣れてくれるはずだ。あとのことは……まあ、それなりにけりがつくだろう。考えれば考えるほど、問題は簡単に解決できそうに思えてきた。

玄関ポーチに軽い足音が聞こえ、キャルの注意を引いた。顔をほころばせて立ちあがり、ノラがドアを開けて入ってくるのを待って胸を高鳴らせた。だが、ドアは開かない。代わりにノックの音が聞こえた。

ドアを開けると心配そうなメリーが立っていた。

「馬車が近づいてくる音が聞こえたような気がしたの」メリーは言った。「母屋へ来てちょうだい。手遅れにならないうちに」

最後の言葉を言い添えたときにメリーの瞳に浮かんだ表情を見て、キャルは問いかえすことで時間を無駄にはしなかった。ノラの不在とメリーの疲れきって青ざめた顔が、彼が聞きたくないすべてを語っていた。彼は肋骨《ろっこつ》を砕きそうな心臓の鼓動に合わせて歩調を速めた。

ノラは客用の寝室で医師に見守られながら汗にまみれて眠っていた。医師は呼ばれてから一度も牧場を離れていない。彼はキャルをにらみつけた。

「あなたですか、無理解な夫というのは?」医師は冷ややかにきいた。「あなたのしたことをごらんなさい!」

キャルの心臓が動きをとめた。ノラは死人のような顔をしていた。シーツと同じ顔色をして手すりのように細く見える。おなかは……。

医師はキャルの目に浮かんだ驚愕と視線の先を見た。「二日前に赤ん坊を亡くしました。今は彼女を救うことだけを考えています。あの状態で重い水桶を持ちあげたり、疲労したりするのがどれほど危険なことかわからなかったんですか? 風邪を引いたとなればなおさらですよ」

「先生が大丈夫だとおっしゃったと聞いていました」キャルは言った。身じろぎもせず病床に伏したノラを見ていると、不安のあまり心臓が早鐘を打った。「くしゃみをしていましたが、妻はほこりのせいだと……!」

「風邪のせいです。あれだけ疲れていれば、風邪だけで充分に熱病の引き金になります。助からないかもしれません。これほどの高熱はわたしも初めてですよ」

「熱病?」キャルはベッドの脇に移動し、驚いた目を見開いて妻を見おろした。心臓が胸のなかで凍りついた。「熱病って、どういうことです?」嚙みつくように尋ねる。

「いったいどんな結婚生活を送ってきたんです?」医師は怒りもあらわに言った。「彼女は一年以上もたびたび熱発作に襲われてきた。かかりつけの医師は、わたしの診断とは意見を異にするが、いつか致命的な発作を起こすかもしれないと彼女に警告しました」

打ちのめされたような衝撃だった。キャルは気を静めるために深呼吸をした。「おれには話してくれなかった」ようやく言葉をしぼりだした。

「ノラは誰にも話さなかったわ」ヘレンが目頭を押さえながら言った。「この熱病は治らないから、男性に精神的にも経済的にも負担を負わせるわけにいかないし、一生結婚もしないと言って。ああ、サマービルときたらなんてことを！　アフリカで無理やり言い寄って服を破いたりしなければ、蚊に刺されることはなかったのに。どんなに違った人生になっていたことか！」

「サマービル？」キャルは壁にもたれ、うつろなまなざしをヘレンに向けた。「サマービルのせいだって？」

「そうよ」ヘレンの目から新たに涙があふれだした。「あなたがノラを連れ帰ったとき、身重の体で不慣れな生活に耐える体力があるのか、わたしはとても心配したわ。こういう生活は女性には酷だし、ノラは病弱だから。わたしは忠告すべきだったのよ。きちんと言うべきだった……！」

声がとぎれてヘレンは顔をそむけた。自分がノラになにをしたのか、ようやくキャルにもわかりかけてきた。彼女は熱病を患っていたのに、それを隠していたのだ。致命的なものでなかったとしても、絶えず治療を余儀なくされる不治の病という重荷を貧しい男に背負わせたくなかったのだ。ノラは置かれた環境が気に入らなくて家事に消極的なのだと思っていたのに、実は健康を害さないように加減して働いていたとは、なんという悲惨な皮肉だろう。彼は激しい胸の痛みに目を閉じた。

サマービルの一件がなければ、赤ん坊のことは知らずじまいだっただろう。ノラが電報を寄こすこともなかったろうし、彼女と結婚することもなければ、〈ラティーゴ牧場〉の贅沢な環境ではなく、あえてここへ連れてくることもなかったはずだ。ところがキャルは、まったく必要のなかった過酷な生活にノラをさらしてしまった。自分のうぬぼれから彼女に謙虚さを身につけさせようとした。だが、それを身につけるべきは自分のほうだった。すでに子供を失うという大きな代価を払い、さらに妻も失うかもしれないのだ。

「なんてことだ」キャルはしぼりだすように言った。憔悴《しょうすい》したノラの体を見おろすと、魂が揺さぶられた。彼は視線をあげて医師を見た。「助かりますか？　ほかにできることは？　どうか助けてください！」

医師はキャルの過失ではなかったことに気づいて態度をやわらげた。熱意は彼を動かすが、その反対はときに彼を意固地にする。病人の前で自分の利益を優先させる人間には容赦なかった。

「できることはすべてやりました」医師は正直に言った。「キニーネの投与、温浴、瀉《しゃ》血《けつ》、考えられることはすべて。もし熱がさがれば助かるチャンスはあります。さがらなければ……」医師は両手を広げた。「マラリアの患者はたくさん診てきましたが、治療法はありません。さらに彼女は流産と風邪で体力を消耗していますから」

キャルは枕もとに移動して、ノラのやせた熱い手をとった。自分の力を分けてやりたくてしっかりと握りしめた。助かる。きっと助かるさ！　彼は瞳に苦悩を浮かべ、声に出して言った。罪悪感と渇望をにじませて彼女に視線を走らせる。ノラはおれの体の一部だ。なぜ彼女にそう言えるうちに、気づかなかったのだろう？　もしこのままノラが死んでしまったら、彼女の記憶に最後に残るのはキャルの姿だ。恥ずかしくて家族には紹介できない、この結婚は人生最悪の間違いだったと乱暴に言い捨てた彼の姿。自らの残酷さを正面から受けとめてそれに耐え、苦しむノラを見守らねばならない。自分は彼女をとことん失望させたのだ。

ひと晩中、キャルはベッドを挟んで反対側にいる医師とともにノラのそばを離れなかった。ぬらした布で冷やし、シーツをとりかえ、夜着を替えるあいだ、ノラは震え、すすり泣き、支離滅裂なうわごとを言い続けた。

メリーとヘレンもしばしば顔をのぞかせた。長いあいだぐっすり眠っていないために、ふたりともうたた寝に慣れてしまっていた。チェスターは翌朝ひとりで牧場の監督に出かけた。キャルは妻のそばを離れるつもりはなかったからだ。

夜が明けると、医師はキャルにコーヒーを持ってきた。

「助かるでしょうか?」キャルは年配の医師にきいた。

「わたしは神ではありませんよ」医師は正直に答えた。

ノラの苦しむ姿を見ていると、髪をかきむしりたくなるほど心配でたまらなかった。

「おれは神になろうとした」キャルは悲痛な声で言った。「初めノラはひどく高慢でした。おれやカウボーイをあざ笑って。おれの服装や仕事をあげつらっては見下しました」彼は顔をしかめた。「不遜にも、おれは生意気な彼女にひと泡吹かせてやろうと考えたんです。ここへ連れてきて、甘やかされて育った彼女が経験したこともない家事労働をさせました」青ざめた顔を片手でぬぐう。「彼女に危害を加えることになるとは思わなかった。おれの母親は丈夫で、便利な道具がそろっていても昔ながらのやり方を好むんです。重いものを持ちあげるとき以外は人に頼みません」広い肩ががってがっくりと落ちた。「ノラが家ではなにひとつ自分で手を下す必要がなかったことを、おれは忘れていました。ああ、神よ、許したまえ。普通の家事をして赤ん坊まで危険にさらすことになろうとは思ってもみなかったんです」キャルは静かにコーヒーをすすった。

「熱病のことは話してくれなかった」気が抜けたように言い足した。「奥さんは立派な女性です」

医師は椅子の背にもたれ、辛抱強くキャルを見ていた。「数日前にわたしのところへ来たときには、シャツを焦がさずにアイロンをかける方法を十分ほども語っていきましたよ」医師はくすりと笑い、キャルはひるんだ。「彼女は自分の進歩をとても誇りに思っていました。重いものを持ちあげていることや体の不調は、ひとことも口にしなかった。まさか周囲に病気を隠しているとは思いませんでしたよ」

「彼女のことはわかっているつもりでした」キャルはつらそうに口を開いた。「複雑な女性なんです。おれは理想的な夫ではなかった」

「結婚は譲歩ですよ」医師は薄く笑みを浮かべて言った。「妻とわたしは結婚して三十六年になりますが、深刻な喧嘩はしたことがありません」

「あなたは運がいい」キャルが言った。

医師はうなずいた。「妻は外交上手なんです」そう言って小さく笑った。

「うちは急に怒りだすことがありますよ」キャルは心の傷を映したまなざしをノラに向けて、物思いに沈んだ。「開拓者の妻になろうと努力しているあいだ、彼女は決して闘志を失わなかった。おれが結婚を望んだわけではないんです」彼は打ち明けた。「でもひとたび結婚すると、なんと言うか、彼女は……おれの生活にしっくりとなじみました。今では彼女がいないと寂しくてたまりません」

それを認めたのは驚嘆に値する。医師は唇をすぼめ、深い内省の表情が浮かぶキャルの骨張った顔から目をそらした。「奥さんが回復したら、そう言ってあげるといい」

キャルは無防備なまなざしを医師に向けた。「妻は……回復しますか？」

「それはもうすぐわかります」

もうすぐ。その言葉が午後から夜にかけてキャルを支えた。時間がまぜこぜになったような気がする。ノラのやせ細った手を握って死ぬほど心配している合間に食事をしたことや、周囲から慰めの言葉をかけてもらったことはわかっていた。かつてないほどもろく繊細に見えるノラの体を熱が痛めつけているあいだ、彼女は何度も寝返りを打ち、汗をかき、うめき声をあげていた。

医師が食事のために部屋を出ていくと、ひんやりとした静かな寝室にキャルひとりが残された。暖炉にはノラが冷えないように火がおこしてあり、十二月の厳しい寒さをやわらげていた。

ノラは熱病のことを話してくれなかった。打ち明ければ自分が楽になるようなときでもかたくなに秘密を守る女性であることに、もっと早く気づくべきだったのだ。赤ん坊のことを知ったときに気づくべきだった。そうすれば、彼女には酷な厳しい生活から救ってやれたかもしれない。こんな目に遭わせずにすんだかもしれない。ひょっとしたら赤ん坊も助かっていたかもしれないのだ。

赤ん坊。もう子供は生まれてこない。ノラが目を覚ましたとしたら——いや、目を覚ますときは、そのことがなによりも彼女を傷つけるだろう。その知らせがもたらす悲嘆を想像して、キャルはうめいた。ノラのやせた体を見る。今や身じろぎもせずに横たわっている体、死の淵《ふち》をこんなにも長いあいださまよっている姿を見ていると、その重圧がついに彼の強靱《きょうじん》な精神を打ち砕いた。瞳に熱いものを感じ、つかのまそれに屈した。ノラのやわらかな胸を覆う湿った夜着にそっと頬をあずけ、キャルはついに心の痛みを吐きだした。


ノラは深く激しい音を聞いた。体が打ちすえられたように痛い。胸の上に重みを感じる。どこもかしこも冷たくぬれた感触のなかで、そこだけはあたたかさを感じた。青い瞳を開いて天井を見る。白い板張りは暖炉のそばだけが煤《すす》で汚れていた。

ノラは胸の上の黒い頭に視線をさげ、顔をしかめた。キャル？　どうして彼がここにいるの？　ああ、ここはキャビンじゃないわ。ここは母屋で彼女は汗びっしょりだった。そのとき、ノラは思いだした。なにもかもいっぺんに。あのひどい口論と胸をえぐる言葉。気分が悪くなって熱が出たこと……熱……。

乾いた唇を開いて胸の上の頭を押した。「赤ちゃんが」彼女はいつもとは違うかすれた声をようやくしぼりだした。

キャルの体がこわばった。頭をあげた彼の銀白色の瞳に、一瞬光が差した。「ノラ？」

ノラはキャルの肩を押した。記憶がいっせいによみがえってきた。最後に会ったときのことを、彼が口にした言葉や非難も含めてすべて思いだした。

厳しい試練がもたらした衰弱が、ノラの悲嘆に追い打ちをかけた。腕をあげて目を覆う。「ああ、なぜわたしは生きているの？」彼女は切れ切れにささやいた。「どうして死ななかったの！」

その言葉はキャルの心を砕いた。「ノラ、お願いだ」彼はおずおずと言った。

「赤ん坊は死んだのね？」ノラはそう言うと、身をこわばらせておそるおそる返事を待った。心の奥底ではもうわかっていた。これから先の人生と同じように、自分の体が空っぽになったことを。

「そうだ」キャルはしかたなく答えた。

閉じたまぶたの下から涙が洪水のように流れでた。初めノラは声をたてずに泣いていた。その静けさがキャルの苦痛を倍増させた。

キャルはノラの乱れた髪にそっと手を触れたが、彼女はぐいと顔をそむけた。まるで彼がそばにいることが不快だというように。

キャルは長いため息をつき、途方に暮れて立ちあがった。ノラはこちらを見ようともしない。彼はかつてないほど激しい喪失感に襲われた。悲痛な驚きとともに、ノラのか細い体に目を向ける。それまで彼女を愛していることに気づかなかったのが不思議だった。

ショックを受けているあいだにドアが開いて医師が顔を見せた。ノラが目を開けて部屋に入ってきた人物を見きわめようとしているのを見ると、医師の表情がぱっと明るくなった。

「気がついたんだね！」医師はうれしそうに言った。彼女の回復にはほとんど手を貸していないが――できたのは熱をさげることと、安静にさせておくことだけだ――それでも満足感があった。「ああ、よかった」

「子供は死んだわ」ノラはしぼりだすように言うと泣き崩れた。

医師は険しい表情を浮かべた。ちらりとキャルを見る。その苦しげな顔が状況を物語っていた。「なにか食べていらっしゃい」医師はやさしく声をかけた。「ここからは鎮剤とたっぷりの休養が必要です。奥さんは回復しますよ」

回復し、彼のもとを去っていくのだ。キャルはもう一度ノラに切望のまなざしを向けながら思った。彼女はその視線に応えなかった。気づいてさえいないのかもしれない。ノラはきっと家に帰るだろう。愛を告白しても、もっと幸せな生活を約束しても、彼女の慰めにはならない。すべて彼のせいだと思っているはずだ。流産も、熱病も、なにもかも……。責められて当然だ。悪いのは自分なのだから。

キャルは廊下に出てドアを閉めた。ヘレンが近づいてきた。なにか食べ物のことを言っている。耳に入らないまま、彼女の脇をすり抜けた。ノラは助かった。生きている。それだけで満足しなければならない。彼は歩き続けた。周囲は目に入らず、悪夢のなかにいた。

最悪の事態を恐れたヘレンは、急いで寝室のドアを開けてなかに入った。

「亡くなったの……?」彼女はきいた。キャルの顔がそう語っていたからだ。あれはすべてを失った人間の顔だった。

だが、ノラは目を覚まして生きていた。彼女はおばを見て弱々しい笑みを浮かべた。

「生きているわ」かすれた声で言う。「かろうじてね」

「すぐにすっかり元気になりますよ」医師は請けあい、鎮静剤をとかした水を入れたグラスを手にして、ノラの乾いた唇のあいだへ流しこもうとした。

「ああ、よかったわ」ヘレンは心からそう言いながらベッドに近づいた。「キャルの顔を見たときは、もしかして――」ノラの顔からすぐさま表情が消えたのを見て、ヘレンは言葉をのみこんだ。「目が覚めてよかった。みんな心配していたのよ」

「彼はいつ戻ったの?」ノラがきいた。

誰のことを指しているのかヘレンは察した。「ゆうべよ。それから今までずっとここにいたわ。すっかり打ちひしがれて……」

「両親に宛てた電報の返事は来たの？」ノラは尋ねた。

ヘレンは顔を赤らめた。「ああ、ノラ、ごめんなさい」かすれ声で言う。「ご両親に助けを求めれば、あなたはここにいなくてすむとキャルにわからせたかったの。あなたによかれと思って」

「わかっているわ」ノラは疲れた声で言った。「電報は本当に打ったのね？」

ヘレンはたじろいだ。「ええ」

「返事は？」

ヘレンはためらった。返事は来たが開封はしていない。消沈したノラがさらに打ちのめされる内容かもしれないと考えると、今は渡したくなかった。

「読んでちょうだい」ノラは静かに頼んだ。内容はわかっている。父の性分はよく知っていた。

ベッドの脇にいるふたりに自分がどう映っているのか、ノラにはわからなかった。青ざめ、今にも壊れそうで、命まで使いはたしたように見えるかもしれない。だがそんな状態にもかかわらず、彼女は気力と内なる力にあふれていた。

八月に初めてタイラー・ジャンクションへやってきたノラは、むしろ内向的とも言える自称冒険家だった。それが不愉快なことにも背を向けない、力強く勇敢な女性へと大きな変貌《へんぼう》をとげた。彼女自身はそれに気づいているだろうかとヘレンは考えた。

医師がうなずくと、ヘレンは電報をとりに行った。

ノラはおぼつかない手で電報を受けとり、白い枕カバーに押しつけて黄色い用紙を開こうと苦心した。

ようやく開くと、期待しなかったのは賢明だと悟った。電報はそっけなかった。〝ムスメ　ハ　イナイ〟父のイニシャルが署名してあった。

ノラは疲れたため息をつき、冬の枝から落ちる枯葉のように電報が手から落ちるに任せた。これで本当にひとりぼっちだ。予想どおりではあったけれど。おばがくちばしを突っこまなければ、父に許しを請うほど自分をおとしめることはなかったのに。許しを請うべきは父のほうで、わたしではない。

ノラは重いため息をついた。命は助かった。でも、わたしの人生はすっかり変わってしまった。

# 第十四章

キャルはタイラー・ジャンクションから数キロほど離れた小さな酒場で、静かに腰をおろしていた。町にひとつだけある酒場はすでに廃業していた。きっと経営者は、例の斧を持った女性に乗りこまれるのが怖かったのだろう。キャルはほろ苦い気分でそんなことを思った。男たちはどんな理由であれ酒が飲みたくなると、この酒場へやってくる。牧場内での飲酒は厳禁だが、土曜の夜ともなると多くのカウボーイたちがここに集まるのだ。

二杯目のウィスキーを飲み干すと少しだけ気分がよくなった。ノラに会おうとしたのだが、意識をとり戻した彼女はおばを通じてキャルの入室を拒絶した。さらに、結婚生活に終止符を打ってバージニアへ帰るつもりだし、一生彼の顔は見たくないとも言ってきた。

予期していたとはいえ、そっけない伝言に傷ついたことに変わりはない。悲しいかな、この不幸の種をまいたのは自分なのだ。もう少し辛抱強く接して批判を控えていれば、ノラはあんな場所でも幸せに腰を落ち着けていたかもしれない。初めからエルパソへ連れていっていれば、ふたりの子供はまだおなかにいたかもしれないのだ。

後悔してみたところで始まらない。結婚生活は終わった。自分に会いたがらないノラを責められない。こうなってしまったことでノラが彼を責めているのと同じくらい、キャルも自分自身を責めていた。ノラを誘ったのは彼で、その逆ではないのだから。

すべてキャルの責任だ。なによりも赤ん坊のことは。男の子だったのか、女の子だったのかと思い、彼はうめいた。母が知ったら嘆くだろう。キャルは顔をしかめた。母は彼が結婚したことすら知らない。家族は誰ひとり知らなかった。そして誰も知らないうちに離婚だ。こうなったからには、ノラの両親は彼女を許してくれるだろう。彼女はバージニアへ帰り、彼女にふさわしい扱いをしてくれる男を見つけるはずだ。結局、神を真似てみたところで有益なことはなにもない。もう二度とごめんだ。

キャルは酔っても乱れることはなかった。ただ神経を鈍らせただけだ。料金を払い、立ちあがって店を出た。ずっと若いころ、週末にキングとカンザス・シティで飲んでいて、一度だけつぶれたことがある。キングは酒に強い。キャルを肩にかついでホテルまで運び、階段をあがって部屋に入れてくれた。思えば、そのキングも結婚した。相手の女性も似たような気性らしい。今の自分より兄が幸せならいいのだが。自分の愚行を家族に話すのは気が重いが、近いうちに帰らなければならない。

キャルはふらふらと自分の馬のところまで行くと、どうにか鞍の上におさまった。馬が帰り道を知っていて助かった。そうでなければ帰れなかっただろう。片手にしっかりと手綱を握って、彼は目を閉じた。

「さあ、さあ、よしよし！」馬をなだめる声で目が覚めた。

キャルは背筋をのばして目をしばたたいた。牧場とは違う。彼は顔をしかめた。「ここはどこだ？」

「〈ダルトン厩舎《きゅうしゃ》〉さ。タイラー・ジャンクションだよ」年配の男がにやりと笑った。

「酔ってるね？」

「そうらしい」キャルはうめきながら鞍からおりた。

「ホテルに部屋をとったほうがいい。とても帰れる状態じゃないよ。馬はここで預かろう」

「ありがとう。おれの名はカル……バートンだ」キャルはミドルネームを姓として使っていることをかろうじて思いだし、しっかりと言い直した。馬を男に託してホテルに向かった。だが、駅のほうが近いようだ。ずっと近い。

キャルは駅舎に入って窓口へ行った。「ボーモントまで」きっぱりと言う。「片道だ」

「あんた、ついてるよ」駅員はしゅうしゅうと音のするほうをちらりと見て言った。「最終が今から出るところだ。荷物は？」

「荷物はなし。妻もなし。なんにもなしだ」キャルはよろよろしながらつぶやいた。切符の代金を払って外へ出た。駅員は彼のうしろ姿を見送りながら首を振った。

キャルはボーモントで割れるような頭痛とともに目を覚ました。試掘現場へ出向くと、突然壊れてしまった掘削装置の部品をとり外すべく、パイクが最後のねじを抜いているところだった。

「くそっ、どうしてこんなときに壊れるんだ」パイクがつぶやいた。「予備はないし、業者にも部品のストックがない。手に入るのは一月だとさ！」

「一月だって？」

パイクは両手をあげた。「どうしようもないよ」

「ほかからとり寄せればいい。セントルイスでも、ニューヨークでも、ピッツバーグでも」

「どこだって同じだ。気づいているかどうか知らんが、また新しく試掘を始めようとしているやつらがいる」パイクは油井やぐらが点在するボーモント郊外のがらんとした平らな土地を指して言った。

「見ればわかるさ。おれたちはみんな、頭がどうかしているのかもしれないな」キャルは憂鬱そうに言った。「ここから出るのは水だけらしい」

「地質学者の言うとおりになるかもしれないぞ」パイクは小さな冷たい目でキャルを見すえて言った。「うまく掘り当てたらどうなる?」

「おれたちは金持ちになる」キャルは言った。

「株を分割したらいい」パイクが言った。「費用がまかなえるし、作業を続ける資金もできる。株を売ろう」

「そこまで困っていないよ」キャルは言った。パイクはキャルの正体を知らないし、裕福だとは思ってもいない。自分のことは話さないように気をつけてきた。パイクの掘削技術はすぐれているが、狡猾そうな目をすることがあって完全には信用できない。別の者を雇えばよかったのだが、ノラに夢中で手がまわらなかった。

ノラ。キャルは胸のなかでうめいた。汽車に飛び乗る前に別れの挨拶どころか、言葉を交わす努力もしなかった。きっと捨てられたと思っているだろうが、それは違う。彼は傷つき、酒を飲み、衝動的に行動しただけだ。だからどうだというのだろう? 今このときにも、ノラはバージニアへ帰るところかもしれない。彼女の人生をめちゃくちゃにした男とは縁を切りたいと思っているのだ。髪に触れようとするとびくりとして避けたノラの顔が忘れられない。あのときの表情は一生彼につきまとうだろう。

ノラが熱病の再発に苦しんでいたというのに、キャルはそれすら知らなかった。彼女はなにも話してくれなかったのだ。キャルはパイクに背を向けた。パイクの話はほとんど耳に入っていなかった。最初からノラが正直に話してくれていたら、そしてキャルも隠しごとをしなかったなら、事態はまったく違っていただろう。それに、もし彼が思いあがった行動をとっていなければ、こうしてひとりになることもなかったかもしれない。

「どこへ行く?」パイクがきいた。

キャルは躊躇した。ほんの一瞬、考えた。彼は顔をあげた。「家に帰る」唐突に言う。「部品はコーシカーナからとり寄せてくれ」ふとひらめいて言った。そして除隊してから一緒に働いていた男の名前を教えた。石油で大もうけした男だ。いくつか油井を持っている。どこかに予備の部品があるとすれば、彼が知っているはずだ。それどころか、キャルに義理を感じてすぐに送ってくれるだろう。

ノラはかろうじて体力が戻るまでのあいだ、数日間ベッドにいた。やがて彼女はおばとメリーと一緒に応接間に腰をおろすと、しっかりと現実を見つめた。世話をしてくれる両親はいない。夫は関係を清算し、なにも言わず、手がかりも残さずに姿を消した。お金もなければ稼ぐすべもない。だが少なくとも熱病の発作は乗り越えたし、子供を失った悲しみはあるものの日ごとに立ち直りつつある。

「仕事を探すわ」ノラはふたりに向かって言った。

メリーが身を乗りだした。彼女はまだ、焦りの見えはじめたジェイコブ・ラングホーンを両親に会わせるという難題を抱えていた。「学校に教師の空きがあるわよ」

「メリー、教師は無理よ」ノラはぼんやりと言った。「子供たちに囲まれているところを想像しただけで悲しくなるもの。今はまだ」

「ごめんなさい」メリーは急いで言った。「無神経だったわ」

ノラは手を振って謝罪をさえぎった。「いつかは教師もいいかもしれないわね。でも、今はなにをすればいいかしら?」

「ここにいてちっともかまわないのよ」ヘレンが言った。

だがノラは首を振った。「お客としてはだめよ」きっぱりと言う。「ここに置いていただくなら、使用人としてでないと」その言葉を口にするのはつらく、自尊心が傷ついた。「わたしが家事の基本を身につけるまで、もし大目に見てくださるなら――」彼女は下唇を震わせながらも、背筋をしゃんとのばしてまっすぐおばの目を見つめた。「きちんとできるようになると思うわ」

ヘレンは気の毒そうに目を細めた。「ああ、ノラ」途方に暮れたようにつぶやく。

「わたしだって捨てたものではないのよ!」ノラは請けあった。「アイロンかけはできるの」笑みを浮かべて言う。「練習したんですもの、彼との……いえ、病気になる前に」彼女は言い直した。「アイロンはなかなか上手にかけられるようになったのよ。それにお鍋を適当な温度にする方法を教えてもらえれば、いつかは料理もできるようになるわ」

「もちろん教えてあげますとも」ヘレンは熱心に言った。「あなたはきっといい生徒になるわ。ノラ、それにしてもあなたのような育ちの女性には大きな変化よ。ああ、シンシアはどうしてお父さまがあなたにつらく当たるのを許しているのかしら?」

なぜならヘレンが知らない事実を父は知っているからだ。ノラは苦々しく心に思った。父はノラが身ごもり、キャルが助けに来てくれたときはまだ結婚していなかったことを知っている。ノラは頭のなかから彼をしめだそうとした。キャルのことを考えると頭がおかしくなってしまう。

「いいのよ。両親のところへは戻らないもの」ノラは成長して新しい自信を身につけた自分を感じた。今回の試練が、炎で鉄が鍛えられるように彼女を鍛えた。「家事のやり方を覚えても損にはならないわ。明日から始めるわね」

「体は大丈夫なの?」ヘレンが気づかった。

「そのはずよ。それからわたしが住む場所だけれど」ノラは口ごもった。「あのキャビンでかまわないかしら……?」

ヘレンとメリーは困ったように目を見交わした。

「なんなの? お願いよ。わたしに気をつかわないで。いざとなれば自分が強くなれる

 こともわかったわ。どうかしたの？」

「キャル・バートンは辞めたわ」ヘレンは気が抜けたように言った。「チェスターに電報を寄こしたの。今朝ボーモントから届いたわ」

「ボーモント？　彼はそこにいるのかしら？」ノラは好奇心を抑えきれずにきいた。

「電報を打ったときはね」ヘレンが言った。「今日以降はいなくなると書いてあったわ。どこへ行くのかわからないし、教えてもくれないでしょう」

「わたしを置いていったということね」ノラは淡々と言った。「好都合だわ。わたしを荷造りして送りつけなくてすむもの」

「あなたが病気のときはそばを離れなかったわ」メリーが抑えた口調で言った。「彼の子供でもあったのよ、ノラ」

「メリー！」ヘレンがたしなめた。

ノラは下唇を嚙んだ。胸の痛みを鎮めるあいだ顔をそむけた。赤ん坊のことについて考えるのは、どんなことだろうと耐えられない。「善意で言ってくれているのはわかるわ、メリー」彼女はどうにかこわばった声で言った。「でもお願い、もうやめて」

「ごめんなさい」メリーは気まずそうに言った。

ノラは肩をすくめた。両手でスカートの布地をねじる。「少し横になるわ。明日の朝から仕事を始めます」ノラはおばの抗議を手で制し、疲れた目で彼女を見た。「町で仕事を探すような真似をして、おばさまに恥をかかせたくないの。でも、ここにいて食べさせてもらうわけにはいかない。とんでもないことだわ。父がなんと言おうと、わたしはマーロウ家の人間よ。どんなご厚意でも施しは受けないわ」

ヘレンは立ちあがり、心をこめてノラを抱きしめた。「あなたは今もわたしの姪なのよ。施しではないわ」彼女は諭した。「でも、あなたの望みどおりにしましょう」

ノラはうなずいた。まだ気まずそうにしていたメリーを、思わず抱きしめる。「いつかは動揺しないで話せるようになると思うわ」ノラは力のない声で言った。

ノラが部屋を出ていくと、メリーは母親とふたりきりになった。「ノラは苦しんでいるわね。でも、ミスター・バートンも同じだと思うわ」

「あの人がいないとチェスターはお手あげよ」ヘレンは残念そうに言った。「ひどいことになったものね。悲しみが多すぎるわ」

「悲しみのあとには必ず喜びが来るって、ママがよく言っていたじゃない?」メリーはからかった。

ヘレンがほほえんだ。「そうだったわね」

母に見つめられながら、メリーは黙ってスカートの模様に目を落としていた。

「ところで」ヘレンは娘に言った。「近ごろミスター・ラングホーンが市民クラブに参加しているようね。この日曜日はブルースを連れて礼拝にも来ていたわ」

メリーは頬を赤らめた。母はジェイコブに今回の出来事を説明しているメリーに目をとめたのかもしれない。

ヘレンはちらりと娘に目をやって、やりかけの刺繍を手にとった。「来週の日曜日に彼とブルースを夕食に招待しようと思うの。あの人はわたしたちが初めに思っていたような身持ちの悪い人ではなさそうね。チェスターも同感だそうよ。それどころか上等な種牛をとても良心的なお値段で譲ってくださると聞いて以来、ミスター・ラングホーンに好感を持っているくらい」

あっけにとられたメリーは驚きを隠せなかった。表情と茶色の瞳がぱっと明るくなった。

ヘレンは刺繍を下に置いた。「ねえ、メリー、あなたはわたしの子供よ。ミスター・ラングホーンのそばにいるとあなたの目が輝くことに気づかないと思うの？　あの人があなたを愛しているのは女なら誰でもわかるわ。それにあなたも彼を愛しているんでしょう。どうして話してくれなかったの？」

メリーは母のもとに駆け寄ってひざまずき、とぎれとぎれで混乱した言葉を口走りながら抱きついた。

「ジェイコブはわたしに求婚することすら、ママたちが許してくれないかもしれないと心配していたの。自分の評判を考えればつりあわないと思われるだろうって。でも彼は悪い人じゃないわ。それに奥さんはひどい人だったの」

「ええ、そうですってね。チェスターがついこのあいだ、奥さんの親類から話を聞いたのよ。あなたのミスター・ラングホーンを歓迎するわ、メリー。どんなことがあっても、あなたをノラのような目に遭わせやしない。家を出て駆け落ちするような目に。あれはわたしにとって悲しい教訓になったわ」

「わたしもノラを気の毒に思うわ。不幸な一年だったんですもの」

ヘレンは娘の髪をいとおしげに撫でた。「あなたの一年もそうだったわね。でも、幸せが待っているわよ。クリスマスももうじきだし」

メリーの顔が曇った。「ノラにとっては楽しいクリスマスではないわ。ミスター・バートンにとっても。彼はどこへ行ってしまったのかしら」


キャルはエルパソに来ていた。厳密に言えば〈ラティーゴ牧場〉に。

金髪に大きな茶色の瞳の若くて美しい女性が、玄関ポーチに立ったキャルを網戸越しに見た。女性が外へ出てくると、腕のなかの毛布が目に入った。彼はぴたりと足をとめ、女性が赤ん坊を抱いているのだと気づくと一瞬顔をゆがめた。

アメリア・ハワード・カルヘインは、しなやかな体つきに銀白色の目をした見知らぬ男性を物珍しそうに眺めた。彼女の義父ブラント、義母イーニッド、義弟アラン、全員が濃い色の髪と瞳の持ち主だ。だが、夫のキングの瞳は銀白色だった。目の前にいる男性よりも少し薄い色だ。しなやかなロデオ・カウボーイの体つきも似ている。長い脚に広い肩、そして引きしまった腰。しかも、彼女の夫がまとっているようなちょっとした尊大さも見てとれる。

「まあ、あなた、キャラウェイね！」アメリアは結婚当初に聞かされた義弟の風貌を思いだして唐突に言った。「わたしはアメリアよ、キングの妻の。これは息子のラッセル」毛布にくるまった赤ん坊にほほえみかけながら、誇らしげに言う。「さあ、どうぞ入って」

キャルは遅ればせながら帽子をとって豊かな髪を手でかきあげ、アメリアについて家のなかに入った。バッグは借りた馬車のなかだ。厩舎番の少年に馬車を託し、バッグをポーチまで運ぶように指示をしておいた。長く留守にしていた家に帰るのは不思議な気分だった。

「イーニッド！」アメリアが呼んだ。「誰が来たと思う？」

キッチンから出てきた小柄で黒っぽい瞳の女性は、来訪者が目に入るとその場で足をとめた。

「まあ、あなたなのね」イーニッドは静かに言って腕を広げた。

キャルは母の足が浮くまで持ちあげてぎゅっと抱きしめた。小さな母さん。家族に会えなくてどれだけ寂しかったか。彼は今こそ家族を必要としていた。

「うちはいいな」キャルは力ない笑みを浮かべて母をおろした。

「何年も帰ってこなかったような気がするわ」母親が小言を言った。「手紙もほとんど寄こさないで！　年が明けるまでいられるの？」

キャルは肩をすくめた。「そうしようかな。掘削機の部品待ちなんだ。一月まで手に入らない」

「別の機械の部品を流用できないの？」イーニッドは賢明な提案をした。

「それが新型の掘削機で、残念ながら古い型の部品がはまらないんだ。再開できるまでパートナーが現場に残って目を光らせているよ。二、三週間の遅れですめばいいんだが。辛抱するすべを学ばないと」

「ブラントもアランもキングもあなたを見たら喜ぶわ。あの人たちは、あなたがここに落ち着いて牧場経営に携わらないことが理解できないのよ」

キャルはにっこりした。「〈ラティーゴ牧場〉はキングのものだよ。それはみんなが知ってる」母の隣に立っている女性に目を走らせ、かすかに眉をひそめた。「キングが結婚して父親になったとはね」首を振りながら言う。「アランからキングが結婚したと聞いたときは耳を疑ったよ」

「わたしもよ」アメリアはいたずらっぽく言った。「初めは大変だったわ。でもラッセルがわたしたちの最大の楽しみなの。まだ生まれて二週間なのよ」

キャルは赤ん坊に手を触れなかった。触ろうとしたのだが顔がこわばってしまい、無理やり笑みを浮かべた。「子供は苦手なんだ」彼は肩をすくめた。「でもかわいいね」

「父親にうりふたつなの」アメリアはうっとりした声で言った。

「キングに赤ん坊時代はなかったよ」キャルは訂正した。「生まれたときから人に指図して、荒馬を慣らしていたんだ」

「そうですってね」アメリアが目を輝かせて言った。

「こっちへ来て、一緒にケーキをいただきましょう」イーニッドは汗にぬれた白髪まじりの髪を撫であげて言った。「ストーブの掃除をしていたのよ」

母が自分で家事をこなすことを思いだすと胸が痛んだ。ノラの記憶が苦痛とともによみがえる。

少しおしゃべりをしてコーヒーがわくのを待ってから、ケーキを切って磁器の皿にとり分けた。そのとき赤ん坊が泣きだし、アメリアはおしめをとりかえると言って廊下の先へ消えた。

イーニッドは息子がトレイにのせて応接間まで運んでくれたコーヒーとケーキを前に、彼とふたりで腰をおろした。

「さあ」母親はキャルに言った。「悲嘆に暮れた顔で、結婚指輪をして帰ってきたわけを話してちょうだい」

キャルは大きく息をのんだ。指輪のことを忘れていた。指輪があればノラの気がまぎれるかと思って、汽車がセントルイスに停車したときにペアで買ったのだ。

彼は指輪をじっと見つめた。

「結婚したのね」イーニッドが促した。

キャルは恥じ入ってうつむいた。「そうだよ」母親に悲しい経緯をすべて聞かせることはとてもできない。「彼女は……今週流産したんだ」

「まあ、それなのにひとりで置いてきたの？」

「おれとは一緒にいたくないそうだ」キャルは言った。「うまくいかなかった。彼女は東部の社交界にいた女性で、そもそもおれと結婚する気はなかったのさ。だが、おれで……手を打ったんだ。〈トレメイン牧場〉へ連れ帰って牧童頭のキャビンで生活させた。彼女は料理も掃除もしたことがなかった」

イーニッドにも悲惨な光景が見えてきた。「それで……？」

「なにかを持ちあげるだけでも彼女は難儀した」キャルは自分に容赦せず冷ややかに言った。「そのうえ、アフリカで熱病にかかっていたんだ。それが再発してね。症状が悪化して流産した」

「それだけではなさそうね」イーニッドは険しい顔で言った。「違う？」

キャルは薄い笑みを浮かべた。「気づいたときは手遅れだったんだ。彼女を愛している」

「彼女のほうは?」

「おれを憎んでいるよ」キャルは明るく言った。「それも当然だ。高慢な鼻をへし折ってやろうと家事をさせたんだ。だけど思い知らされたのはおれのほうだった」

「社交界のレディを牧童頭のキャビンに」イーニッドがしみじみと言った。「なぜここへ、正式に自分の家へ連れてこなかったの?」

「彼女はキャラウェイ・バートンという名の牧童頭と結婚したと思っていたからさ」キャルは冷笑を浮かべて言った。「経営改善の目的で働いていたから、彼女のおじさんに正体を明かすわけにはいかなかったし、まして彼女にはとても言えなかった。彼女はおれを貧しくて不潔なカウボーイだと思っていて、自由を束縛された身の不運を嘆いていたんだ」

「ああ、キャル」母親は首を振りながら言った。「なんてことをしでかしたの」

「まったくだよ。彼女は口もきいてくれない。酒を飲んだ勢いでボーモントへ行った。そこからはどこへも行く当てがなかったんだ。ここ以外に」

「やり直すチャンスは残っていないの?」イーニッドがきいた。

キャルの広い肩が上下した。「今ごろはバージニアの両親のところへ帰っているだろう。父親はひどい俗物だし、母親は夫の言いなりだ」彼は目を輝かせて顔をあげた。

「うちの女性たちとは違うんだよ」

「ええ、わたしはあなたのお父さまの言いつけに従ったことは一度もないわ」イーニッドは認めた。「そのうちにお父さまは気づいて、いばり散らすのをやめた。アメリアも同じよ」うれしそうにつけ加える。「キングが彼女に対して我を通そうとするところは見ものだわ」

「彼女は穏やかそうに見えるけどね」

「見かけは当てにならないものよ」

外で馬の足音がして、ふたりはポーチに出た。濃い色の髪に銀白色の瞳をした長身の男が馬をおり、それより小柄で年かさの男の脇に立った。

「キング！　父さん！」キャルは抱擁を交わそうと進みでた。

キングのほとんど透明に見える淡い銀白色の瞳が弟にほほえみかけた。「ようやく帰ってきたな。石油事業はどうだい？」

「まあ、徐々にね」キャルは答えた。

「そうか。クリスマスはここで過ごしたらいい」ブラント・カルヘインは笑いながら有無を言わせぬ口調で言った。

「そうなりそうです。ほかにすることもないですしね。〈トレメイン牧場〉は辞めました」

「つまり経営改善はうまくいったんだな?」ブラントはまじめな顔をしてきいた。

「可能な限りは。あとは時間の問題です。チェスターは正しい軌道に乗ったようです。少なくともおれはそう思っていますよ。頭ごなしに指図する代わりに、牧童頭として乗りこんでゆっくり変化を促すというのは名案でした」キャルは言った。「ボーモントと試掘現場からも近かったし。おれが戻るまでパイクが現場を見てくれています」

「その男は信頼できるのかい?」家のなかに入りながらキングが尋ねた。

「どうかな」キャルはつぶやいた。「なんとなくいやな予感はするんだ。気をつけておくよ。だけどもし今度も空振りなら、パイクがどんな男だろうとあまり関係ない」

「おかえりなさい!」アメリアが笑い声をあげ、キングを出迎えようと赤ん坊を抱いて進みでた。

兄の顔に表われた変化は驚くべきものだった。険しく容赦のない表情が消えた。アメリアにほほえみかけたキングは光り輝いていて、キャルは衝撃を受けた。今まで兄のこんな表情は一度も見たことがない。

「やあ」キングはつぶやき、アメリアに愛情のこもったキスをした。ごつごつした手が彼女の腕のなかにある小さな頭に触れる。「調子はどうだい、ラスティー?」

「その呼び名はやめて!」アメリアがうめいた。

「ぼくの息子だ。ぼくが赤錆《ラスティー》と呼びたければそう呼ぶ」キングはからかった。「それに、そのうち髪に赤色が目立つようになるよ。もし全体が赤毛にならなければね。お母さんは赤毛だったと、きみが言っていたじゃないか」

「ええ、赤毛だったわ」アメリアは認めた。いとおしげにキングを見つめる。「疲れているようね、ダーリン」

キングはアメリアの髪を撫でた。「きみもだよ、おちびちゃん」低い声で言う。「ゆうべはちっとも眠れなかっただろう。この子がぐずっていたから」

「あなたも一緒に起きていてくれたわ。でも、一日中外で働いていたのはあなたのほうよ」アメリアは空いているほうの手でキングの手を握った。「こっちへ来て。あなたにコーヒーとケーキを流しこんであげるわね。それで元気になるわ。イーニッドがレモンケーキを作ったの……!」

「ずっとあの調子なんだ」ブラントがふたりのうしろ姿を見送りながら、くすくす笑って首を振った。「あんなのは見たことがないよ」

キャルも見たことがなかった。彼はかつてないほどのむなしさを感じた。赤ん坊がいて、愛しあって結婚したのであれば、ノラとどんなふうに暮らしていたかがわかったからだ。彼はノラを愛していた。だが彼女はキャルを愛していなかった。もし愛していたなら、彼が仮に肉体労働者だろうとかまわなかったはずだ。それを認めるのはつらかった。

みんなのあとをついていきながら、ブラントは牧場の話をした。「アランはあの娘に会いにバトン・ルージュの郊外へ戻ったよ」ブラントは愉快そうに言った。「今回はどうやら真剣らしい」

「そうね。バトン・ルージュで銀行の仕事につくつもりらしいわ。ここに落ち着くことはないでしょう」イーニッドが新たに並べたカップにコーヒーを注ぎながら肩越しに言った。

「あいつがここに落ち着くとは思ったこともないよ」キャルは言った。もう一度腰をおろして、濃いコーヒーに口をつける。あたたかいまなざしを兄にちらりと向けた。「〈ラティーゴ牧場〉はキングだけのものだと、ずっと前からわかっているんだから。兄さんの心はここにあるんだ」

「その理由はひとつじゃない」キングはコーヒーのカップを口もとに運びながら、妻と子供に満足げな視線を向けた。

イーニッドも自分のカップを手にとった。「キャルが結婚したのよ」

「キング！」アメリアが声をあげた。夫のジーンズにこぼれた熱いコーヒーをふこうとナプキンをつかむ。

キングはコーヒーがこぼれたことにも気づかずに弟を見つめた。

「なんだって！」キングは声を張りあげた。「結婚しておいて花嫁を連れてこなかったのか？」

キャルは母親のほうをにらみつけた。「連れてこられなかったんだ」兄のこわばった唇から言葉が飛びだす前に言う。「ぼくは牧場で牧童頭のふりをし、彼女はそれを真に受けた。東部の金持ちの娘で、人を見下す癖があったんだ」キャルは身じろぎして目をそらした。

「キャルは彼女を牧童頭の妻として生活させて、思い知らせようとしたの」イーニッドが先を続けた。「ところが思い知ったのはキャルのほうで、彼女はご両親のもとへ帰った。それでキャルは酔っ払ったというわけ」

「ご説明をどうも、母さん」キャルはつぶやいた。

「どういたしまして」イーニッドは愛想よく言った。

話がそれで終わらないことはキングにもわかっていたが、キャルは充分に打ちのめされているように見えた。「事情はどうあれ、おまえが帰ってきたのはうれしいよ」彼はきっぱりと言った。

イーニッドは無口な長男が言葉に出さずに母親を非難していることに気づいていた。彼ににっこりとほほえみかける。「キャルをかばう必要はないわ、キング、わたしの話は終わりよ」

キングはくすりと笑った。「意地悪なばあさんだ」

イーニッドはうなずいた。「あなたのお父さまと暮らしているとそうなるの」

「ああ、そうだとも」ブラントはため息をついた。「わたしのせいにしたらいい」

キャルのなかに、受け入れられ、守られているという安心感が戻ってきた。彼は小さく息をついて椅子の背にもたれた。だが、顔に浮かべた笑みは作りものだった。

# 第十五章

今年のクリスマスは火曜日だった。そのころになると、〈トレメイン牧場〉の母屋では大きな変化が起きていた。ノラはしゃれた東部のドレスを簡素なものに替え、料理のほとんどと家事全般をこなしていた。ヘレンやメリー、それにチェスターが彼女をメイド扱いしていたわけではない。ノラも家族の一員としてテーブルにつき、応接間で過ごした。だが、そのほかの点では新しい立場にふさわしく暮らしていた。

アイロンかけの腕前はさらにあがった。牛の乳しぼりも、乳を攪拌《かくはん》してのバター作りも、器用にこなせるようになった。にわとりをつぶして羽をむしることもできる。それは強烈な経験だったが、ヘレンに教えてもらいながら吐き気をこらえてやってのけた。以前は汚れるのがぞっとするほどいやだったが、それも気にならなくなった。春に予定されているジェイコブ・ラングホーンとメリーの挙式の準備を手伝い、裁縫のやり方も少しずつ覚えていった。

そうした技術を身につけることで、ノラのなかに別の変化が現われた。以前ほど神経質ではなくなった。気分が変わり、両親の考え方や体面へのこだわりから解放されたのだ。ヘレンもまた、考え方を変えた。ラングホーンに偏見を抱いていたことを悔いて、親子を牧場に迎え入れるようになった。

メリーはノラに乗馬を教えてくれている。まだうまくはないが、馬の背には乗っていられるようになった。ノラはしばしばキャルを思い、どこでどうしているだろうかと考えた。彼を追いだしてから連絡はない。もちろんバージニアへ帰ると告げたのだから、彼女がまだここにいることは知らないはずだ。キャルがどこでどうやって生計を立てているのかが気がかりだった。

キャルから仕事を奪ったことを、ノラはいささかうしろめたく思っていた。病気を打ち明けなかったことで、彼女を責めているだろうか。ヘレンがノラからの冷たい伝言を伝えたとき、キャルはすっかり打ちのめされていたとメリーが言っていた。あのときは自分の苦しみしか頭になかった。彼と会うのを拒んだことを今は後悔している。メリーが言ったように、亡くした子はキャルの子供でもあったのだから。あんな口論のあとで帰ってきてみれば、ノラが重体になっていたのだ。彼もまた喪失感や罪悪感を抱いただろう。

キャルは薄情な人間ではない。それはノラもよく知っている。彼が口にした言葉も本意ではなかったかもしれない。ヘレンは、ノラには手助けが必要なことや、よかれと思って彼女の両親に電報を打ったことを話して、キャルの痛いところを突いてしまったのだ。思ってもみなかったほど、ノラは夫が恋しかった。こんなに空虚な毎日は初めてだ。世界中の富や地位にも、もはやなんの意味もない。もし両親が望んだとしても戻らないだろう。いつの日かキャルが帰ってきてくれることを、内心で願わずにはいられなかった。

ついにいても立ってもいられなくなって、ノラはおばにキャルの消息を尋ねた。「キャルからなにか連絡はあったかしら？」クリスマスの夕食を並べながら、つとめてさりげなく言った。

そのわざとらしさを、ヘレンは見逃さなかった。「ええ、あったわよ」

ノラの手が震えた。注意深く皿を置く。「元気なの？」

「ご家族のところにいるんですって」ヘレンはそう言うと、テーブルの上の美しい磁器の器にドレッシングを入れるあいだ口を閉じた。「あなたが回復して体力が戻っていることを願う、と書いてあったわ」

ノラは目を輝かせた。病気以来、初めて生き生きとした表情が浮かんだ。「そうなの？」

「ノラ」ヘレンがやさしく言った。「そんなに彼が恋しいの？」

ノラは下唇を噛んで目をそらした。「わたしの態度は公平とは言えなかったわ。彼は病気のことをなにひとつ知らなかったし、わたしは自尊心が強すぎて話せなかった。彼が出かける前に口論をしたの。そのときに言われたひどい言葉が忘れられなくて、彼は話しあおうとしてくれたのに拒んでしまったのよ。わたしは傷ついていたの」

「もちろん、そうでしょうとも」

ノラはテーブルクロスのしわをのばした。「おばさまが知らないことがあるの」彼女は言った。「わたしたちが結婚した本当の理由よ」

「赤ん坊のためね?」

ノラは驚いて目をあげたが、すぐに観念した。「ええ」

「そうだろうと思っていたわ」

「彼はわたしを愛していないの」ノラはうつろな声で言った。「出かける前に彼がそう言ったわ。この結婚は間違いだったと。わたしのことを恥じていて、とても家族には会わせられないんですって」冷たく響く声でノラの責任を追及したキャルの口ぶりを思いだし、彼女は目を閉じた。「彼の言うとおりなのかもしれない。わたしは優越感を抱いていたのね」寂しげな笑みを浮かべて顔をあげる。「痛い目に遭って思い知ったわ。品格は金銭でははかれないということを」

ヘレンの瞳が輝いた。「チェスターとここで暮らしはじめたとき、わたしも同じことを思い知らされたものよ。わたしにも家柄があったから、そういう態度をとっていたの。服装や身分に関係なく人を受け入れられるようになったのは、ごく最近のことよ」

「父はいつもそうしたことで人を判断するわ」ノラは悲しげに言った。「母は父のすることに決して疑問を差し挟まない。両親には会いたいと思うわ。でもキャルには、その何倍も会いたいの」

「彼に手紙を書けないのが残念ね」ヘレンはこの問題にひと役買ってしまったことを考えないようにしながら言った。厚意でしたことではあるが、姪には大きな痛手となってしまった。

ノラはおばを見つめて考えた。「わたし、書けると思うわ……」

「差出人の住所が書いていないのよ」ヘレンは悲しそうに言った。「消印も読めなかったし」

「そうなの」ノラは皿を手にとり、エプロンのポケットからとりだした布でぴかぴかになるまで磨いた。二度とキャルに会えないかもしれないと思うと心が重く沈んだ。「また手紙をくれると思う?」彼女は勇気をふるってきいた。

「弁護士の名前は書いてあったわ」ヘレンはしかたなく言った。「つまり……あなたに必要かもしれないから、と。離婚するに当たって」

ノラはなにも食べなかった。おいしそうな七面鳥も、ドレッシングも、クランベリーソースも、つけあわせの数々も、ひと口も喉を通らなかった。ラングホーン親子も招かれている盛大な家族の集まりに水を差さないように、彼女は笑みを浮かべて明るくふるまうように心がけた。だが、心のなかはお祭り気分とはほど遠かった。まさかこんなことになるなんて。キャルはノラを捨てた。離婚を求めている。この結婚は間違いだったと言ったのは彼の本心だったのだ。一度だって彼女を愛したことはなく、これでもうそうなる可能性もなくなった。

食後のおしゃべりもノラはうわの空だった。ガルベストンで腸チフスやマラリアが流行しているという話題に沈鬱な雰囲気が漂った。九月の壊滅的な洪水から、町はまだ立ち直っていなかった。

モンタナからのニュースは楽しい気分をもたらした。十数人のカウボーイがふたり組の強盗に三十キロも追いかけられたというのだ。その出来事はからかい半分の記事になっていて、記者は勇敢なる〝荒野の騎士〟が過去のものになったことを嘆いていた。

チェスターは、もうここにはいないキャル・バートン宛に届いたエルパソの新聞から記事を読みあげていた。

「これはおもしろいぞ」地元の話題が載ったページをめくってチェスターが言った。「カルヘイン家の息子が数年ぶりに三人そろって両親とクリスマスを迎えた、とある」

彼は顔をあげた。「これはいつか話したテキサス西部を代表する牧場一家だよ。この牧場を所有している牧場主だ。長男のキングと妻のあいだに男の子が生まれたばかりだそうだ」

「どうしてキャルはエルパソの新聞を購読していたのかしら？」ノラはなにげなくきいた。

「キャルもわたしも、カルヘイン一家の動向は知っておきたかったからね」チェスターは恥ずかしそうに言った。「彼らがなにを考えているかを把握しておいて損はない。エルパソでは、彼らにまつわる出来事がなんでもニュースになるんだ」

「あれからなにも言ってこないわ」ヘレンは思いきって言った。「ミスター・バートンが手を貸してくれた改善策に満足しているのね」

「そのようだな」チェスターが笑顔で言った。「今年はわたしにとって本当にうれしいクリスマスになったよ」ちらりとヘレンを見る。「まだエレノアに手紙を渡していないね」

ヘレンは眉間《みけん》にしわを寄せた。「チェスター……」

「渡しなさい」彼はきっぱりと言った。

ノラの顔がぱっと明るくなった。キャルが手紙をくれたんだわ！　離婚は彼の本心ではなかったのね。

ヘレンは立ちあがり、応接間のテーブルから手紙をとって戻ってきた。だが、姪に手笑みが消えた。渡すのはためらった。

ノラの顔が期待に輝いていたのも、消印を見るまでのことだった。

「開けてごらん」チェスターがやさしく促した。

ノラは不安そうにおじの顔を見た。

「おまえの病状についてヘレンに手紙を書かせた」チェスターは静かに言った。「彼らは無慈悲な人たちではないはずだよ、ノラ」

ノラは少したためらって封を切った。それは華やかな色合いの高価そうなクリスマスカードだった。すぐに母の筆跡が目に飛びこんできた。

〝わたしたちはあなたが病気だったと聞いて、とても心を痛めています。帰ってくる意志があるのなら、お父さまはあなたの謝罪を受け入れるおつもりです。どうかお父さまに手紙を書いてちょうだい。母と父より、愛をこめて〟

ノラはしばらくじっとしていた。やがて立ちあがるとキッチンのストーブに歩み寄り、小窓を開けてカードを投げこんだ。勢いよくふたを閉め、取っ手を元に戻す。

「そうか……わかった」チェスターがつぶやいた。

ノラはみんなのもとへ戻ってきちんと腰をおろした。「父はわたしに謝ってほしいそうよ。話さなかったけれど、わたしたちが結婚すると言ったとき、父はわたしを殴ったの。わたしの夫の選び方に腹を立てて」

チェスターは顔をしかめた。「なんてことを！　知らなかった。知っていたら決して……！」

ノラは薄く笑みを浮かべて片手をあげた。「わたしには秘密が多すぎたのよ」

「身重の女性を殴るとは！」チェスターは激怒した。「それでキャルは？」

「父を殴り倒して、二度とわたしに手を触れるなと言ったわ」ノラはせつなそうに言った。「驚いたわ。父もよ」

「上出来よ、キャル」メリーはつぶやき、唖然としていたヘレンも同意のしるしにうなずいた。

「父はそんな言われ方をしたことは一度もないの」ノラは先を続けた。「身分の低い人間に負けたことが、まだ心のなかにくすぶっているでしょうね」彼女の瞳がきらりと光った。「見せたかったわ！　キャルは腰に銃をさげて、房飾りのついたバックスキンのジャケットに、ブーツとぼろぼろの黒い帽子といういでたちだったのよ」ノラは愛情に満ちた目をして軽く笑った。とても魅力的だったあの日のキャルを思い浮かべると、恋しさに胸が痛んだ。「母は彼のことを強盗かときいたの！」

それを聞いてみんなが笑った。ノラは落ち着きをとり戻し、カードがもたらした痛みを振り払った。

「謝るつもりはないわね？」不意にヘレンがきいた。

「謝るですって！　なんのために？」ノラは言った。「子供と夫を失って、自分の命まで失いかけたことを？」彼女は首を振った。「父は変わらないけれど、わたしは変わったわ。謝るつもりもないし、バージニアへ戻るつもりもない。だって、わたしには仕事があるんですもの！」

ノラの冗談めかして気どった表情に、みんなはさらに大きな声をあげて笑った。東部へ帰りたくないもうひとつの理由は口にしなかった。もしキャルがこちらへ戻ってくることがあるとすれば、ノラはこの牧場にいて彼を待ちたかった。もしそうなったら、彼はノラにとって生涯の試練になる。でも彼女は心からキャルを愛しているし、彼のブーツが汚れていようが、ずっと牛を追って暮らしていこうが、そんなことはどうでもよかった。それを伝えられるよう、ただ彼が戻ってきてさえくれれば。

キャルは二日間というものトレメイン一家に宛てた手紙に差出人の住所を書けばよかったと悔やみながら、〈ラティーゴ牧場〉をぶらぶらと歩きまわった。古くからの顧問弁護士ワルポールのところへは、ノラからも彼女の両親からも連絡はなかった。それはいいことなのかもしれないし、悪いことなのかもしれない。また病気になっているのではないだろうか。熱はぶりかえしやすいと医師は言っていた。今このときも彼女が病に苦しんでいるかもしれないのに、それを知るすべがないと思うと心配でたまらない。

「そろそろ戻るよ」翌日、キャルは昼食の席で家族に言った。静かなクリスマスのお祝いにもほとんどなじめなかった。心はタイラー・ジャンクションに飛んでいて、自分がよそ者になったような気がした。

「掘削現場へ?」アランがにやにやしながら言った。弟はバトン・ルージュからこっそり帰ってきて、すぐまた向こうへ戻りたそうにしていた。「ぼくも一緒に行くよ。ボーモントからバトン・ルージュ行きの汽車に乗る」

「よほどの女性なんだな」キングが愉快そうに言った。

「そうさ」アランが言った。「春にはここへ連れてくるよ」

それを聞いた家族の関心はキャルを離れ、彼は避けられない質問から逃れられた。だが、あとになってキングが蒸しかえした。

兄は柵の下段の横木にブーツの足をかけ、ふたりでカウボーイが新馬を慣らすところを眺めていた。しばらく無言で煙草を吸ってから、キングは口を開いた。

「彼女を傷つけたんだろう?」

キャルはちらりと兄を見た。図星でも驚かなかった。キャルとキングは体つきだけでなく、気性もよく似ている。子供のころはそのせいで殴りあいの喧嘩もしたが、今は特別な絆《きずな》が生まれていた。

「ああ」キャルは認めた。「許されない言葉を口にした」

「彼女に拒まれるのが怖くて会いに行けないわけだ」

キャルはおかしくもないのにくすくすと笑った。「まあね」

キングは煙草をはじいて灰を落とした。「おれはいやになるほど女性を傷つけてきた。ばかなことをしたが、幸運にも許された。もう少しでアメリアを失うところだったよ。それからおれは変わったんだ」

キャルは言葉を選びながら煙草を巻いた。「今度のことでおれも変わった」煙草を巻き終えて火をつけてから、ようやく言った。「結婚したいとも、子供が欲しいとも思ったことはなかった。でも、もう一度やり直せるならなにを手放しても惜しくない」

「会いに行け」キングは静かに言った。「彼女の気持ちを確かめるんだ」

キャルは兄に悲しげな笑みを向けた。「彼女の父親は警官を従えて迎えてくれるよ。ひどく殴ったからな」

「今度は紳士然とした身だしなみをして、紳士らしくふるまえ！」

「もし彼女がぼくを愛しているなら、服装も身分も関係ないと思っていたんだ」

キングは結婚前のアメリアを思いかえして顔をしかめた。彼女はキングに夢中だった。彼が羊飼いだったとしても関係ないほどに愛していたのだ。今も愛してくれている。

キャルは目を細めて、沈黙した兄を見た。「関係なかったはずだろう？」彼はたたみかけた。

キングは視線をそらした。「心を決める前に会いに行け。確かめたほうがいい」

キャルは煙草を吸い終えて地面に落とした。ブーツのかかとでもみ消す。「兄さんは運がいいよ」彼はぶっきらぼうに言った。

キングの目は悲しげだった。「初めからそうだったわけじゃない。岩だらけの道のりだった。彼女に憎まれた時期もある。つらい日々だったよ」彼は軽く笑った。「でも今は……どんな男もうらやましいとは思わない。ああ、おれはアメリアを愛しているんだ！」

感情がこもった深い声を聞いていると、キャルは兄がうらやましくなった。アメリアが同じように夫を崇拝しているのは一目瞭然だ。長い長い年月をふたりがともに過ごせるよう、彼は願った。

「バージニア行きの切符を買うよ」やがてキャルは言った。兄に向かって片方の眉をあげる。「片道だ」

「おれなら帰りの切符は二枚買うね」キングが皮肉っぽくつぶやいた。「そして、じたばたする彼女を汽車まで抱えていく」

キャルは吹きだした。キングとは本当に似た者同士だ。こんな兄ふたりを持ったアランは気の毒と言うしかない。どちらかの兄に巻きこまれるよりはまったく別の職業につこういうアランの選択は正しいのだろう。ひとりでいたほうが自立する機会があるというものだ。

キングは弟の背中を叩いて家のほうへ向けた。「町まで一緒に乗っていって、おまえの馬を連れて帰るよ」

「どうやら本当に行かせる気らしいな」

キングがうなずいた。「どうせタイラー・ジャンクションを通るんだ。途中下車してトレメインの様子を見て、こちらは改善に満足していると聞いたと伝えてくれ。そうすれば安心するだろう」

「なあ、これはぺてんだよ」キャルは言った。

キングは肩をすくめた。「正当な理由があってのことだ」

「まあね」キャルはしぶしぶ折れた。あんな別れ方をしたトレメイン家の人々にもう一度会うのは気が進まなかった。あの家にいたノラの記憶も彼を引き裂くことだろう。直接行かなくても電報ですませればいい。

だが結局、キャルはタイラー・ジャンクションを離れていくルイジアナ行きの汽車にアランを残し、馬を借りて〈トレメイン牧場〉へと向かった。

テキサス西部でも十二月にときおり見られるような寒い日だった。目の前に広がるのは荒涼とした不毛の大地だ。しかし、牛たちの草は確保されていた。キャルが執拗にすすめてチェスターが購入したコンバインとトラクターのおかげだ。どこを見ても改善の成果が見えた。父も兄も喜ぶだろう。

キャルはボーモントのパイクに連絡をとり、部品が早く届いたことを知った。すでに掘削機にとりつけて掘りはじめたそうだ。泥が杭に入りこむという問題が起きたが、助言をもとにバルブを使って解決した。グラディス・シティで石油とガスの鉱脈瘤《りゅう》がいくつか見つかっているが、スピンドルトップ・ヒルでは大きな油田が見つかる可能性があった。著名な地質学者の否定的な見解にもかかわらず、そこでは大がかりな掘削が行なわれていた。パイクもキャル同様に、その学者の言葉には耳を貸さなかった。コーシカーナの大油田に友人たちがいて、彼らもキャルの数百エーカーの土地に投資していた。これ以上空振りに終わるとは思いたくない。今度こそ、とキャルは自分に言った。石油を掘り当ててみせる。きっとだ。バージニアへ行く途中でボーモントに立ち寄り、テキサスを出る前に新しい部品とバルブを見るつもりでいた。コーシカーナで働いていたキャルはそこで掘削の知識は得ていたが、彼とパイクは石油事業を熟知している請負人と契約していた。

キャルが近づいていくと、トレメイン家は静まりかえっていた。馬丁の少年に馬をあずけ、ポーチにあがってドアをノックした。

キャルを見たチェスターの驚きようといったらなかった。ダークスーツにストリング・タイ、黒のぱりっとしたカウボーイハットにブーツという姿のキャルは別人のようだ。数週間前にここを去った牧童頭というよりは事業家のように見えた。キャルはさんざん握手をされ、生き別れになっていた息子のような歓迎を受けた。

「ちょうどこれから夕食なんだよ！　さあさあ、入って。一緒に食べようじゃないか。調子はどうだね？」チェスターは大喜びして言った。

「元気ですよ。こちらもうまくいっているようですね。収益が見こめそうだ」

「貸借対照表を見たら納得するさ。ここの仕事に戻る気は本当にないかね？」ヘレンがひとりでテーブルについている居間へ向かうあいだ、チェスターは説得を試みた。「まだ誰も雇っていないんだ」

「手がけている仕事があるんです」キャルは控えめな口調で言い、さっと帽子をとるとヘレンにほほえみかけて挨拶をした。

ヘレンはまるで幽霊でも見たようにキャルを見つめた。彼女はチェスターに手振りで合図したが、彼はそれを無視してキャルに座るように言った。

しばらくすると、来訪者にはまったく気づかず、染みのついたエプロンに色あせたドレス姿のノラが戸口からせかせかと入ってきた。片手にビーフがのった大きな皿、もう一方の手にパンをのせた皿を持っている。危うくこぼしそうになって謝りながらテーブルの上に皿を置き、ようやく顔をあげてテーブルの反対側にいるキャルを見た。

ノラは青ざめ、次に顔を赤くして、心臓が激しく打ちはじめると震えだした。

キャルはかたく口を閉じた。ゆっくりと立ちあがり、ノラの服装と行動を見て、彼女が使用人の立場に甘んじていることに気づいた。彼は怒りに身を震わせながらチェスターをにらみつけた。

「説明してもらいましょうか?」キャルが尊大な口調で威厳たっぷりに尋ねると、誰もが落ち着きをなくした。

「わたしにきいたらどうなの?」ノラはなんとか気を静め、背筋をしゃんとして割って入った。染みのついたエプロンのしわをのばし、まっすぐにキャルを見る。「生活費を得るために働いているのよ。家には帰りたくないの」

その歓迎すべき知らせも、ノラの不遇をまのあたりにしたキャルの怒りを静めはしなかった。「きみはまだおれの妻だ」彼は憤然と言った。

ノラの眉があがった。「そうなの? 信じられないわ。あなたは地上から消えてなくなったと思っていたのに!」

「弁護士の住所は知っているだろう」キャルは冷たく言った。

「忙しくて連絡をとる暇がなかったの」ノラは嘘をついて顎をあげた。「ここへなにをしに来たの?」

「きみに会いに来たわけじゃない」冷ややかな笑みを浮かべて言う。「チェスターに牧場の様子をきくために立ち寄ったんだ。所有者がチェスターの仕事ぶりに満足していると伝えようと思ってね。旅の途中でばったり会ったものだから」

チェスターが顔を輝かせた。「それは奇遇だ！」

ノラはエプロンをはたいた。「お座りになって」彼女は元夫に冷たく言った。「お給仕しますから」

ノラはキッチンにとってかえした。キャルは立ちあがり、席を離れる非礼も詫《わ》びずに彼女のあとを追った。

ノラはパンを大きな器に移していたが、キャルが入ってきてドアを閉めると振りかえった。「わたしは忙しいの」

キャルはカウンターに寄りかかってノラを観察した。まだやせてはいるが、驚くほど健康そうに見える。相変わらず美しい。彼は目でノラを堪能し、彼女が回復のきざしを見せたあの夜にここを出て以来、初めて心の安らぎを感じた。

「熱は出ていないのかい？」

ノラはそっけなくうなずき、パンを器に移し続けた。「ずっとよくなったわ。家に帰りたくなかったし、外で仕事を探しておばたちに恥をかかせたくもなかった。だから家事と料理をして、ここに住まわせてもらっているの。メリーは春に結婚するのよ。今はミスター・ラングホーンと息子さんと一緒に町へ買い物に出かけているわ」

「それはよかった」キャルは胸の前で腕を組んだ。「おれはボーモントへ行くところなんだ」ノラを捜しにバージニアへ行く予定だったことは言わずにおいた。彼女は寛容な心理状態とは言いがたい。もっとも、それ以外の状態を期待していたわけではないが。彼女の心にはキャルが残した傷がぱっくりと口を開けているのだ。

「ボーモントへ？　なぜ？」

「有望な石油地帯に鉱区の借用権を持っているんだよ」キャルは正直に答えた。「いつも週末に出かけていたのはそこだ。パートナーがいて、今は三番目の試掘作業中でね。初めの二ヵ所は空振りだった。今度は当たってほしいと願っている」

ノラは顔をしかめた。「ボーモントの新聞にはいくつかの成功例が載っていたけれど、地質学者は大油田は望めないと言っているわ」

「おれはあると信じている」キャルはこともなげに言った。「一年以上前にボーモントに目をつける前はコーシカーナの油田で働いていた。おれは数百エーカーの使用権と、こうしているあいだにも働いてくれている勤勉な作業員を抱えているんだ」

ノラは驚いた。思った以上にキャルのことを知らないのだと気づかされた。費用のかかる開発事業をどうやって行なっているのかはきかなかった。おそらくパートナーという人物が裕福なのだろう。

ノラは小さな氷室へバターをとりに行った。町の工場から届けられた氷のかたまりの脇に布にくるんでしまってある。

「夕食はここで？」ノラは礼儀正しくきいた。

キャルはうなずいた。「もし迷惑でなければ」

「わたしではなくおばにきいてちょうだい。わたしはここで働いているだけだから」

キャルの頬が赤らんだ。「きみは神かけておれの妻だ」彼はぶっきらぼうに言った。

「ただ働きのメイドになどなってもらいたくない！」

ノラは振り向いた。落ち着き払った美しい顔に表情豊かな瞳。「ただ働きではないわ。生活費のために働いているのよ。あなたはわたしを置き去りにして出ていったじゃない」彼女は冷静に指摘した。

キャルの顎がこわばった。「おれがここを離れたときの状況は言われなくてもよくわかっているよ。だが言わせてもらえば、出ていけと言ったのはきみだ」そっけなくつけ加える。「きみはおれに話す機会すら与えてくれなかった」

「努力もしなかったくせに！」ノラはかっとして言いかえした。

キャルは食料貯蔵室のドアにもたれた。「おれは動転していた。きみは体調のことを、おれの子供を宿していること以外、なにひとつ話してくれなかった。帰ってきてみれば、きみは流産して死にかけていた。どんな気がしたと思う？」

ノラは顔をしかめた。「驚いたでしょうね」

「とてつもなくショックだったよ」キャルは言い換えた。「ここへ連れてきて、単調な家事労働をさせたのはきみのためにはならなかった。きみはか弱すぎた。おれは罪悪感に押しつぶされて、ここを出ていくのが一番きみのためになると思ったんだ。おれの顔を見たくないのも当然だよ、ノラ」

キャルの顔が苦痛にゆがみ、ノラの瞳がやわらいだ。「あなたは可能な限り最善の暮らしをさせてくれたわ」彼女はやさしく言い、ひるんだキャルをいぶかった。「わたしが腹立たしかったのは、簡単なことすらこなせない自分のふがいなさよ。料理も掃除もできなかった」ノラは軽く笑った。「今は両方とも上手にできるわ。もう役立たずではない。困難を乗り越えて強くなったの」

「そもそも、そんな苦労をしなくてもよかったんだ」キャルは悲しげに言った。「きみに会いたくないと言われ、酒場へ行ってしたたかに酔った。ここへ戻る途中で、おれが牧場にいてもしかたがないことに気づいたんだ。きみはおれがいないほうが早く回復するだろう。それで次の汽車に乗ってボーモントへ行った。きみはすぐにバージニアの自宅へ帰って離婚を申し立てるものと思っていた」

思ったとおりだ。キャルが連絡してこないのも当然だった。ノラはため息をついた。

「父はわたしが謝れば帰ってきてもいいと言ったわ」寂しそうに言う。「でもわたしには謝るべきことなどないから、こうしてここにいるの」

キャルの表情がこわばった。「謝罪すべきはお父さんのほうで、きみじゃない。きみの父親は男の恥だ」

ノラは両方の眉をあげた。「まったくだわ」彼女は言った。「おまけに父は、さらに恥の上塗りをしているのよ」

彼女の皮肉に、キャルはかすかにほほえんだ。「確かに」

ノラは器に入ったあたたかいパンが冷めないようにカバーをかけた。彼女もまた、すぐそばでキャルを見ることができて、ぬくもりを感じていた。人生はまたもやすばらしいものになった。「熱病のことは話しておくべきだったわ」彼女はすまなそうに言い、視線をあげてキャルを見た。「初めから正直に話していたら、あなたをこんな悲しい目に遭わせずにすんだのに」

「ふたりとも互いに素直ではなかったね、ノラ」キャルは静かに言った。

ノラは彼の瞳を見つめ、目の縁と引きしまった顔に新たなしわが刻まれていることに気づいた。それに体もやせた。どことなく年をとったように見える。そう、彼も苦しんだのだ。

「病気を隠したのはなぜだい？」

「最初は、そんな秘密を打ち明けられるほどあなたのことを知らなかったから。あとになってからは、身重の妻を抱えた新郎に、一生治らない持病があると告げるのは過酷だと思ったからよ」ノラは悲しげな顔をあげた。「あなたの収入ではふたりを養うのがやっとなのに、赤ん坊まで生まれてくるはずだったんですもの」つらそうに言う。「あなたにこれ以上の……負担をかけたくなかったのよ」

キャルは目を閉じた。ノラに背を向けて、彼女の言葉が引き起こした苦悶《くもん》を隠した。「きみの両親は……きみが病気だったことを知っていて、赤ん坊を亡くしてからも折れようとしなかったのかい？」キャルはうしろめたい気持ちできいた。

「知っていたけれど、わたしは勘当された身よ」ノラはふと笑みを浮かべた。「でも、シャツにアイロンはかけられるわ！」高らかに言う。「それに落としても弾まないパンも作れるし、おいしいステーキだって焼けるのよ！」

ノラの明るさがキャルの胸を突いた。彼は輝く青い瞳をむさぼるように探った。「家事ができなかったことが、おれの気にさわったわけじゃない」かすれた声で言う。「もしきみが本当におれを気にかけていたなら、おれの仕事や持ち物などどうでもよかったはずだ。問題はそこだった」彼は目をそらした。「だがきみは、おれの生き方や仕事、服装さえ見下した。おれが冷たく当たったのは、同じ身分の男なら自分に家事をさせたりしないときみが言った、その言葉に傷ついていたからだ」

ノラはなんと言えばいいのかわからなかった。キャルの非難は正しい。確かにそう言ったし、そう感じてもいた。でも今は……彼を見ていると心がとろけていく。キャルを愛し、求め、必要としていた。彼が貧しくてもかまわない。一緒にいられるなら、洗濯女にでも料理人にでもなる。そんな自分に気づいても、ノラはちっとも驚かなかった。あまりにもキャルを愛していて、ほかのことはどうでもよかった。だが難しいのは、あれだけつらい目に遭ったあとでそれを伝えることだ。どこから始めればいいのか、彼女にはわからなかった。

# 第十六章

ドアが開いてふたりの注意を引いた。キッチンに入ってきたヘレンは、そこに漂う沈黙と緊張を察して彼らを交互に見た。

「夕食は?」ヘレンは穏やかに促した。

ノラのぼんやりした目が焦点を結びはじめた。「夕食? 夕食!」彼女ははっとして声をあげた。「まあ、ヘレンおばさま、ごめんなさい! おしゃべりをしていて、すっかり忘れていたわ」

ヘレンは笑っただけだった。「じきにまた自分で料理をしなくてはならなくなりそうね」ぽつりとつぶやく。「わたしの想像が間違っていなければ、ここに長居はしないわね?」彼女はかすかに眉をひそめているキャルを見た。「ノラを連れていくつもりでしょう?」

キャルにそのつもりはなかった。なぜならノラが同意するとは思えなかったからだ。だが、彼はノラを見た。銀白色の瞳は、勇気がなくてとても言葉にはできない質問を発していた。

「石油の掘削現場は厳しいところだ」キャルはゆっくりと言った。「汚くて、快適さやプライバシーとは無縁の原始的な生活だよ。きみは体が弱いし、あそこの気候は寒くて過酷すぎる」キャルは自分の言葉の真実をはっきりと意識していた。彼は悲しげにほほえんだ。「きみを連れていくのは賢明ではないと思う」

ノラは最後の望みがすべり落ちていくのを感じた。「でも、わたしは大丈夫よ」彼女はそう言って、キャルを驚かせた。「お医者さまは熱病が再発しても命に別状はないとおっしゃったもの。それに料理だってできるわ！」

キャルはためらった。

「まずは夕食にしましょう。そのあとで話しあえばいいわ」ヘレンが賢明な提案をした。

ふたりはそれに従った。ノラは料理をすべてテーブルに並べ、一同はとりとめのない話をしながら食事をした。食べ終わると、ノラはテーブルを片づけて皿を洗った。それから彼女はキャルとふたりきりで応接間に腰をおろした。

キャルは煙草を巻いて火をつけた。スーツの上着は脱いでソファの上に置き、ズボンに白いシャツ、白黒の花柄模様のベストといういでたちだった。デニムとバックスキンに身を包んだところしか見たことがなかったノラの目に、スーツ姿の彼は別人のように映った。仕事についていない彼がなぜ高級そうな身なりをしているのかまでは、思いが及ばなかった。キャルの隣に横たわり、抱きしめられ、愛されたときのことを思いだし、ノラはさっと彼から目をそらした。

「きみを連れていくのは現実的ではない」キャルは煙草をくゆらせながら、あきらめたように言った。「ここにいたほうがきみのためだ。それより」しぶしぶノラを見て言う。「もしきみがお父さんに謝れば――」

「絶対にいやよ！」ノラはきっぱりと言った。「謝るべきなのは、わたしの夫を侮辱した父のほうだわ！」

キャルは眉をあげ、うれしそうにほほえんだ。「きみは変わったね」

「変わらなければならなかったのよ」ノラはあっさりと言った。「本当のことを教えましょうか？　わたしは冒険家なんかじゃないわ。アフリカでも、いとこたちが狩猟に出かけているあいだ豪華な屋敷に滞在していたの。ひと晩だけキャンプに連れていってもらった夜、エドワード・サマービルに言い寄られてドレスを破かれたわ。そのときにひどく蚊に刺されて、一生再発の恐れが消えない熱病にかかったのよ」

「マラリアだね」

ノラはうなずいた。「でも、命にかかわることはないんですって。以前は致命的な病気だと思っていたから、あなたには話さなかったわ。子供のことが心配だった」思いだすとつらくなり、彼女は顔をそむけた。

「子供のことは残念だった」キャルは重苦しい声で言った。「きみに家事をさせなければよかったよ、ノラ。家政婦を雇えばよかったんだ……」

「そんな余裕はなかったでしょう?」キャルの顔にあらためて浮かんだ罪悪感をとり違えて、ノラは言った。「キャル、過去を振りかえってもしかたがないわ。人の生死は神さまが決めることよ。わたしも赤ん坊のことは残念だわ。でも、大勢の人たちがそういう別れを経験して生きているんですもの。わたしたちもそうしなくちゃ」

キャルはソファの背にもたれてノラを見つめた。「まだきみが知らないことがあるんだ」どうすればこれ以上彼女に嫌われずに真実を打ち明けられるだろう。キャルは頭をめぐらせながら言った。

ノラはスカートのしわをのばした。「あなたと一緒にボーモントへ行きたいわ」

「キャビンは狭くて、掘削作業員が周辺でキャンプを張っている。あそこではふたりきりになれないし、ベッドもひとつしかない」

彼女の頰がかすかに染まった。「そう」

キャルは考えこむように煙草を見つめた。「もちろん、きみはボーモントのホテルに滞在することもできるよ」

ノラはもう一度スカートのしわをのばした。「ええ」

キャルは目をあげた。「それでもここにいるより大変だ。それにおれは現場にいる。きみをそんな遠くに置いておきたくはないよ。とりわけ夜のあいだは。ノラ、やっぱり無理だ」

ノラの青い瞳がキャルの視線をとらえた。「あなたはわたしに一緒に行ってほしくないの？」

キャルの顔がこわばった。煙草を吸って顔をしかめる。「正直に言えば、なによりもきみに来てほしい」

ノラの顔から不安が消えて驚きの表情が浮かんだ。「本当？」

「もし病気になったらどうする？」キャルは真剣にきいた。

「じゃあ、あなたが病気になったらどうするの？」ノラが言いかえした。「あなたに熱病の心配はないけれど、風邪や肺炎で寝こむかもしれないわ。そんなときは誰が看病するの？」

キャルは唇を開き、大きく息を吐いた。「きみが……看病してくれるのかい？」

「まあ、もちろんよ」ノラは無邪気に言った。「それからもし行くとしたら、わたしはホテルに滞在するつもりはないわ」きっぱりと言い添える。「どんなに大変だろうと、わたしはあなたと一緒に掘削現場へ行きますからね。もう二度と離ればなれはいやよ。わたしはあなたの妻だもの」

あなたの妻。キャルの視線はむさぼるようにノラの体をたどり、美しい顔へ戻った。心臓の鼓動が激しくなった。ノラに素性を打ち明けるべきだ。だが、話せばまた憎まれる。彼女の苦しみがまったく不必要だったことを知れば、彼を責めるだろう。

もう少し時間を置き、ノラをボーモントへ連れていってやさしく接していれば、キャルを愛するようになるかもしれない。そうなったときに真実を打ち明けよう……。

キャルは手にした煙草のことも忘れて身を乗りだし、細めた目でノラを見すえた。「もし連れていくとしたら、つらくなったときはそう言ってほしい。きみの健康が最優先だ。自尊心を誇示しないこと。絶対に」

「わかったわ」

キャルはふくれあがる欲望を感じながら、しばしノラを見つめて口を開いた。「それから、ついてくるなら――」目を合わせたままためらった。「おれと一緒に寝るんだよ、ノラ」彼はかすれた声で言った。

ノラは頬を染めたが、目は伏せなかった。キャルの顔を眺め、視線を唇へとさげて、さらに胸までおろした。「わかったわ」恥ずかしそうに小さな声で言う。

キャルの顔が上気した。ノラのささやくような返事を聞いて全身がこわばった。彼女も思い浮かべているはずの、互いにもたらす快感に思いをはせる。ありがたいことに、ノラは欲望を感じていないふりすらしなかった。

「そうと決まったら荷造りだ、ノラ」キャルは高ぶった声で言った。「遅くならないうちに出かけたい」

ノラの顔に笑みがはじけた。「すぐにヘレンおばさまに話すわ！」そう言って立ちあがった。

キャルも立ちあがり、真剣な表情でノラと向きあった。

「楽な生活ではないよ。振りかえってみれば、ここのキャビンすら贅沢に思えるだろう。男たちは荒っぽいし、女性はほとんどいない。それどころか、おれが出てくるときにはキャンプ地の外れに売春宿ができていた」キャルは正直に言った。

ノラは青い目を見開いた。「まあ、すごい。わたし、まだ一度もそういう女性に会ったことがないの」

「ノラ！」

「そんなに怒らないで」ノラは澄まして言った。「女はそういうことに興味があるものよ」

「慎み深い女は別だ」

ノラは顎をあげてキャルをにらみつけた。「ずいぶん偉そうなことを言うのね、ミスター・バートン」彼女はなじった。それからふと気づいて顔をしかめた。「売春宿……？」

「おれは女を買う必要などないさ」キャルはそっけなく言った。「侮辱するな」

「あなたは出会ってからずっと、わたしを侮辱してきたじゃない」ノラが指摘した。

「それに結婚したときも、その前も、あなたが未経験でないことは火を見るより明らかだったわ！」

キャルは笑いをこらえた。「やれやれ、まるで羽を逆立てためんどり《チキン》みたいだ」

ノラは結いあげた髪の乱れをかきあげた。「わたしは臆病《チキン》じゃないわ」眉をあげて言う。「にわとりもさばけるようになったのよ。ヘレンおばさまから聞いていないの？　まだ気持ちが悪いけれど、少なくともひるんだりしないわ」

ノラの宣言は期待どおりの効果を得られなかった。彼女がこなせるようになった家事をあげるたびに、キャルは苦しそうな顔をした。彼はそっとノラに近づいて肩に手を置いた。彼の指は綿のドレス越しに伝わる肌のぬくもりを味わった。

「もうそんなことをする必要はないよ」キャルは静かに言った。「食事はどこかで——」

「だめよ！　一日かけて宿泊所の料理人に、たき火で料理をする方法を教えてもらったんですもの！」

キャルは驚いて息をのんだ。

「今もわたしをでくのぼうだと思っているのね」ノラはまくしたてた。「いいこと、言っておきますけど、わたしは役立たずじゃないわ！　今では——」

キャルはほほえみ、ノラの攻撃をあたたかいキスで封じた。やさしさと切望感がまじりあったキスだった。

突然の快感に突き動かされて、ノラはキャルのたくましい体に身を寄せた。両手を彼の背中にまわし、唇を開いて顎をあげる。

キャルはうめいた。腕に力をこめて激しく唇をむさぼる。ノラは彼の震える腿を自分の腿に感じた。

ノラの反応と味わいと感触に夢中になり、キャルはきつく彼女を抱きしめた。ノラはおずおずと舌を差し入れた。そして早くも高ぶっている彼の欲望のあかしを腹部に感じて、誇らしいような気持ちになった。

キャルが口を引き離してノラを押し戻した。彼の瞳は色濃く見えるほど瞳孔が開いていた。

「わたしたちは結婚しているのよ」ノラは息を切らして抗議した。

「頼むから、ここがどこだか忘れないでくれ」キャルは怒ったような口ぶりで言ったものの、額の汗と大きく上下する胸が分別ある態度を裏切っていた。

ノラはうっとりした目をしてやさしくほほえんだ。「寂しかったわ」夢見るように言う。

キャルは深くしっかりと息を吸いこんだ。「おれもだよ」しばらくして言った。「本当にいいのかい、ノラ？　絶対にきみの健康をそこねたくないんだ」

「あなたのいるところがわたしの居場所よ」ノラはそれだけ言った。

キャルはうなずいた。視線がノラの口もとをさまよう。スーツ姿の彼は別人のようだ、とノラはぼんやり思った。初めてここへ来たときに会った気ままなカウボーイとは相容れない、権威と厳格さのようなものをまとっているように見える。

「あなたは謎だわ」ノラは困惑して言った。

キャルはノラの顔をやさしい指先でなぞった。「そうだよ」彼は言った。「いろいろな意味でね。きみは愛しあう相手としてしか、おれを知らないんだ」

ノラの頬が薔薇色に染まり、視線がキャルの引きしまった唇に落ちた。「あなたはそれしか許してくれなかったわ」彼女は思いきって言うと、指でベストの貝ボタンをいじった。「それにわたしも自分のことを語ろうとはしなかった。これからはもっと話しあうことにしない？」

「掘削現場の夜は長い」キャルは愉快そうに言った。「それにプライバシーを考えると、それくらいしかすることがないんだ」悲しげな笑みを浮かべて言う。

「だけど、あなたと一緒に寝るんでしょう？」ノラは思わず口にした。

「そうだよ」キャルが言った。「でも、残念だが本当に寝るだけだ。キャビンのすぐそばに作業員の眠るテントがある」口をすぼめて楽しそうにノラを見おろす。「それに愛しあうとき、きみは大きな声を出すだろう」彼はささやいた。

ノラはキャルのベストに顔をうずめた。彼はそのまま抱きとめて、ノラの乱れた髪の上でくすくす笑った。「きみはなんてすばらしいんだ」かすれた声で言い、彼女のうなじを撫でる。「ノラ、もうひとつ考えておくべきことがある。あからさまな言い方ですまないが、きみをすぐに妊娠させたくないんだ。きみの体が完全に回復するには時間がかかる」彼はノラが震えたのを感じて肩に手を添えた。「初めて一緒に過ごしたときに身ごもったことを考えると……」

「ええ、そうね」ノラは弱々しく息を吸いこんだ。「あなたは……わたしたちの子供が欲しい？」彼女はおそるおそる尋ねた。「いつかは？」

「ばかなことを」キャルは不安そうなノラの顔を上向けた。彼の瞳が非難していた。「おれたちの子供が欲しくないわけがないだろう？」

ノラは唇を噛んだ。「わたしと結婚しなければよかったとあなたは言ったわ」

キャルの親指がそっとノラの唇を押さえた。「おれはずいぶんひどいことを言った。きみもだ。でも、もうすんだことだよ。これからはふたりでずっと幸せに暮らしていこう。もちろん子供も欲しい、きみが健康になったらね」

「そう」

「そんなにがっかりしないでくれ」キャルはなだめた。「それほど遠い未来ではないよ」

ノラはうなずいたが、キャルと目を合わせなかった。

キャルは失望のほかに、なにか別のものを感じとった。うつむいて軽くキスをすると、彼女はすぐさま反応した。ノラがもらした声はキャルの口に吸いこまれ、彼女は身を震わせた。そのとき、彼は理解した。

「きみも欲しいよ」キャルはやさしくささやいた。

ノラはたじろいだ。「ずいぶん先になるわ」彼女は思わずそう言って、顔を赤らめた。「ごめんなさい。ふしだらね」

「それは違う」キャルは言った。「それでこそ普通の女性だよ。夫に抱きしめられることを喜ぶ新妻だ」彼はほほえんだ。「さあ、しっかりして。まるで沈没する戦艦メインみたいだよ」

ノラはキャルを見あげた。「そんな気分だもの」

「結婚したてのときにおれが言ったことを忘れたんだね」

「なんのこと?」

キャルはノラの耳に唇を近づけた。「子供ができないやり方で、お互いに楽しむ方法がある」彼はささやいた。「おれの評判がさらに悪くなることを承知のうえで言うと、そっちの方面でもおれはなかなかの腕前なんだ」

「まあ、キャル・バートン!」ノラは驚いて声をあげた。

キャルは笑いながら、ノラが真っ赤な顔で身をよじって彼の腕からすり抜けるに任せた。

「女たらし！」ノラはエプロンのしわをのばしながら言った。

キャルは愉快そうに片方の眉をあげた。「ああ、そうさ」彼は認めた。「きみはそんなおれにも慣れるよ」

「そうかもしれないけれど、改心してほしいわ。あなたは既婚者なんですもの」ノラは強調した。

「お互いにそうなることを願おう。さて、荷物をまとめてくれないか？　おれはチェスターに駅まで馬車を出してもらえるかどうかきいてくるよ。ここへは馬を借りてきたんだ。その馬も返さなければならない。きみにふたり乗りを期待するのは気が早いだろうから」

「できたらいいんだけど」ノラは認めた。「メリーに教えてもらっているのよ。でも、まだそこまでは上達していないの」

キャルの表情が変わった。「乗馬は必要だよ」彼は謎めいた言い方をした。「それだけはできないとだめだ」

「どうして？　ボーモントでは馬車を借りられるでしょう？」ノラは少し困惑してきいた。

キャルは〈ラティーゴ牧場〉のことを考えていた。夏や休日を家族とともに過ごすことがあるだろうし、ノラもあの場所が気に入るのは間違いない。だが、彼女に打ち明ける方法を考えるのが先決だ。

「そうだな、気にしないでくれ」

「あなたは乗馬がとても上手ね。それは最初に目にとまったわ」

キャルは目を細めてノラに視線を移した。「おれが初めてきみを見たときは、きみのすべてが目にとまった」彼は言った。「しゃれたスーツに小さくてばかげたフランス製の帽子をかぶって立っていたきみは、なんとも言えず美しかった」

「あの帽子がフランス製だと、どうしてわかったの？」ノラは静かに尋ねた。

母親が似たような帽子を持っているのだが、それを認めるわけにはいかない。キャルは口をすぼめた。「きみが教えてくれたんじゃなかったかな」

ノラの瞳に影が差した。「それともほかの女性かしら？」

キャルは眉をあげてほほえんだ。「やきもちかい？」

ノラはくるりとスカートをひるがえして、開いたドアに向かった。

「ノラ？」

彼女が振り向いた。「なに？」ぴしゃりと言った。

キャルはノラのきかん気なところが好きだった。その性格はふたりの暮らしに楽しみをもたらしてくれるだろう。怒ったときは、青い瞳がサファイアのように輝いて顔が上気する。「初めてきみを見たときから、ほかの女性にはまったく目を向けていないよ」

その言葉にノラの爪先が靴のなかできゅっと丸まった。ゆっくりと深い声で彼女に話しかけるキャルの口調は、とてもやさしかった。

「おれが色目を使ったら、きみがやきもちを焼いてくれると思うとうれしいな」

ノラの指にドアのノブがひんやりと触れた。それをそっと撫でる。「あなたを責めたりはしないわ」こわばった声で言った。

「でも、おれは自分を責めるよ」キャルはドアに近寄った。大きくてごつごつした彼の手が、ノラの手をあたたかく包んだ。「そんなことは絶対にしない。たとえ喧嘩をしても、きみをそんなやり方で侮辱したりはしない。おれは結婚した兄とそっくりなんだ。兄は妻子を溺愛《できあい》している。きみはきっと兄やおれの家族を気に入ると思う」

ノラの視線がキャルのハンサムな顔に移った。視線の愛撫を受けて、彼の膝から力が抜けていった。

「あなたはもう……わたしのことを恥じていないの？」

「ああ、すまなかった」キャルはひりひりした痛みを感じながらささやいた。両腕でノラを抱きすくめる。大きな愛に突き動かされ、彼女を胸に抱き寄せると、膝からくずおれそうになった。

キャルにしがみついたノラの口から、かすかなすすり泣きがもれた。「わたしが間違っていたわ」言葉がつまった。「あなたについても、ほかのたくさんのことについても！　父はひどい俗物よ。わたしはここに来るまで、自分が父と大差ないことに気づきもしなかった。家に帰って、自分より恵まれていないからという理由で人々を中傷する父を黙って見ていることなどもうできないわ」

キャルは身をかがめてむさぼるようにキスをした。それに応えてノラが抱きついてくると、彼はうめいた。

「とてもすてき」ふたりとも息が切れるころ、ノラがキャルの胸に頬をあずけてささやいた。「これからはもっとたくさんキスをすべきだわ」

「人前ではだめだよ」キャルはうめいた。

ノラは笑った。その理由を察したからだ。でも、もう恥ずかしくない。少なくとも……以前ほどは。彼女は礼儀正しく少しだけ体を離した。

「臆病だな」キャルは真っ赤になったノラの顔をのぞいて笑った。

「あら、その反対よ。わたしはとても勇敢になったの」ノラはふざけて言った。「父は驚くでしょうね。もう父の言いなりにはならないもの。小さいころはいい父親だったのよ。とても厳しい人ではあったけれど」彼女は口をすぼめて目を輝かせた。「いずれにせよ、あなたが父を殴ってくれてうれしかったわ」

「きみはお父さんを銃で撃てとまでは言わなかった」キャルはあの出来事を思いだして吹きだした。「サマービルときたら、その場で気を失うんじゃないかと思ったよ！」

「詰め物をして壁に飾ったら似合うかもしれないわ。あの人がアフリカで撃ち殺した、かわいそうな動物たちみたいに」ノラの表情が険しくなった。「あの人は悪いことをしたとも思っていないのよ。父の財産目当てでわたしと結婚したくて、卑劣な真似までしたわ。イギリスへ追いかけてきてうるさくせがまれたけれど、わたしはあなたのことばかり考えていたの」

「お互いに相手を思いながら、長すぎる時間を離ればなれに過ごしてきたんだ」キャルはノラを見つめて言った。「これからは、たとえ一日だってきみと離れるつもりはない」

ノラはうっとりとほほえんでキャルを見つめた。「すてきだわ」

「ああ」キャルはつぶやき、同じようにノラを見つめた。

ドアにノックの音が響いた。体を引いてドアを開けると、チェスターが立っていた。

「ヘレンと一緒に、きみたちを駅まで送っていこうと思ってね」チェスターはにっこり笑いながら言った。

「ご親切にありがとうございます」キャルはほほえんで言った。「ノラは今から荷造りをします」

「ノラが荷造りをしているあいだに、新しく買った干し草を束ねる機械を見るかね？」

「ええ、ぜひ！」

キャルはノラにいとおしげな視線を投げかけてから、チェスターのあとについていった。

「戻ってきてくれるように説得しても無駄だろうね？」納屋に着くと、チェスターがきいた。

「ええ。すみません。ここでの仕事は楽しかったのですが、ボーモントに大金を注ぎこんでいて、かけ持ちは無理なんです。石油を掘っているんですよ」キャルは打ち明けた。「三度目の試掘が始まっていて、今度こそ運がめぐってくるように祈っているところです」

「石油探しは賭も同然ではないのかね？」チェスターは若いキャルの見識に感服しながらも、真剣な顔できいた。

「ええ」キャルはこともなげに言った。「人生でひとつだけ学んだことがあるんです。リスクを伴わずに乏しい資産が増えることはありません。誰に頼ることなく、自分で世の中に出ていきたいんです」

チェスターはキャルの言葉を誤解した。「ここにいたときから、わたしはきみの自主性を尊重しようと心がけて……」

キャルはくすりと笑い、チェスターの背中を親愛の情をこめて叩いた。「わかっています。そういう意味で言ったのではありません。ところで、今のうちにあのあたりの土地に投資することを考えるべきですよ」

「ボーモントの新聞で読んだよ」チェスターは言った。「あそこで石油が出れば、ひと晩で土地の価格は高騰する。だがリスクも大きい」

「人生はリスクそのものです」キャルは言った。「おれの株の二パーセントをあなたに差しあげます」口を開こうとするチェスターを片手をあげて制し、キャルはじっと彼を見つめた。「もし石油が出ればとてつもない金額になります。この牧場を買い戻して、ご自分で経営することもできるでしょう。近代的な機械を導入して適切な経営方針をとっている今なら、問題なく利益をあげられるはずです」

チェスターはあっけにとられた。「だが、どうしてそんなことをしてくれるんだね?」

本当のことは言えなかったが、それはノラのためだった。なぜなら、夫妻は彼女にとても親切にしてくれたから。それにここで働いていたころから、キャルはトレメイン家の人々に対して親愛の情を抱いていた。

キャルはチェスターの肩に腕をまわした。「巨大な石油事業の株をどうやって手に入れたのかをバージニアの義理のお兄さんに話して聞かせたら、王さま気分が味わえると思いませんか?」

チェスターは口笛を吹いた。「向こうがいらいらするまで、しつこく話してやろう」

キャルはにやりとした。「ノラもそうするでしょうね」

「なるほど！」チェスターは声をあげて笑った。「わかったよ。その親切な申し出を受けることにしよう。だが、もし油田を掘り当てたら、ノラをバージニアの家族に会わせてやってほしい。できれば金の馬車に乗せてね」

「それよりもう少し派手なことを考えていますよ」キャルは言った。銀白色の瞳が輝いている。一度ならず感じたことだが、チェスターはこの男を敵にまわさずにすんでよかったとあらためて思った。温厚な外見の下には冷たさが隠されている。義兄が少しばかり気の毒になった。キャルの事業がうまくいくように、チェスターは心から願った。

なにより楽しみなのは、これまで見下されてきたチェスターが裕福になり、上品に着飾ったヘレンの腕をとって姿を見せたときに、義兄がいらだつさまを見ることだ。ヘレンも悪い気はしないだろう。一度ふたりでマーロウ家を訪れたときは、ひどく居心地が悪かった。トレメイン家よりはるかに格が上だと思っているノラの父親は、短い滞在のあいだ中、使用人と話すような口のきき方をした。シンシアは寂しそうな顔をしていたものの、妹の扱われ方にいっさい口を挟まなかった。チェスターはかんかんに怒って帰宅し、ヘレンの顔からは一週間も笑みが消えた。姉妹は裕福な家庭に育ったのだが、両親はヘレンとチェスターの結婚を快く思わず、ヘレンは勘当された。

ヘレンと結婚して以来、チェスターはひそかに劣等感を抱いていた。キャルには、それがわかるのかもしれない。だからあんな驚くべき申し出をしたのだ。理由はどうあれ、チェスターはそれを喜んだ。そのお返しになにかできることがあるといいのだが。上等なサラブレッドを一頭贈れるかどうかやってみよう。ブリーダーには貸しがあるし、キャルはいい馬に目がないのだから。

# 第十七章

数千人が暮らすボーモントは急速に成長している町だ。人口の四分の一は黒人で、事業を営むユダヤ人もいた。それにイタリアとオランダからの移民、さらにはカウボーイまでいる。友好的な町だが、もし実際に町外れに大油田が広がっているとしたら必要になるであろう近代産業の利便性に欠けているのが、キャルやほかの投資家たちには気がかりだった。

グラディス・シティの開発も当初は物笑いの種だったし、今に至ってもまともにとりあわない人たちがいる。キャルも、そんな途方もない夢物語に金を注ぎこむとは、と地元の実業家たちから冷笑されたし、掘削機を設置している最中でさえ地元の建設業者からばかにされていた。だが石油を探し求めるほかの人々同様、キャルも開発はいいことだと思っているし、開発そのものとその創始者に多大な敬意を払っていた。

このあたりでキャルの素性が知られていないのは好都合だった。彼の資産に便乗しようとする者を阻止できる。

この土地で試掘しているのはキャルだけではない。スラブ系の紳士キャプテン・ルーカスも、近くに掘削機械を設置していた。彼はテキサスの海岸線に特有の問題に対処する、驚くべき技術を考えだした。彼もまた、キャルが掘削機材や助言を求めているコーシカーナにつてがある。キャプテン・ルーカスが採用している、流砂と巨大な岩石を含む圧のかかった岩塩ドームを貫通する画期的な技術は、石油事業に大改革をもたらした。D・J・ロックフェラーと〈スタンダード・オイル〉社の人々がボーモントに目をつけているという噂さえあった。誰もが待って、待ち続けていた。

一方でよそから来た記者たちは、空振りに終わった掘削や早計な敗北宣言、突飛な油田発見といったでたらめな記事を書いていた。

ボーモントでの最初の夜をホテルで過ごしながら、キャルは熱心に耳を傾けるノラにそんなことを話して聞かせた。パイクたちの作業状況を見に出かけたキャルは、肩を落として帰ってきた。

「どうかしたの?」キャルが泥だらけのブーツとジャケットを脱ぐのを待って、ノラはきいた。

「また暗礁に乗りあげたよ」キャルはぐったりとして言った。「キャプテン・ルーカスは自分のところに起きた流砂問題を克服したが、おれたちのところはまだ続いている。外れた工具を引きあげる刃をもうひとつ、コーシカーナからとり寄せなければならないんだ」彼は低くうめいて椅子にもたれかかった。「大勢の人間がおれの成功に期待しているのに」視線をノラの体に向ける。「歯がゆいよ。キャプテン・ルーカスは十月から掘っているが、天然ガスの鉱脈瘤には当たっても石油は出ていない。少なくとも今のところは。きみはひどくやせているね、ノラ」彼は不意に言った。「体力を回復するには、もっと食べなくてはいけないよ」

「あまり食欲がなかったの」ノラはそう言ってほほえんだ。「でも、あなたが帰ってきたらおなかがすいてきたわ」

キャルはくすりと笑った。「もう少ししたら、下へ夕食をとりに行こう」彼は手を差しのべた。「でも、まだだめだよ」

ノラが細い指をキャルの手にあずけると、膝の上へ引っぱりあげられた。彼はうつむいてノラにキスをし、長いあいだ言葉は出なかった。

キャルは片手でいとおしげにノラのボディスを撫でた。そのあいだ、彼女はキャルの腕のなかで丸くなり、彼の唇が帰ってくるのを待っていた。

「水を差したくはないけれど」ノラは笑みを浮かべてささやいた。「夕食が冷めてしまうわ。それにりんごのプディングがあるのよ。マダムが果物貯蔵庫から出してきたりんごで作ったんですって」

キャルも笑みを返した。「つまり、きみはりんごのプディングが好物ってわけかい？」

「大好きなの。あなたのことも大好きだけれど、今はプディングに抵抗できないわ」

「そういうことなら、ブーツを清潔な靴に履きかえて下へ行こう」

キャルはノラを放して靴下のままスーツケースのところへ行き、高価そうな革靴を引っぱりだして履いた。そのあいだにノラは黒いドレスにはおる美しい黒のショールをとりだしながら、革靴についてはなにも言わなかったものの、いぶかしく思っていた。やっぱりキャルはまだ謎だらけだ。


階下では、キャプテン・ルーカスが掘削しているスピンドルトップ・ヒルがもっぱら話題の中心だった。

「空を見たかね?」宿泊客のひとりが興奮気味に言った。「まるで火葬場のような炎があがっていたよ。あっちのほうだ」彼は話に聞き入る者たちが壁を透かして外が見えるかのように指さした。

「ええ、見ましたとも」年配の女性が言った。「あれは鬼火だわ。鬼火が見えたら、船は無事に港へ入れると船乗りたちは信じているそうよ」

「あれは鬼火なんかじゃない」先ほどの宿泊客が怒った口ぶりで言った。「キャプテン・ルーカスの掘削現場からあがっているんだ」

「たぶん天然ガスの鉱脈瘤に当たったったんだろう」別の客が言った。「いつか自分もろとも吹っ飛んじまうか、機械が燃えちまうかのどちらかだね」

「あそこには油田があるという話だよ」先の宿泊客が言った。

「実際に見たら信じるわ。じゃがいもをまわしてくださいな」年配の女性が言葉を返した。

ノラとキャルは複雑な視線を交わした。彼は自分が油田に投資していることを口にしなかったし、年配の女性の言葉にがっかりすることもなかった。楽観的に構える必要があるのだ。

あとでノラが寝支度をしているあいだに、キャルは昼間約束したとおり近くの酒場で作業員たちと落ちあった。

「手ごわい場所に杭を打ちこむのは時間がかかる」コーシカーナから来たエンジニア、ミック・ウィーラーがはげあがった頭をさすりながら言った。ほかの四人と、あとから来たパイクもうなずいた。「近くで掘削しているグループ同様、まずはパイプを現地へ運ぶのに苦労した。それからやぐらを借りて汽車からおろし、パイプを運んだと思ったら流砂が入りこんで油井の壁が崩れたんだ」

「最初の二ヵ所と同じだ」パイクが言った。「だが、あのときは丘の上じゃなかったからな。今度は流砂と砂利の問題を処理するのに二週間かかった。それがすんだら鉱脈瘤からガスが吹きだした」

「そういうことだ」ミックが言った。「循環ポンプを二十四時間稼働させておかなくてはならないとなると、もっと人手が必要になる。見物人は山ほどいるが、働こうとする者はいない」

「ばかにされたくないんだろう」キャルはビールをもてあそびながら憂鬱そうに言った。「このあたりでは、石油掘りは格好の冗談の種らしいから」

「いったん掘り当てたら、ばかにしてなどいられなくなるさ」ミックがそっけなく言った。

パイクは不安を通り越してそわそわしているように見えた。居心地が悪そうで、ドアが開くたびに入口を気にしている。「現場に戻ったほうがいい」彼は言った。「無人にしておくのはいやなんだ」

「その気持ちはわかるよ」ミックがうなずいた。「今は鉱脈瘤だけでも、この先掘り進んだらどうなるかわからないからな。ルーカスは二百七十メートル掘ったところで岩盤に当たった。おれたちは今、二百四十メートルだ」

「おれたちも岩盤に当たるよ」ひとりの作業員が言った。「それで元のもくあみだ」

「いや、そんなことはない」キャルはぶっきらぼうに言った。「もし岩盤に当たったら絶対に貫通してやる！　ルーカスはそうした。つまり可能だということだ」

「どうやって？」パイクが声をあげた。「ルーカスに秘訣《ひけつ》を教えてくれと頼むわけにもいかないし……」

「コーシカーナのサム・ドラゴに電報を打て」キャルはパイクに言った。「どんなに金がかかろうとかまわない」抗議の声があがると、キャルはそう言ってパイクに二十ドル金貨を渡した。「これをつかえ。直面しそうな問題を説明して助言を求めるんだ。必要ならこっちへ来てくれるように言ってくれ。おれは岩盤ごときではあきらめない。ルーカスはとにかく岩盤を越えた。おれはその方法が知りたい」

「ルーカスにきくこともできる」ミックがにやりと笑った。

「それはそうだが、公平に行かないとな。彼が自分を踏み越えて目的を達する手助けをしてくれるとは思えない」キャルは言った。「倫理の問題だ。それにバルブのことですでに助けてもらった。充分世話になったよ」

「もちろん、そのとおりだ」ミックが同意した。

パイクは同意しなかった。不安と不機嫌はそのままだ。「明日の朝、ドラゴに電報を打つ。さあ、行くぞ」

パイクがひどくあわただしく立ちあがると、ミックはビールを飲み干しながらキャルに片目をつぶり、パイクのあとを追う前にささやいた。「女だな」

彼らを見送りながら、キャルはパイクの不安の原因をいぶかった。あの男は女好きなタイプではない。生まれながらの一匹狼で、どこかうさんくさいところがある。気をつけなくては。なにかたくらんでいるようなら、ミックをあと釜《がま》にすえてみよう。すでにコーシカーナを含む別の場所で二度も石油を掘り当てた実績がなければ、あの男を雇う危険は冒さなかったかもしれない。

キャルが二階に戻ると、ノラはベッドに入って眠っていた。彼はベッドの脇に立ち、枕の上に広がった美しく豊かな髪と白い頬に伏せた長いまつげを見おろした。やせていて、とても健康そうには見えない。ここへ連れてきてよかったのだろうか。時間がたてば答えは出る。明日は現場に移るのだから、ノラにはなんとか我慢してもらわなければならない。あの状況に彼女を引きずりこむのは気が進まないが、町にひとりで残しておくのはもっと不安だった。どこの町だろうと、女性がひとりでいては危険だ。環境が原始的だろうと、自分の目が届き、ノラに無茶をさせないように気を配れる場所に置いたほうが彼女のためだ。

キャルは眠るノラを見つめて頬をゆるめた。彼女はおれのものだ。こんな所有欲を感じたのは初めてだった。彼はノラの父親の頑固さを神に感謝した。だからこそ、やり直すことができたのだ。与えられた機会を無駄にはしない。

翌朝ふたりは馬車を借り、うしろに荷物をくくりつけて掘削現場へ向かった。

ボーモントの南六キロは、掘削現場の丘をのぞいて平らな土地だった。

「すべてはパティヨ・ヒギンズから始まったんだ」キャルは遠くに見える掘削装置に向かって馬車を進めながら言った。「彼がこの土地をあきらめかけていたところへ、キャプテン・ルーカスが彼の土地を借りたいと言ってきた。すべてはあの掘削にかかっている」キャルは首を振った。「彼のためにも、ほかのみんなのためにも、石油が出てくれることを祈っているよ」

ノラはまつげの下からキャルを見つめていた。彼に対する興味は日々つきることがない。今朝ノラが寝坊して目を開けたら、キャルは身支度をすませて馬車を借りに出かけるところだった。彼がいないあいだに服を着て荷造りをし、ほかの宿泊客と朝食をすませたらすぐに出かけられるよう準備をした。

内心では、キャルが朝早く起こしてくれて、彼がほのめかしていた秘密を少し教えてくれるのではと期待していた。だが、彼の心は油井に飛んでいた。キャルが石油を掘り当てるか、あきらめるかするまでは、脇役に甘んずるしかない。彼は決してあきらめないだろうという予感がした。きっとそういう血筋なのだ。家族も石油事業にかかわっているのかどうか、時間があったらきいてみなくては。

ノラはパイクに紹介され、その場で彼が嫌いになった。馴《な》れ馴れしいわけでも、不作法なわけでもなかったが、なにか不正直なものを感じた。ノラと話すときの目つきやキャルと話す口調からも、それが感じられた。

キャルは狭くて粗末なキャビンにノラを連れていき、あたりを見せてまわった。たいして見るべきものはない。なかはひと部屋だけで、とうもろこしを編んだ背がついた古びた椅子がいくつかと、鉄製の枠にへこんだマットレスにすりきれたシーツ、鉄鍋《ダッチオーブン》がかかった暖炉があるだけだ。がたがたする脚つきの棚の上には青い持ち手のついた欠けた陶器の洗面器と水差しがのっていて、その下にはタオルらしきものがかかっていた。

ノラはすぐに、町へ行かない限り風呂には入れないと覚悟した。

「粗末な部屋で悪いが」キャルは歯を食いしばって言った。おまけに凍えるほど寒かった。彼はポーチからひと抱えの薪を運んできて暖炉の脇に積んだ。火かき棒が立てかけてある炉のところに、小さなびんに入れた灯油が置いてあった。彼は薪をくべて灯油を手にとった。

「だめよ!」ノラが叫んだ。「キャル、部屋が燃えてしまうわ!」

キャルは振り向いてくすりと笑った。「十分もかけて火をおこすのはごめんだよ。心配なら外へ出ていたらいい」

「まあ、そんな」ノラはうめいた。

キャルは太い松の枝を組みあわせて灯油をかけると、うしろへさがってマッチをすり、炉に投げ入れた。枝ははじけるように炎をあげたが、じきに松が燃えはじめた。ほどなくオークの薪に燃え移った。オーク材は長いあいだ燃え続ける。

「なにも知らないんだな」キャルはいとおしげにからかった。「東部に暖炉はないのかい？」

ノラはキャルをにらみつけた。「あるわ。火をおこすときは紙を使う暖炉が！」

「西部では通信販売のカタログの使い道は別にあるんだ」キャルはからかい半分に言った。「とうもろこしの皮と並んでね。さて、トイレはあっちだ」キャビンの裏口を開け、消石灰の袋が脇に置かれた小さな木造の小屋にうなずいてみせた。

ノラは顎をあげ、なんとか顔を赤らめずに尋ねた。「しびんは？」

「しびんか」キャルはおずおずと言った。「残念ながら男性用しかない」

つまり、夜はランプを持って屋外トイレまで歩いていかなくてはならないということだ。今度の買い物は自分用のしびんだわ、とノラは思った。

「なにかたくらんでいるね」キャルが言った。「作業員に頼んで食料をとってきてもらわなくてはならないんだ。町を出る前に昨日注文しておいた材料を受けとるはずが、忘れてしまってね。そうしないと料理しようにも材料はなにもない。ついでにそれも買ってきてもらうよ」

「お気づかいをありがとう」

「自分のためさ」キャルはくすりと笑った。「いちいち起きて、明かりを持ってついていかなくてすむからね」

「ついてきてくれるの？」

キャルは前に進みでてノラの両手をとった。「みんないい男たちだが、ここではほとんど女性を目にすることがない。避けられるものなら、不愉快な思いはしたくないんだ」

「わたし、ミスター・パイクが嫌いだわ」ノラはすぐさま言った。

「気づいていたよ」キャルは目を細めた。「どうしてだい？」

キャルはノラの意見に耳を傾けるつもりらしい。彼にもなにか思うところがあるのだろうか。彼女はいぶかった。「特に理由があるわけじゃないの。ただの勘よ」

「きみがあの男と接することはほとんどないよ」キャルはやさしく言った。

ノラは振り向いて辺りを見まわし、哀れな声で言った。「マットレスに敷くベッドパッドを買う余裕はあるかしら？　まるで泥だらけの軍隊が寝たみたいだわ」

「新しいマットレスを注文したよ」キャルの言葉を聞いて、ノラはほっとした。「それに新しいシーツも」

「贅沢すぎるわ」ノラは申し訳なさそうに言った。「洗濯すれば――」

「どうやって？」キャルは尋ねた。「衣類を煮沸する鍋も、それをゆすぐたらいも、干すための洗濯ひももないんだよ――木が生えていないんだから」

愕然としたノラを、キャルは慰めた。「町にはクリーニング店がある。汚れた服を着る必要はないよ」

それでもノラの顔から不安は消えなかった。「お金がかかるわ」彼女はキャルの気持ちを害さないようにそっと言った。

「おれの財布の中身を心配してくれるのはありがたい」キャルは笑みを浮かべて言った。「だけど大丈夫だよ。町ではつけがきくからね」

「まあ!」ノラの表情が明るくなった。「それならいいわね」

おそらく彼女は、それで大きな買い物ができるわけがわかったという意味で言ったのだろう。ノラは彼の収入源をきかなかったが、疑問に思っていることは確かだ。近いうちに本当のことを打ち明けなければならない。

ふたりは掘削現場に腰をすえた。ノラは数日で暖炉の火で調理することに慣れた。シチューはうまくできたし、暖炉の火で焼くこつを習得してからはパンも作った。ケーキはとても無理だったので、キャルに町のベーカリーで買ってきてもらった。作業員たちと分けあうこともあった。彼らのやせ具合を見ると、食料事情は完璧とは言えないようだ。

状況は厳しく、初めは寒い思いをしないようにするだけで必死だった。だがキャビンの機密性はそれなりに高かったので、なるべく室内で過ごすように心がけた。カーテンをつくろい、居間に当たる部分をぴかぴかに磨きあげた。キャルはちょっとした小物でノラを驚かせた。飾りガラスのついた灯油ランプに、かぎ針編みのクッションつきの椅子。彼の思いやりにノラは感激した。

夜はキャルの腕のなかで安心して眠った。彼は抱きしめてくれたが、決してそれ以上のことはしなかった。キスもあまりしないし、ノラの手が彼の裸の胸にのびると、どけるようになった。キャルの意図はわかる。妊娠させまいとしているのだ。だが残念ながら、それ以外のことも試す気はないらしかった。

「子供ができないやり方で、お互いに楽しむ方法があるとあなたは言ったわ」ある夜、ノラは思いきってささやいた。

「そうだよ」キャルはやさしくノラのまぶたにキスをして目を閉じた。「でも、作業員がポーチでキャンプを張っているあいだはだめだ」彼はくすりと笑った。「急に雨が降ってきて地面がぬかるんだ。泥の上では眠れないよ、ノラ。それに掘削には彼らが必要なんだ」

「わかっているわ」ノラがうめいた。「ただ……」

「眠るんだ。くよくよ考えないで。ここにいると退屈なのはわかるよ。雑誌でも手に入れてこよう。どうだい？」

ノラはほほえんだ。「そうね。でも、色のついた糸とかぎ針が欲しいわ。毛糸と編み針も。材料があれば手芸ができるもの。あなたにセーターを編んであげる」

「セーターは着ないよ」キャルがつぶやいた。

「それなら靴下を編むわ」ノラは負けじと言った。

キャルは彼女を抱き寄せた。「靴下はいいね。さあ、眠るんだ」

ノラは目を閉じた。だが、いつものようになかなか眠れなかった。

翌日、丘の上は大騒ぎになった。一九〇一年一月十日の朝も終わるころ、キャプテン・ルーカスの油井から石油が噴きだして、悲観論者の口を永久に封じた。

「やったな！」キャルがポーチで叫んだ。空に向かって猛烈な勢いで吹きだす石油が見えていた。「彼はやってのけたんだよ、ノラ。ここへ来て見てごらん！　掘り当てたんだ！　ここには石油があるんだよ！　莫大な量の石油が！」

ノラが出てきてキャルのかたわらに立った。ノラは彼の引きしまった腰に腕をまわし、ふたりは灰色の空を背景に噴きあがる石油を眺めた。

「おれたちの場所はすぐ隣だ」キャルは掘削機の上で小躍りしている自分の作業員に手を振った。あとは時間の問題だ。それは誰もがわかっていた。丘のどこかで石油が出れば、その周囲でも出る可能性が高い。キャルの所有する土地は金の卵のようなものだ。

パイクの小さな目が興奮に輝いている。コーシカーナからの返事を受けとったのだ。

男たちはドラゴの指示に従い、徐々に深く掘り進めていった。

ところが、三月最初の週に油井やぐらに爆発が起きた。家のなかで下着を洗っていたノラはポーチへ飛びだし、太陽の光を手でさえぎって目をこらした。

キャルがなにやら叫ぶと、パイクがあとずさりした。一気に泥が噴きだす。パイクがはしごをすべりおり、すぐさまキャルがミックたちに逃げろと叫びながらあとに続いた。

男たちが泥を浴びてのけぞるように倒れてもなお、べたべたした茶色い泥の噴出はとまらなかった。すると突然、太さ十センチのパイプが泥にまじってやぐらのなかを次々と噴きあがった。最高部の定滑車が外れてパイプが跳ねあがり、地面に落ちて突き刺さった。

「ああ、なんてこと!」ノラは悲痛な思いでささやいた。キャルはこの事業にすべてをかけているというのに、これでなにもかも失ってしまう。何週間も彼と一緒に見守り、期待してきたものが崩れ落ちていた。高価なパイプと掘削装置がボウリングのピンのように倒れていった。少なくとも、キャルはすんでのところで飛びだして助かった。彼がもっと近くまで寄っていたら……。考えるだけでも耐えられない! あれだけ大量のパイプが落ちてきたのだ。命を落としていたに違いない!

ようやく噴出がおさまると、キャルはののしりの言葉をわめきはじめた。その悪態にノラは耳をふさいだ。落胆のあまり、聞くにたえない言葉を吐き散らしていたのはキャルだけではなかった。

やぐらにのぼった男たちは巨額な修復費がかかることを見てとった。キャプテン・ルーカスが掘り当てて以来、土地の値段から木材の値段まで、信じられないほど高騰していた。

キャルはしゃがみこみ、怒りに満ちた瞳でパイプの破片を見た。

「なんてことだ」キャルは暗い声で言った。「部品を入れ替えるには何千ドルもかかる。あげくの果てに一から出直しだ！」

「残念だよ、ボス」パイクが言った。彼は落ち着きを失い、ひどく狼狽《ろうばい》していた。「ひどいもんだ！」

ミックは半壊したやぐらに近づくあいだぶつぶつ言い続け、作業員たちに破片を拾うように命じるつもりで振り向いた。

彼が口を開いたそのときだった。あたりに不吉な音がとどろいた。

「そこを離れろ、ミック！」キャルが叫んだ。

ミックは危機一髪で難を逃れた。さらなる泥が洪水のように噴出しはじめたのだ。だが、今度は泥だけでは終わらなかった。泥のあとにガスの柱が続いた。その数秒後……どろりとした、緑色の流れが続いた……石油だ！

それまでずっと息をとめていたキャルは帽子を投げ捨て、ミックとともに流れのなかに飛びこんでいった。ふたりの男は熊のように抱きあい、狂ったように踊りだした。おとなしいパイクでさえ、ほかの男たちと一緒に加わった。ノラはなにが起きたのか気づいたとたんに笑いだし、同時に泣きだした。キャルの努力が報われたのだ。わたしたちは大金持ちになるんだわ。

キャルはポーチに立ちつくしているノラに気づいて駆け寄ると、油にまみれた熊のように彼女を抱きしめた。

「やったよ」キャルが笑いだした。「やった、やったんだ、ノラ。これで一生安泰だよ！」

「ええ、そうね」ノラも笑った。彼女はキャルの顔にべったりついた石油をこすったが、彼はノラを抱きしめてキスをした。そして輝かしい数秒間、ふたりきりの世界にひたった。

やがてあたりに人があふれた。馬車で、馬で、徒歩で、周辺のキャンプから人々が集まってきた。噴きあがる石油に驚きの声をあげ、キャルたちを祝福し、助言を与えるために。

キャルとノラが祝福に応えているとき、パイクはふたりが立っているポーチのほうへ不安げな視線を送りながら、見知らぬスーツ姿の男と話をしていた。ノラは目を細めた。なにかあやしげなたくらみがあるように思える。パイクがキャルの不在中に、この勝利に水を差すようなことをしていなければいいのだが。パイクのことをキャルに話さなくては。

キャプテン・ルーカスを含む祝福に駆けつけた人々がおおかた立ち去ると、ノラは口を開いた。

「ねえ、キャル」顔から石油をぬぐおうとしているキャルに言った。「パイクのことだけれど……」

「パイクがどうしたって？」キャルはタオル越しにくぐもった声で言った。「あの男もおれたち同様、浮かれ騒いでいたよ」

「スーツ姿の男の人と話していたのを見た？」

「ああ」タオルで目をこすりながら言う。「町で新しく開業した弁護士だ。以前、会ったことがある。パイクの友達さ。それだけだよ」

ノラは、ふたりの男を結びつけたのは友情ではないという予感がしていた。だが、喜びにひたっているキャルの熱を冷ますような真似はできなかった。

「これでは全然とれない」こびりついた石油を見て、キャルがつぶやいた。「文句を言うつもりはないけどね」彼は自分がノラの顔になすりつけた汚れを見て、くすくす笑った。「洗面器ではとても洗い落とせないよ。さあ、おいで。町のホテルにチェックインして、まともな風呂に入ろう。それからみんなでお祝いだ」ノラをやさしく揺らしながら言う。「酒場のシャンパンを買いしめて思いきり飲もう」

「わたしは飲めないわ」ノラはためらった。

「今夜は飲んでもらうよ」満面の笑みを浮かべてキャルは言った。「おれたちは歴史に残るような大油田を掘り当てたんだからね。それをおれの妻抜きで祝うなんてまっぴらだ！」

# 第十八章

騒々しいお祝いだったが、グラスが割れようと、酒場の客は誰ひとり気にする様子もなかった。キャルはシャンパンを注いでノラに渡した。そのノラは自分がたったひとりの女性客として人目を引いているような気がしていた。いや、男性客に連れられて来たふたりの女性は別だ。彼女たちは襟ぐりが大きく開いたモスリンのドレスを着ていて、手がやわらかそうに見えるのと同じくらい目つきが鋭かった。ふたりはノラににっこりとほほえみかけ、ノラは真っ赤な顔で笑みを返した。

「ああいう女性たちがどんな格好をしているのか知りたかったんだろう？」キャルがノラの耳もとでささやいた。「これでわかったね」

ノラは彼を叩いた。

「さあ、飲んで」キャルは促した。時間がたつにつれて緊張がほどけていく。彼は喜びに目を輝かせながら、尻ごみする妻を見つめていた。二ヵ月以上も続いたノラを抱きしめるだけの生活が、彼の体をさいなんでいた。石油を探すという骨の折れる仕事に集中していなかったら、今ごろは壁によじのぼるか町へ逃げこむかしていただろう。喉から手が出るほどノラが欲しかった。だが健康をとり戻したとはいえ、まだ彼女を妊娠の危険にさらしたくない。洗濯や井戸の水くみなどはさせないように気を配り、ごく簡単な家事しかさせないようにしてきた。ノラはほとんどの時間を編み物と新しいレシピを試すことに費やしていた。自分が結婚した女性と、今一緒に暮らしているノラとの別人のような違いに、キャルは仰天した。だが、変わらないものもある。ちゃめっ気のあるユーモアと勇気だ。彼女を愛する気持ちは日々増していた。ときにノラ自身の気持ちはどうなのだろうと思うこともあるが、彼女は感情を隠すのがとてもうまくなっていた。赤ん坊を亡くす以前にノラが持っていた深い感情を自分が殺したのだとは、キャルは思いたくなかった。

仕事をしていないときは、ふたりでとりとめもなくおしゃべりをして過ごした。時々刻々と戦況が変化する南アフリカのボーア戦争のこと、ビクトリア女王の崩御とエドワード七世の戴冠《たいかん》式のこと。ノラは女王に拝謁を賜ったことや、女王の死は清朝の義和団の乱とボーアの反乱に端を発していると思っていることなどを話した。以前は彼女が自分の高い身分に言及すると腹が立ったキャルも、今は寛大にほほえむだけだった。

ノラはキャルが掘削現場で過ごす時間の長さに驚いた。昼夜を問わず誰かが見張っていなくてはならないのだ。彼はときに自分の割り当て時間以外にも居残って手を貸した。幽霊と結婚したような気がする、とノラが口にしたこともあった。キャルはそれをおもしろがった。彼がふたりの将来のために働いていることはわかっていたから、ノラは不平を言わなかった。キャルは彼といることに慣れてきたノラの複雑な性格に気づいた。ふたりでしゃべったり議論したりするのは楽しかった。彼女はマッキンリーの再選といった政治的な話題も、町で売られている卵の値段についても、同じように話すことができた。

キャルが休める日曜日にはボーモントのメソジスト教会へ出かけ、ふたりがたまに風呂を使い、休息をとるために滞在するホテルで昼食をとった。

ノラがキャルの家族はメソジスト教徒なのかときくと、彼はそうだと答えた。だが彼は家族のことを話したがらず、尋ねると不機嫌になることにノラは気づいていた。キャルはそういう自分がいやだった。絶えず罪悪感がつきまとっているのだ。ふたりの心が寄り添うようになっていても、最終的な彼女の反応が心配だった。いつかは彼の素性を知らねばならないのだから。

一方で、キャルは子供時代のノラがしょっちゅう事故に遭っていたことを知った。甘やかされて育ったとはいえ、冒険心のある子供だったのだ。彼のほうはわんぱくで兄弟そろって幸せだったこと以外、ほとんど幼いころのことは語らなかった。本当はなにもかも話したかったのだ。キングとは仲のいい兄弟だったこと、いろんな失敗をしたこと。いつか必ず話そう。キャルは心に誓った。

「なんだかすごく考えこんでいるようね」

われに返ったキャルは、テーブル越しにノラにほほえみかけた。「そしてきみはすごくきれいだよ」そう言って、ほめ言葉に顔を輝かせるノラを眺める。「だけど居心地が悪いかい？」彼はそっと尋ねた。

ノラは体をこわばらせて椅子にかけ、酒場にいるところを誰かに見られはしないかというようにあたりを見まわしていた。

「キャル、わたしは堅苦しい人生を送ってきたのよ」ノラは笑いながら言った。「少しは手加減してくれなくちゃ」

「きみはよくやっているよ」キャルは熱心に言った。「シャンパンは飲んでいないけれど。この店で一番いいシャンパンだよ。フランスの極上物だ」

キャルはときおりそういうことを言う。働くカウボーイには縁のないようなことを知っているのだ。ノラの帽子がパリ製であることや、上等なワインやシャンパンの等級を。国内外の政治情勢を理知的に語り、ボーモントきっての高級レストランでも臆することなく、テーブルにつけば貴族にふさわしいほどの作法と魅力を発揮した。キャルはその天賦の才でノラを驚かせた。以前は彼の多才な能力や教養の深さを知る機会などなかった。

「おれがそんなことを知っているはずがない。そうだね？」いつもより少しだけ雄弁にキャルが言い、ノラの表情を見て笑った。「最初からずっとカウボーイだったわけじゃない。油田で働いていたし、ニューヨークで過ごしたこともある。外国にも行った。実際、ヨーロッパの国へはほとんど行ったが、それも陸軍士官としてキューバにいたときだけじゃない」

陸軍士官！　初耳だわ。

「陸軍士官ですって？」ノラは先を続けてほしくて声をあげた。

「職業軍人になるつもりだった。アメリカ・スペイン戦争の十年前に入隊したんだ。二年後、まだ若くて元気だったおれは大学に入った。大佐まで昇進して、戦争のあと除隊した」

ノラはすっかり感心した。無教養なカウボーイと結婚したと思っていたのに、この意外な新事実は衝撃的だった。

キャルはゆったりとほほえんだ。「陸軍士官の妻のほうがよかったかい？　ワシントンの要人を午後のお茶でもてなすのはきみに向いていただろうね」

ノラは赤面した。「石油事業も同じくらい好きよ」こわばった声で言う。「それに牧畜も楽しいわ」

「上手に嘘をつくね」キャルがやさしくとがめた。

ノラは片手でグラスを持ちあげて口をつけた。シャンパンを味わったのはずいぶん久しぶりだ。極上のシャンパンの喉ごしと香りをすっかり忘れていた。彼女は目を閉じて幸せそうにため息をついた。

「いい香りだろう?」キャルはグラスを空けて言った。「こんなにすばらしい味わいはパリ以来だ」

謎めいた夫の謎が明かされていく。キャルは旅慣れていて、大佐にまでのぼりつめた。長く軍隊にいて年金がおりているのかもしれない。それなら試掘にかかる資金の出所もわかる。でも大学へ行ったとなると、そのお金はどこから出たのだろう?

ノラはあたりを見まわして、キャルの作業員たちが目に入ると眉をひそめた。「ミスター・パイクはどこなの?」不思議に思ってきいた。そのなかにパイクの姿が見当たらなかったからだ。

「さあね。酔いつぶれて部屋に帰ったんだろう」キャルはくすりと笑った。「早く酔いを覚ましてもらわないと困るよ。油井にキャップをかぶせる作業は全員総出だ」

「そんな作業があることを忘れていたわ」

「空に噴きあがっている石油にパイプをつなぐわけにはいかないからね」キャルは愉快そうに言った。

「それくらいわかっているわよ」ノラは笑ってキャルがグラスを満たすに任せた。飲んでいるうちに、さらにくつろいだ気分になってきた。キャルはだんだんと口数が少なくなっていった。酔って暴れるタイプではないらしい。暗い目で見つめられると、ノラはわくわくした。彼女が二杯目を、キャルが三杯目を飲み終えると、彼が立ちあがってノラの手をとった。

「そろそろ行こう」さっと帽子を手にしてキャルが言う。「おやすみを言っておいで」

ノラが挨拶をしても、上機嫌の連中は気づかなかった。彼女はキャルのあとについて夜気のなかへ踏みだした。

キャルはノラを連れてホテルへ戻り、階段をあがって部屋に入った。だがこのときは、いつものようにノラに寝支度をさせて彼女が眠るのを待とうとはしなかった。ドアに鍵をかけ、すべての明かりをつけたままで、ノラの服を脱がせはじめた。

「だめよ！」ノラは息をのんだ。彼に見られるのは本当に久しぶりで恥ずかしかった。

キャルは喉の奥で笑った。「明かりを消してほしいのかい？」

「それは……ええ！」

「わかったよ、臆病さん」

キャルはガス灯を消し、おぼつかない笑い声をあげてよろめきながらノラのところへ戻ってきた。

「キャル、こんなことはしないはずでしょう」

キャルはノラを抱き寄せて唇を重ねた。少しくらい酔っていても、彼のキスはすばらしかった。彼女は引きしまったキャルの体にもたれかかり、彼が胸のふくらみを両手におさめるのを感じた。ノラもまた少し酔っていた。彼はそっと彼女をベッドに横たえて、キスの合間に身につけているものをすべて脱がせた。最初はノラの服を、次に自分の着ているものを。それから初めて体験する奔放な情熱で、彼女の分別をはぎとった。

キャルがノラに覆いかぶさるころ、彼女はすっかり受け入れる準備ができていた。はやる思いで脚を開いて腰を浮かせ、深くゆっくりと貫かれるのを待った。

ノラのぬくもりに包まれると、キャルは声をあげてなにかつぶやき、息をのんだ。暗闇のなかで彼女の唇を探る。こわばったノラの体の上でリズムを刻もうと腰を引いた瞬間、彼女の口に息が吹きこまれた。

これまでの禁欲生活がすぐさまキャルの抑制を吹き飛ばした。彼はあえぎながら両手でノラのヒップをつかんだ。自分がささやいた言葉で頭に血がのぼり、にわかに激情がわきあがる。数ヵ月前のノラなら、おびえていただろう。だが、今はその唐突な激しさが彼女の興奮に火をつけた。

キャルは狂ったようにノラを貫いた。これまでにないようなやり方でノラに触れ、ひとつになったまま仰向けに転がってはまた元に戻る。そのあいだも、彼の口はノラの胸や唇をむさぼった。ノラが欲求にわれを忘れてしまうまで、キャルは引いては貫き、彼女の体を力任せに引き寄せた。

キャルにあおられた欲望をとき放ちたくて懇願するノラの声は高くかすれ、最後は涙声になっていた。

キャルは動きをとめて腰を引き、荒く浅い息をしながら待った。

「お願い」ノラはすすり泣いた。キャルを求めて体を震わせながら、腰を突きだそうとした。「ああ……お願いよ。やめないで……でないと……わたし……生きていられない！」

キャルはノラの耳もとに口を寄せ、静かな部屋に深い声を染みわたらせて、これからなにをするつもりかを話して聞かせた。ノラは驚くほど刺激的な言葉をささやきかえした。背中をゆっくりと思いきり弓なりにし、彼が腰を沈めはじめたのを感じて身を震わせた。明かりを消さなければよかった。キャルの顔が見たい。彼の瞳が見たい。

「だめだ！」キャルを迎え入れようとするノラに、彼がぴしゃりと言った。両手はノラのヒップを押さえている。「だめだよ。そのまま横になって」

「できないわ！」ノラは興奮に耐えきれず、歯を食いしばりながら無我夢中でささやいた。

「できるさ」キャルはもう一度腰を浮かせ、ノラと唇を合わせたまま言った。「少しずつ、ゆっくり。ちょうど……こんな……ふうに」

「ああ、あなたが欲しいわ」ノラは泣きながらしがみついた。

「腰をおれのほうへそらしてごらん。ゆっくり、ゆっくりだよ」キャルは言葉を切った。そっと腰をさげ、動きをとめて、ノラのすすり泣くような息づかいに耳を澄ませた。再び動く。彼にとってもつらくてたまらなかった。だが、キャルは彼女がまだ知らないことを知っていた。ふたりに強烈なクライマックスが訪れることを。

「キャル」ノラが泣いている。

「腰をあげて」キャルがささやいた。「ほんの少しだけ、少しでいい。そこでとめて。動かないで」

「お願い」ノラは震えながらすすり泣いた。「ああ、お願いよ!」

どうすることもできないノラの爪がキャルの肩に食いこむ。彼には秒単位でノラの限界がわかっていた。ノラが完全にコントロールを失ったと感じたその瞬間に、キャルはありったけの力をこめて彼女を貫いた。

そのときノラが感じたものは、言葉では言い表わせなかった。彼女は身をこわばらせてかすれた叫び声をあげた。そしてこれまでの人生で経験してきたものすべてをしのぐ強烈な感覚に襲われ、不意に意識が遠のいた。

ぎりぎりで耐えていたキャルもノラのあとを追った。苦しいほどの快感が体をしめつける。彼はかすれた声で笑い、うめいた。彼女の上で激しく身を震わせるキャルの声がノラの耳に大きく響く。収束する気配がなかった。エクスタシーのうねりが高まっては砕け、また高まっては砕ける。それは満足感とともに彼の鼓動がゆっくりと静まっていくまで続いた。

めまいがおさまると、ノラは息をしようとあえぎ、キャルの肺は元どおりに機能しはじめた。彼の下でノラの体は小刻みに震え、汗にぬれている。彼は立ちのぼる熱を焼き印のように感じ、力つきてほほえんだ。申し分のない疲れで、彼女の上からどくこともできなかった。

「死にそうだ」キャルは舌をもつれさせて言った。「こんな快感には聖人だって耐えられない。すごいよ、ノラ、ダーリン。これほどすばらしい感覚を味わったのは生まれて初めてだ！」

意識がはっきりしてくると、ノラはキャルにしがみついて熱い喉に顔をうずめた。ぐったりと倒れこんだ彼の呼吸が、だんだんと深く安定していくのを感じた。眠ってしまったのだ。だが、彼の重みはいとおしく心地いい。ノラはひとつにつながったままのキャルを抱きしめた。そしてすぐに彼女も眠りに落ちていった。

その夜のどこかで、ふたりは体を離して上掛けの下にもぐりこんだ。朝日が窓から差しこむと、キャルが先に目を覚ました。頭がずきずきする。たった三杯のシャンパンだがグラスは大きかったし、それを流しこんだ胃袋は空っぽだった。上半身を起こそうとして、二度目でようやく起きあがった。

昨夜の快感の名残をとどめるかすかな痛みを意識しながら、キャルは体を動かした。ベッドの反対側に目をやり、動きをとめた。

ノラは一糸まとわぬ姿で横たわっていた。シーツは押しのけられ、すべてがあらわになっていた。昨夜、彼はノラを抱いた。それはひと目でわかる。彼女は眠ったままほほえんでいた。そしてキャルが動くと、ノラは官能的に身をよじった。まるで彼が与えたはじけるような歓喜の瞬間を思いだしているかのように。

最初に頭に浮かんだのは、妊娠したかもしれないという不安だった。明らかにキャルには子種があり、アルコールに増幅されていたにせよ、ふたりが分かちあったものはかつてない経験だった。あれほど圧倒的なクライマックスを味わったのは初めてだ。

ノラが身じろぎした。ゆっくりとまぶたが開く。キャルと目が合うと、彼女は真っ赤になった。

「赤くなって当然だ」キャルはいかめしい声で言った。それからいたずらっ子のようにほほえんだ。「すばらしかったよ!」

ノラは片手でシーツをつかんで顎まで引っぱりあげた。愕然と見開いた青い目がキャルの視線をとらえた。

「あなたのせいよ！」ノラは責めた。「あなたがお酒を飲ませて誘ったのよ！　わたしのせいじゃないわ！」

「そんなつもりはなかったんだ」キャルは力なく弁解した。「でも、シャンパンが……」

ノラはしっかりとシーツを握りしめた。「例の女性にならって、今日は絶対に酒場へ斧を持っていくわ」彼女は断言した。「飲酒の害を身をもって体験したんですもの」

キャルは片方の眉をノラに向かってあげてみせた。「〝害〟だって？　ゆうべはそう思っている様子はなかったけどね」

ノラは顔を真っ赤にして目を伏せた。「昨日まで小さなグラスに一杯のワインしか飲んだことはなかったのよ」彼女は言いかえした。

「きみのふるまいに不満はないよ、ノラ。それどころか、シャンパンをケースごと注文したいくらいだ」キャルは彼女を見つめて愉快そうに言った。

「女たらし！」ノラはあえいだ。

キャルはノラの手からシーツをもぎとり、彼女を腕に抱きあげた。「それは自覚しているよ」彼女をそっとベッドにおろしながらつぶやき、唇を重ねる。もがいていたノラはとたんに動きをとめ、彼の体にしがみついた。

キャルは顔をあげてやさしい瞳を探った。「きみに妊娠の苦労を味わわせないつもりだったのに」

ノラは指でキャルの口をふさいだ。「もう元気よ」幸せそうに瞳を輝かせて断言する。「それにあなたが暗闇のなかで……与えてくれた感覚をまた味わいたいわ」彼女はささやいた。

「おれもだよ」キャルは飢えたように言った。シーツを投げ捨てると身をかがめて唇を重ねた。「もし子供が生まれてもおれはかまわない」彼は熱っぽくささやいた。それからは長い長いあいだ、ひとことも発しなかった。

パイクが不在のまま、油井にキャップがかぶせられた。彼は跡形もなく姿を消してしまった。やっかいごとを察知したキャルは、ボーモントの警察に出向いて事情を説明した。ほかの警察官たちにも通達がまわったが、パイクは現われなかった。キャルは思いついて、パイクと仲がよかった弁護士のオフィスへ行ってみた。だがオフィスは閉まっていて、いつ戻るかは明記されていなかった。

「パイクが見つからない」キャビンに戻ったキャルは、ノラにそう言って顔をしかめた。「気に入らないな。仕事はできるし、強い推薦もあって雇ったんだが、こうなるとまったく信用できない」彼はテーブル越しにノラを見つめた。ふたりは軽い夕食をとっていた。「きみは最初からあの男を嫌っていた。きみの直感を信じるべきだったよ」

「わたしの直感はそんなに確かじゃないわ」ノラはほほえんで言った。「初めはあなたのことも嫌いだったもの」

ノラの美しい顔を見つめるキャルの目がやわらいだ。「おれはきみに見とれていたよ。きれいで溌剌としていて、とても堂々としていた。すぐにきみのことしか考えられなくなったんだ」

ノラは腕をのばしてキャルの手の甲を指でなぞった。「無理やり結婚させられて後悔していない？」

キャルは手を返してノラの手をつかんだ。「愛しているよ」やさしく言うと、まっすぐに彼女の目を見た。「もちろん後悔などしていない」

ノラの顔に血がのぼり、まるで稲妻に体を貫かれたような感覚が走った。「今、なんて言ったの？」

「愛している」キャルはそれだけ言うと、ノラのてのひらを唇まで引き寄せてむさぼるようにキスをした。「お祝いの晩にあんな経験をしたら、気づかないほうがおかしいだろう？」

「男の人のことはほとんどわからないもの」

「それなら教えてあげるよ。エクスタシーのさなかに女が気を失って、男が子供のように泣きだすなんて普通じゃない。あの経験は、なんて言うか、どこにでもあるものとは違うんだ」

「わたし……そうじゃないかと思ったわ。でも知りようがなかったの。その前に一緒に過ごしたときも、わたしはあのときほど……その……完全に……満たされなかった」ノラはようやく言った。

キャルはいとおしげにノラを見つめてため息をついた。「きみはどうだい、ノラ？」彼はきいた。「きみのなかにほんのちょっぴりでも、あんな苦しい目に遭わせたおれをまだ愛しているきみがいるだろうか？」

ノラは驚いた顔をした。彼女が口を開くまで、キャルは息をとめて待った。「まあ、あなたを愛するのをやめたことは一度もないわ」彼女は口ごもった。「これからもずっとよ」

キャルはノラの手を頬に押し当て、あふれる喜びに目を閉じた。「よかった」彼はささやいた。

「おばかさんね」ノラはそっと笑った。「相手が短気を起こしたくらいで、嫌いになるわけがないじゃない！　仕事中にあなたが怒鳴り散らしているのを見ても、わたしは愛想をつかして逃げだしたりしていないでしょう！」

「そんなことにならなくて本当によかったよ」キャルはかすれ声で言った。「おいで、ダーリン」

キャルは立ちあがったノラを膝の上に座らせ、彼女の頭がくらくらして彼の体が切迫した渇望をはっきりと示すまでキスをした。

「すてきだわ」ノラは重なったキャルの口につぶやき、体を丸めて寄り添った。

キャルはノラを腕に抱いたまま立ちあがると、まだ外が明るいにもかかわらずベッドに向かって歩きはじめた。

ポーチに足音が聞こえ、キャルは足をとめた。ドアのほうへ顔を向け、ノラを抱えたまま困惑して立ちつくした。

ノックは激しかった。「ミスター・バートン？　書類かなにかを持った人が来ました。あなたに話があるそうです！」

「すぐ行く！」キャルは返事をした。

彼はノラをそっと床に立たせ、ふたりは不安な視線を交わした。

「パイクに関係があるに違いない」キャルは歯を食いしばって言った。

キャルはドアを開け、ノラと並んでポーチへ出た。

そこには保安官が立っていた。スーツの上着にバッジを輝かせ、片手に紙切れを持っている。「ミスター・バートンですね？」保安官はさっと帽子をとって礼儀正しくノラにうなずきかけるあいだだけ言葉を切った。

「そうです」

「わたしはカルペッパー保安官です」ふたりは握手をした。「この書類をお届けに来ました。あなたの油井の所有者が法廷において確定されるまで、法的措置のいっさいを禁じる命令書です」

「これが誰のしわざなのか、署名を見なくてもわかるよ」キャルは憂鬱そうに言った。「パイクだ」

「ミスター・パイクと彼の弁護士ミスター・ビーンは、今朝判事に会ってこの書類を作成しました」カルペッパー保安官が言った。「町の者はみな、あなたがここのボスでパイクがただの使用人だとわかっていますよ。でも、あの弁護士は言葉が巧みだ。このあたりでは見たこともないほど弁が立つ。ミスター・バートン、助言をしてもいいですか？ できる限り弁護料の高い弁護士を雇いなさい。必要になります。では、失礼しますよ、奥さん」保安官はノラにも挨拶をした。

ふたりは保安官が馬に乗って立ち去るのを見送った。

「パイクの野郎！」キャルが怒りに任せて言った。

ノラはキャルの手から書類をとって読んだ。「キャル、どうするの？ 油井が差しとめられたら、わたしたち、お金がないんでしょう？」

キャルはノラを見おろしてほほえんだ。「心配いらないよ。きみを飢えさせやしない」

「そういうことじゃないわ。あなたもわかっているはずよ」ノラはきっぱりと言って眉をひそめた。「わたしが父に謝罪すれば」こわばった声で言う。「父の弁護士を寄こしてくれるかもしれない――」

「きみは謝罪などしない」キャルは穏やかに言った。「決して。きみは謝らなければならないようなことなどしていない」

「でも、どうするの?」ノラは悲しそうに言った。「みすみすパイクにわたしたちの油井を渡すわけにはいかないわ!」

キャルはノラの胡桃色の髪をやさしく撫でた。その絹のような感触に気がまぎれた。

「選択肢がなくなったわけじゃない」

保安官の姿が見えなくなると、ミックが男たちを連れて駆け寄ってきた。「なにごとだ?」ミックがきいた。「差しとめなんだな?」顔を真っ赤にしてたたみかける。「パイクのやつめ! あいつが町の弁護士と何度か会っているのは知っていたんだ。きみに話すべきだった。だが、きみの指示で会っているのかと思って黙っていた。なんてばかだったんだ!」

キャルはミックに笑いかけた。「きみのせいじゃないさ、ミック。そんな世界の終わりが来たような顔をするなよ。まだ一斉射撃の口火すら切っていないんだから!」

「あの弁護士は頭が切れる。シカゴから来たんだ。町で評判は聞いた。法廷で彼の右に出る者はいないそうだ」

「ほう、おれはひとりやふたりはいると思うね」キャルは応えた。彼の瞳には説明のできない光が宿っている。なにを考えているのだろう、とノラは思った。だが彼は口をつぐんだまま、それ以上はなにも言わなかった。

翌朝キャルは町へ行き、地元の〈ウエスタン・ユニオン〉社のオフィスから〈ラティーゴ牧場〉に電報を打った。

# 第十九章

二日後、キャルは汽車を出迎えるためにノラを連れて町へ出た。彼女にはきちんとした青色のスーツにレースのブラウス、パリ製の帽子でおしゃれをするように言っておいた。その理由は伏せてある。ノラがしきりに尋ねても説明はいっさいなかった。こんなに秘密主義で腹の立つ男は見たことがない。彼女は何度もキャルにそう言ったのだが、効果はなかった。

汽車から三人の男がおり立ち、キャルは彼らをあたたかく迎えた。キャルはノラを前に押しだすと、誇らしげに目を輝かせて紹介した。

最年長の男性は黒っぽい瞳に白髪だった。ブラント・カルヘインはノラの手を握りしめ、妻のイーニッドが来られなかったことを詫びた。おそらくキャルがノラを連れて妻に会いに来てくれるだろう、と鋭い目で息子を見ながらつけ加えた。

長男はノラがびっくりするほどキャルに似ていた。

「まあ、キャルにそっくりだわ！」ノラは握手をしながら声をあげた。

彼は首を振った。「あいつがおれにそっくりなんです」そう訂正してキャルと目を合わせ、弟よりさらに薄い銀白色の瞳を輝かせた。

「子供のころ、お山の大将《キング・オブ・ザ・マウンテン》ごっこをして遊んだんだ」キャルが言った。「それでニックネームがキングになった」ノラの困惑顔を見て、彼は言い足した。

「まあ、それであなたの馬の名が――」ノラは口を開いた。

「こっちがアランだ」キャルがさえぎった。いずれにせよキングにはちゃんと聞こえていて、声に出さずに笑っていたのだが。

アランは進みでるとノラの手を唇へ運び、完璧な作法でキスをした。「美しい義理の姉上にようやくお目にかかれて光栄です」キャルをにらみつけながら言う。「結婚する前に引きあわせてもらえると思っていたものですから」

キャルがなぜ家族にノラを紹介したがらなかったかを思いだし、彼女は傷ついた表情を浮かべた。

キャルはノラを抱き寄せた。「話せば長いんだ」一同に向かって言った。「折を見てなにもかも話すよ。今はそれどころじゃなくてね」

「それも長くはあるまい」ブラントは振りかえり、きちんとした身なりをして小型のスーツケースを手にしたふたりの男性を手で指した。「ミスター・ブルックスとミスター・ダンだ」ブラントは紹介した。「ニューヨークから来てもらった。うちの事業をすべて担当している」困惑したノラの顔を見て、つけ加える。

キャルはふたりと握手をした。ミスター・ブルックスは小柄で色黒の知的な顔、ミスター・ダンは品のいい顔立ちの長身で、水色の瞳に濃い色の髪が波打っている。ミスター・ダンに見られると、ノラは爪先までぞくっとした。帽子を傾けて挨拶をし、充分に礼儀正しいのだが、法廷では彼を敵にまわしたくないと思わせる表情をしていた。彼ほど弁護士らしからぬ人物は見たことがない。教養を感じさせる語り口には、かすかにテキサスなまりがあった。

話しあう男性たちを脇で観察しているうちに、隠された部分にノラの注意が向きはじめた。〝うちの事業〟ですって？ キャルの父親はどうしてニューヨークの法律事務所の助けが必要なのだろう？ そこで初めて、父親や兄弟たちの服装に気づいた。彼らは粗野な田舎者などではない。権力を持った裕福な人たちなのだ。キャルは一族のやっかい者かなにかで縁を切られ、生活のために牧場で働いているのだろうか？ 絶対に真実を突きとめなければ。ふたりのあいだには、すでに充分すぎるほどの秘密があったのだから。

「町にすばらしいホテルがあります」キャルは男たちに話していた。「母さんの料理と張りあえるくらいの食事が出ますよ」

「母さんほどの料理上手はおらんよ」ブラントはやさしい笑みを浮かべて言った。

「ノラもキッチンではその領域に近づきつつあります」キャルは妻を抱き寄せながら言った。

ノラは男性たちに向かってほほえんだ。「つまり、パンは落としても弾まなくなったということですわ」

男たちはいっせいに笑ったが、そこに悪意はなかった。「イーニッドに会ったら、新婚当時に初めて七面鳥を焼いたときの話をしてもらうといい」ブラントがノラに言った。「キッチンに立ちはじめたころの自分が恥ずかしくなるよ」

ノラはほほえんだ。「そうなったらすてきだわ」とはいえ、内心ではまだキャルが自分のことを恥じているのではないかと気が気ではなかった。彼はノラを求めているし、愛していることを明言したけれど、家族に、とりわけ母親に会いに行くという話は一度も出たことがない。彼との完璧な幸福に欠けているのは、ただその一点だけだった。

その週は弁護士との打ちあわせに費やされた。出廷は月曜日に予定されていて、キャルはその週末のほとんどをホテルで過ごした。ノラが作った料理は無視されるか、忘れられるかのどちらかだった。もちろんそれがふたりの将来のためであることはわかっていたが、ノラは自分自身まで無視されているような気がした。すべては仕事のためなのか、キャルがノラを自分の家族から離しておきたいからなのか、彼女はいぶからずにいられなかった。

実際、それがキャルの意図だった。ノラに出会う前の生活について、父や兄弟が口をすべらせないとも限らない。パイクの件が解決しても、まだその問題が残っていた。

「きれいな女性だ」ブラントは酒場で飲みながら言った。「それに見るからにおまえを愛している」

「逆もまたしかり」キングが目を光らせてつぶやいた。「とうとうつかまったな」

「つかまってひもをつけられたよ」キャルは無意識にウィスキーのグラスを指でもてあそびながら言った。「ノラはおれの家族のことを知らないんだ。初めは言いたくなかった。今は打ち明けたいんだが、どうすれば一番いいのか決めかねている。なにもかも知ったら、彼女はおれを憎むだろう。最初から彼女を〈ラティーゴ牧場〉に連れていけばよかったものを、まともなストーブもない〈トレメイン牧場〉のキャビンに押しこめた……」彼はうめいて、残りのウィスキーを喉に流し入れた。「もっと人間らしく行動していたら、彼女は流産することも、熱病で死にかけることもなかったんだ」

「お互いに熱病ならまのあたりにしたじゃないか」キングが言った。「治療は可能だよ。疲れすぎないようにすれば、発作はそれほど起きない」

「今は気をつけているよ」キャルは言った。「ボーモントに来てからは見違えるように元気になった」あのすばらしい一夜とそれに続く日々を思い起こしてほほえむ。彼はすぐに子供を作ることを不安に思っていたが、ノラは違った。それどころか、互いの尽きぬ情熱を満たす日々がきっと子供という形で現われると信じて、彼女は小さな靴下を編んでいる。

「話すべきだ」キングが言った。「おまえを貧しいカウボーイや文なしの石油掘りだと思わせておくのは公平じゃないよ」

「そのいずれかになっていたかもしれない」キャルは指摘した。「今だってそうなるかもしれないんだ。ブルックスとダンがパイクの弁護士に負けるかもしれないんだから」

「キャル」ブラントがやさしく言った。「おまえは法廷に立つダンを見たことがない。実際に目にするまで判断は保留にしておきなさい」

「ブルックスは調査を担当する」キングが説明した。「彼は足を使って仕事をするんだが、ダンは……」彼は言葉を切って秘密めいた笑みを浮かべた。「そう、見てのお楽しみだ」

キャルは納得しなかった。ダンは確かに手ごわそうに見えるが、法廷で勝つには顔だけでは不充分だ。キャルはこの裁判に気をもんでいた。パイクをののしり、そんな男を自由にさせていた自分の愚かさをののしった。

キングはホテルまでキャルと並んで歩いた。近所の酒場からもれてくる手まわしオルガンの音が聞こえるだけの静かな夜だった。暗闇のなかでは、話し声と通り過ぎる馬車の蹄にときおりさえぎられるその音色さえ心地よかった。

「おまえを〈トレメイン牧場〉へ行かせるんじゃなかった」キングが唐突に言った。「おまえさえ現場にいれば、パイクも欲をかかなかっただろう」

キャルは首を振った。「あの仕事を引き受けていなければノラには会えなかった。彼女と引き替えなら油田を失っても惜しくない。突きつめればそういうことだ。後悔はないよ」

「いつ打ち明けるんだ？」

キャルはポケットに両手を突っこんだ。「これ以上、一分たりとも避けて通れなくなったときだ」彼はきっぱりと言った。

キングがにやりとした。「言うことがおれにそっくりだな」

キャルはちらりと兄を見た。「全部が似ているんだよ。だから兄さんが〈ラティーゴ牧場〉を継いで、おれは石油事業を始めたほうがいいんだ。さもないと、一日に二回は柵のなかで言い争うことになる」

キングがくすくす笑った。「たぶんね」認めないわけにはいかなかった。「それでもやっぱり、おれが心をさらけだせるのはおまえだけだよ」

「そうすることで兄さんが自分自身と対話したつもりになっていることを知らなければ、ほめ言葉と受けとるところだ」

「それほどおれに似ているってことさ。同じことなんだ」ホテルの前まで来ると、キングは険しい顔をして足をとめた。「もし月曜日に敗訴したらどうする?」

キャルは肩をすくめた。「パイクを撃ち殺すだろうね」

「そうだと思ったよ。なあ、〈ラティーゴ牧場〉はおれたちふたりにも充分な広さがある。もしおまえが――」

キャルは親しみをこめて兄の肩を叩いた。「冗談だよ」乱暴に言う。「留置場にほうりこまれてノラを窮地に立たせるような真似はしないさ! それにあきらめるもんか。もしブルックスとダンが本当に優秀なら、心配すべきはパイクのほうだ」

「おまえはあのふたりを必要とするような目に遭っていないが、おれたちは遭っている」キングは静かに言った。「もうすぐおまえにもわかるさ」

キャルはため息をついた。「そうだといいが」

キャルは内心の不安をノラには明かさなかった。もしもパイクに油井を横どりされたら、また一からやり直しだ。また資金を調達して大きな賭をしなくてはならない。パイクがなにをたくらんでいるのかはよくわからなかった。すべては証拠書類の提出と、カルヘイン家の顧問弁護士の手腕にかかっている。キャルはあの土地を購入して隣接地の採掘権を取得する手続きをすべて思いかえしてみた。書類をつぶさに調べてみても、パイクが乗っとりに使えそうな隙は見つからなかった。だが、パイクの弁護士は法廷で通用するようなでっちあげもいとわない悪党なのかもしれない。

パイクを撃ち殺すつもりはなくても、そうしてやりたいという誘惑には駆られる。パイクもほかの作業員たちと同じように配当を受けとることになっていた。最初からキャルはそう決めていたのだ。だが、パイクは欲を出した。ひとりじめをねらったのだ。こうなると、もしキャルが勝てばパイクにはなにも残らない。油井から噴きだす原油の一滴さえ。

J・D・ロックフェラーの部下が立ち寄り、キャルたちが掘り当てた新しい油田について尋ねていったという噂を聞いた。じかに連絡は受けていないが、それは次の段階だろう。石油が利益を生むのは、パイプで運び、貯蔵し、精製してからだ。キャルにはその作業を引き受けてくれる会社が必要になる。しかし油井の所有権が確立されるまで身動きがとれない。

月曜日の朝が来た。ブラント、キング、アランと連れだって、ノラは緊張しながら法廷に座っていた。その場にふさわしい白い縁どりのついた茶色のスーツ姿で、それに合わせた帽子にはきれいな小鳥が粋にあしらわれている。被告側のテーブルについている弁護士のダンとその隣のキャルに目を走らせながら、不安そうなまなざしでなりゆきを見守った。隣の男性たちには、まったく心配している様子はない。キングに至っては笑みまで浮かべていた。

裁判官は審議を始める前に両方の弁護士と言葉を交わした。ノラは裁判官がダンを知っているような印象を受けた。パイクの弁護士ビーンよりも、ダンの扱いのほうがずっとていねいだった。

パイクも法廷にいた。ビーズのように光る小さな目は落ち着きなくあたりを見まわしていたが、法廷の反対側を見ようとはしなかった。

パイクの弁護士は優秀だった。とても。彼は事実をねじ曲げて依頼人の立場を確実なものにしようとしていた。パイクはひと足早く油井の所有権を申し立てていたと主張し、それを立証する書類を提出した。ブルックスの実地調査のおかげですでにパイクのたくらみを把握していたキャルは、そっぽを向いたパイクの顔を怒りをこめてにらみつけた。法廷で真っ赤な嘘をつき、金のために偽証までするとは驚きだ。パイクの弁護士は、それが嘘八百で書類は偽造されたものであることを知っているのだろうか？

パイクの弁護士は一連の書類を提出し、試掘現場をキャルが長期間留守にしていたことと、その間パイクが掘削につとめたことを証言する証人を喚問した。それが終わってみれば、すべての作業はパイクが行なったにもかかわらず、なにもしなかったキャルが横どりをはかったという構図ができあがっていた。

弁護士のビーンは安心しろというようにパイクにほほえみかけて腰をおろした。

やがてダンが立ちあがった。長身の体で法廷をゆったりと歩きまわり、冬空のように澄みきった水色の瞳で陪審員を見た。眼鏡をかけていたが、それはむしろ力強い顔の輪郭を強調している。彼は片手にひと束の書類を持って、裁判官席に向かった。

「ミスター・ビーンの陳述は非常に興味深いものでした」ダンはさりげない口調で言った。「原告の主張は、油田を掘り当てる努力はほとんど原告の手によってなされたものであるから、収益の大半を得て当然であるというものです。この主張はばかげており、わざわざ論ずるに値しません」彼は書類を裁判官の指先に置いた。「しかしながら、原告が――」彼はキャルの油井がある地番と場所を読みあげた。「ここの所有権を先に申し立てていたという原告側の主張は妥当ではありません。あの土地の権利証はわたしの依頼人が所有しています。これは公正証書であり、その信憑《しんぴょう》性について、われわれはこれからご紹介する方たちの証言を得ました」

ダンは原告側の証拠品である、キャルが申請した日の前日の日付が書かれた書類の束をとりあげた。

「さて、ミスター・パイクが主張するところのひと足早い申請ですが」背筋が寒くなるような薄い笑みを浮かべて、ダンはパイクを見た。「ニューオリンズにおけるミスター・パイクの元家主による情報、及び〈ザ・ゲイター〉という名の酒場の所有者、並びにローズ・リーと呼ばれる従業員、さらに地元の警察官の宣誓供述書によりますと、前述の書類に明記された日、ミスター・パイクは泥酔し、酒場の二階にある寝室で酔いを覚ますべく眠っているところを目撃されています。問題の日に書類に署名することは不可能でした」ダンはまっすぐに、憤然と椅子を蹴って立ちあがり、弁護士に押さえつけられているパイクを見すえた。

「嘘だ！」パイクが声をあげた。「おれはここにいたぞ。ボーモントにいたんだ！」

「あなたはここにいませんでした」ダンは落ち着いて応じた。両手をポケットに突っこみ、パイクに向き直ってじっと見つめる。計算された深い声が法廷を満たした。「もしいたとしても、あなたの懐具合はあの土地を購入するだけの出費を許さなかったでしょう」

「安かったんだ！」パイクが叫んだ。

「あなたには買えませんでした」ダンは言った。「それに、そんな大金を当時は望み薄だった成功に賭けるのは理にかないません」

「わたしの依頼人を証拠もなしに糾弾しています！」ビーンはなんとか抗議の声を張りあげた。意外な新事実に虚をつかれ、必死で法的なよりどころを探そうとしていた。

「そうでしょうか？」ダンが言った。「とるに足りないたわごとで時間を空費したことをお詫びします」彼の鋼のような視線に、パイクがそわそわしはじめた。「これほど雇用者の信頼を得た被雇用者が、ここまでその信頼を裏切った例をわたしはほかに知りません。ミスター・パイクはわたしの依頼人に代わって作業を進めるに当たり、法外な週給を得ていました。しかしその金額がミスター・パイクの欲をあおり、経済的野心を追求するためには法を犯してもかまわないという心境に至るまでになったのです。それから、ミスター・ビーン」ダンは原告側の弁護士に言った。「われわれはこの書類の署名が偽造であることも証明できます。偽造した本人が全面的に自供しました。わたしの同僚のミスター・ブルックスが今朝、見つけだしたんですよ」

ビーンは青い顔をして黙りこくった。彼は、ようやく無駄な抵抗をあきらめてうなだれたパイクをじっと見た。長い陳述に難解な言葉、弁護士同士の機知のぶつかりあいを予想していたノラは困惑した。

裁判官は唇をすぼめて、ダンが提出した書類をあらためた。「確かに合法的な証書のようだ」彼はつぶやいた。

ビーンはむっつりとしていた。やがてダンをにらみつけると急に立ちあがって、書類を見る許可を求めた。

裁判官はそれを認め、書類を手渡した。

「やっぱりそうだ!」ビーンは証書の名前を見て叫んだ。「ここにわたしの依頼人の主張を裏づけるものがあります。これは被告側の詐称だ! ここに記されているのは被告席に座っている人物の名前ではありません! 身分を詐称した申請は無効です!」

ノラはあっけにとられた。隣の席のブラントが彼女の手をとって、安心させるように軽く叩いた。その瞳はもう少しの辛抱を促していた。

裁判官は眼鏡の上側からビーンを見た。「どうやらきみはテキサスに住んで日が浅いようだね？」

「お言葉ですが、裁判長、それがこの書類とどんな関係があるのでしょう？」ビーンがきいた。

裁判長はキャルとそのうしろに座っている人々にほほえみかけた。「きみがここで生まれていたら、すぐにその名前に気づくはずだ。ここテキサス東部ですら知らない人はいない。テキサス西部なら、さしずめ帝国を持っているようなものだ」

ビーンはどんどん自信を失っていくようだった。「どういうことです？」

「こう言ったらいいだろう」裁判長は書類を押しやって先を続けた。「ロックフェラーという名前からはすぐさま石油を連想するね？」

ビーンはうなずいた。

「それがテキサスでは、カルヘインという名前からは牧畜を連想するのだ」

ビーンが首をめぐらせ、急におびえたような目つきになってキャルを見た。キャルは椅子の背にもたれて脚を組んでいた。ビーンから、まるで西瓜《すいか》を丸のみしたような顔をしているパイクへと視線を移す。パイクの落胆は見るも明らかで、危うく同情するところだった。もしパイクがキャルの素性を知っていたら、決してこんな真似はしなかっただろう。

とても振り向いてノラの顔は見られなかったが、そのほうがよかったかもしれない。彼女の表情は衝撃から落胆、そして怒りへと変わっていった。ブラントは顔をしかめてキングを見やり、自分がしっかりと手を握っている女性を目で指し示した。石油を追い求める息子が、少しかわいそうになった。

「テキサス西部?」ビーンが法廷の作法もよそに声をあげた。「あのカルヘインなのか?」彼はくるりと向きを変えてパイクのところへ戻った。小型のスーツケースに書類をつめ、隣に座っている貧相な男に雄弁な一瞥をくれると、音をたててふたを閉めた。「裁判長、訴訟をとりさげます」ビーンはうやうやしく言った。スーツケースを手にとってパイクをにらみつける。「愚か者めが!」そう言うと、うしろも見ずに法廷から立ち去った。

「あなたには判決を不服として上訴する権利があります、ミスター・パイク」裁判長はそっけなく言った。「原告の訴えを棄却します。証書の法律的有効性を見るに、どこの裁判所でも同じ裁定が下るでしょう。ミスター・ダンの評価はまさに正しい。この訴訟は法廷における許しがたい時間の空費にほかなりません。本件を棄却します!」小槌《こづち》の音を響かせ、裁判長は退廷した。

パイクが被告席のあたりをうろうろしていた。「ミスター・カルヘイン、知らなかったんです」彼は急いで言った。「知っていたら絶対に……。あの弁護士にそそのかされたんですよ！」パイクは必死に言いつのった。「そうですとも、あの男が考えたことなんです。そそのかされたんだ……！」

ダンは射るような青い瞳をパイクに向けた。「ミスター・ビーンには品格がある」彼は言った。「これ以上続けるようなら、あなたは民事訴訟の場を借りて公におのれを辱め、冒瀆《ぼうとく》することになりますよ」

パイクはごくりと喉を鳴らしてあとずさりした。この男は、弁護士にしては肉体的な威圧感がある。「油井のことですが、ミスター・バートン……いや、ミスター・カルヘイン」パイクは執拗に粘った。

「給料は受けとったはずだ」キャルは椅子から立ちあがって言った。彼は弁護士よりさらに威圧的だった。「今から全力で走れば、町から逃げだせるかもしれないぞ。おれにこてんぱんにされる前にな！」キャルがすばやい動きを見せると、パイクは火傷をした犬のように法廷から飛びだしていった。

キングはくすくす笑いながら、家族とともに立ちあがった。「まあ、こんなものだ」

キャルはダンの手を握った。「見事なお手並みでした。ミスター・ブルックスはどうやってあんなに早く証拠を集められたんですか？」

ダンは秘密めいた笑みを浮かべた。「集めたのはわたしですよ。裏通りには詳しいんです。こんな小さな町でもね」彼は意外なことを言いだした。「証書が偽造されたのはわかっていましたから、パイクが払えそうな金額で偽造を引き受ける人物を探しました。運よく見つかり、一日仕事ですみましたよ」彼はカルヘイン家の面々にうなずきかけた。「請求書は郵送します。では、ブルックスを連れて次の汽車でニューヨークへ戻りますので」

「言ったとおりだろう?」キャルとともに礼を言い、ダンが出ていってしまうと、ブラントがキャルに言った。父親らしく背中を叩く。「ダンにとって、こんな訴訟は朝飯前だ。刑事訴訟のほうがお手のものでね。彼の手にかかると、証人は気つけの一杯が欲しくなる」

「当然でしょうね」キャルは言った。「だが、どういうわけか弁護士らしくない」感慨深げにつけ加える。

「初めからああだったわけじゃないんだ」キングが寄ってきて言った。ノラがおずおずとうしろからついてくる。「ダッジにいたときはガンマンだった。命を落とす前に町を出て教育を受けてくれと母親が懇願したんだよ。どういう奇跡が起きたのか、あの男は母親の言うことを聞いた。ニューヨークへ行き、ハーバード大学で法律を学んで弁護士になった」彼はキャルの顔を見てくすくす笑った。「今でもコルトが扱える。去年、デンバーの法廷で彼に銃を抜いた男に発砲した」キングは首を振った。「裁判長が彼を知っていても不思議はない。たいていの裁判官は、あの男を知っているんだ」

キャルは口をすぼめて口笛を吹いた。「さてと！」しぶしぶ妻のほうを向く。彼女は説明と血戦を同時に求める目でキャルを見ていた。

「ああ、ノラ」彼は観念して言った。「初めはきみに言いたくなかったんだが、そのうちにどう言えばいいのかわからなくなったんだよ」

ノラはずたずたになった威厳をかき集めてブラントのほうを向いた。「彼を助けに来てくださってありがとうございました。少なくとも、彼には一生そばにいてくれる油井が残りましたわ」

「まあ、まあ」ブラントがやさしく言った。「驚くのも無理はないが、息子にも事情があったんだ。実は悪いのはわたしなんだよ。わたしたちはきみのおじさんの牧場を立て直したいと思ったのだが、おじさんは耳を貸そうとしなかった。あの牧場を救うにはキャルを使うしかなかったんだ」彼は肩をすくめた。「良心的な牧場主が落ちぶれていくのは見たくない。わたしたちが数人抱えている牧場主のひとりにすぎないとはいえ、彼には愛着があってね。だからだましたことについては、責められるべきはわたしであってキャルではない」

ノラは傷ついた目をした。「自分をただのカウボーイだとわたしに思わせたわ」彼女は言った。「病の宣告を受けていたわたしには厳しすぎるキャビンの生活をさせた。そのせいで赤ん坊を亡くしたのよ……！」

ノラはさっと向きを変え、泣きながら建物を出ていった。

「あとを追え！」キングがぴしゃりと言った。

キャルは次の言葉を待たずに飛びだした。こんな罪悪感を覚えたのは初めてだった。報いを受ける日がついに来たのだ。自分のしたことをどうやって正当化すればいいのか、彼にはわからなかった。そんなことはできやしない。嘘の代償はノラが言ったとおり本当は誰のせいだろうと、彼女が責めるのはキャルだ。

キャルは荷造りをしているノラを見つけた。驚くまでもない。彼は帽子をとって椅子に沈みこみ、どんよりした生気のない目で彼女を見つめた。

ノラがちらりとキャルを見た。その目は顔と同じように真っ赤だった。顔をそむけて荷造りに戻る。しわになるのもかまわず、トランクに服を押しこんだ。ふたりはホテルに移っていた。彼女の持ち物はすべてここにある。

「言い訳はしないの？」ノラが息を切らせて言った。「何ヵ月も一緒にいながら素性を隠していたことに対する弁明も、もっともらしい説明もなし？」

「弁解の余地はない」キャルは重い口を開いた。「初めは家族から送りこまれたことをチェスターに知られないように隠していた。そのうちに、おれが社会的地位に欠けていることをきみにあげつらわれて、そのままのおれを認めさせようと心ならずも嘘をつき続けた」汚れたブーツに目をやる。「いったん思いどおりになると、今度は気が引けて話せなくなってしまった。きみをだましたりしなければ、きみは子供を失わずにすんだんだ」

ノラは手をとめてキャルを見た。彼は打ちひしがれていた。ノラの思いやりが怒りを押しやった。「ごめんなさい。あんなひどいことを言うべきではなかったわ。夫がまったくの別人だと知って驚いてしまったの。わたしは鼻持ちならない俗物だった。そうでしょう、キャル？」彼女は悲しそうに言った。「謙虚になるためには教訓が必要だったのかもしれない。それが熱病と、わたしたちの子供を失うことになった労働だったのね。神のご意志だわ。心のなかでは、わたしもあなたと同じようにそれがわかっているのよ」

キャルは視線をそらした。「そうかもしれない。それでもおれの罪悪感は消えないよ。本当に打ち明けたかったんだ、ノラ。でも話せばおれから離れていくだろうとわかっていたし、きみを失うなんて耐えられなかった」

ノラはキャルに向き直った。彼の顔に浮かんだ表情に驚いて目を見開いている。「あなたから離れるですって？」

うれしさのあまり、キャルの息がつまった。ノラは愕然とした顔をしている。「出ていくんじゃないのかい？」彼は声をあげた。「荷造りしているじゃないか！」

「もちろん荷造りしているわよ」ノラは最後の一着をつめこんでつぶやいた。

「どうして？」

ノラはあきれたような顔をしてキャルを見た。「服も持たずに、どうやって旅をするの？　ようやくあなたのお母さまにお目にかかるのに」

キャルの頰がゆるんだ。「ぼくの母に？」

「あなたがわたしを恥じていようがかまわないわ」ノラは怒ったように言った。「あなたが暮らしている場所や、ほかにもあなたのことはなんでも知りたいの」

キャルはすぐさま椅子から立ちあがり、ノラを抱えあげてキスをした。椅子に座りなおしてノラを胸に抱き寄せると、彼女は彼にしがみついてかすかにうめいた。

「もちろんきみを恥じてなどいないさ！　一度も恥じたことはない。自分の自尊心を守るために嘘をついたんだよ」キャルはノラの首に顔をうずめた。「ありのままのおれを愛してほしかったんだ、どんな素性であれ」

「愛していたわよ。おばかさんね」むさぼるようなキャルのキスを受けながら、ノラは言った。「わたしがあなたから離れていくと思ったなんて。あなたのことを愛しすぎていて、月のものが一週間も遅れていて、朝食をもどしたのよ！　ねえ、キャル！」彼女は叫んだ。

キャルが顔をそむけた。だがノラは、彼の目にかすかに光るものを見逃さなかった。突然のことに動揺しているのだ。

「まあ、ダーリン」ノラはキャルに体を押しつけてやさしくささやいた。彼の顔を自分のほうへ向け、涙にぬれた目にやわらかい唇でキスをした。

「おれが悪いんだ。まだ早すぎる」キャルはノラの体を案じて言った。

「なにを言うの！　わたしは馬のように丈夫よ。それにどうしても産みたいわ。きっと大丈夫よ」ノラはもう一度キスをして、キャルがいくらか緊張をといてキスを返してくれるまでやさしく促した。「心配するのはやめてね。わたしが妊娠したのは誰のせいでもないわ。愛が引き起こした出来事よ！　愛しているわ！」彼女はささやいた。「愛しているわ、あなたを愛しているの……」

キャルは飢えたようなキスでノラの言葉をさえぎった。喜びに駆られ、不安に駆られ、ついには耐えきれない欲求に駆られて。長いあいだ、ノラはひとことも言葉を発することができなかった。

大きなノックの音がして、ようやくふたりは唇を離した。キャルは息を整えてからゆっくりと立ちあがり、ノラを腕に抱えたままドアに向かった。

「開けてくれ」キャルはノラの唇に軽くキスをしてささやいた。

「おろしてちょうだい」

キャルはにっこりして首を振った。

ノラは笑いながら手をのばしてノブをまわした。兄がドアを開けられるように、キャルは一歩さがった。

キングの眉がさっとあがった。彼は交互に目をやった。「おまえを見捨てないように説得する手助けに来たんだが」にやりと笑う。「無用だったようだな。やっぱりおれたちの考え方はそっくりだ」

「まあ、いいことを聞いたわ」ノラが愉快そうに言った。「奥さまとお話ししなくちゃ。兄弟のどちらかが頑固で手に負えないときには助けあえるもの」

キングが目を見開いた。

キャルは首を振った。「おれのことは兄さんもよくわかっているかもしれないが、彼女のことは知らないんだよ。どうやらおれたちの前途には嵐の海が待ち受けているらしい」

「そのようだな」

「どうかお引きとりになって」ノラが丁重に言った。「夫はわたしに平謝りなの。そんな彼を見るのは楽しいし、もう少し這《は》いつくばってもらおうと思っているのよ。わたしがすっかり満足したら、みんなでお祝いの食事ができるように下へおりるわ。それから旅行の計画を立てましょう。ええと……」愉快そうなキングから、顔を輝かせているキャルへと視線を移す。「どこだったかしら？」

「エルパソだよ」

「エルパソ？　荒野ね！」

キャルがノラをにらみつけた。「言っただろう？　荒野は知れば美しいところなんだ」

「ああ、そのとおりさ」キングが口をそろえた。帽子を目深にかぶり直して、両手をポケットに入れる。「じゃあ父さんに、ええと、じきにおりてくると言っておくよ。そのあいだにおまえの現場監督に油井まで案内してもらおう。三人で作業を見物してくるよ。その程度の時間はあるだろうね？」彼はからかい半分に言った。

キャルもその気になれば兄と同じくらい無表情で皮肉を言える。彼はまじめな顔をしてうなずいた。「みんなが遅くなるようなら、戻るまでレストランで待っているよ」

キングはうなずいた。

「ミスター・カルヘイン」歩きはじめたキングを、ノラが心配そうに呼びとめた。

彼は振り向いた。「キングだよ」笑みを浮かべて訂正する。

「本当の名前はジェレマイア・ピアソン・カルヘインというんだ」キャルが言った。「だけど、そう呼んでいいのはアメリアだけだ。キングに腹を立てたときに使うそうだよ。喧嘩が始まったら彼女はものを投げるから、割って入らないこと、いいね？」

キングは憤然として言った。「この礼はいつかするからな」

「楽しみにしてるよ」キャルは待ってましたとばかりに言った。

「ねえ、キング」ノラが続けた。「パイクは本当に町を出ていくかしら？　油井に爆弾を仕かけたり、火を放ったりしない？」

「パイクはカンザス・シティ行きの汽車に乗った」キングは楽しそうに言った。「ほんの少し前に数人のエスコートを連れて乗りこんだよ。ひとりはバッジをつけていた。パイクは言い忘れていたようだが、どうやらテキサスで余罪があるらしい。州境の銀鉱山で口論のすえに暴行をはたらいたという話だ。保安官はパイクが即刻テキサスを出ていきさえすれば目をつぶることにしたようだね」

「まあ、なんて幸運なのかしら！」ノラは声をあげた。「その余罪はたまたま浮かびあがってきたの？」

「そういうわけじゃない。ダンが知りあいに電報を打った。数分後、保安官がパイクの情報を受けとったんだ」キングは口をすぼめた。「奇妙なことに、パイクはその事件についてなにも知らないらしい」

「まあ、なんてこと！」ノラが口走った。

「ダンを敵にまわすと怖いのさ」キングはそう言って背を向けた。「じゃあ、ホテルのレストランで夕食時に」

キャルはノラがドアを閉めて鍵がかけられるように下へおろした。ノラは不思議そうに彼を見あげた。

「あなたのご家族には妙なお知りあいがいるのね……」

「義理の家族もなかなかだよ」キャルはノラのスーツのボタンに手をかけながら言った。「義兄はテキサス州警備隊の隊員だった。今はエルパソの保安官代理だ。アメリアの義妹には、メキシコから来た悪名高い盗賊一味の娘がいる。ほかにもまだまだいるよ」キャルはにやりとして言った。「うちのカウボーイのなかには銀行強盗だったやつもいるし……」

ノラは目を輝かせ、両手でキャルの手を次のボタンへと導いた。「あとで話してね」彼女はささやいた。「今はそんなでたらめの話より、ずっとわくわくすることが起きるのを待っているんだから」

でたらめとはよく言ったものだ。数時間後、ノラと並んでレストランに座り、彼女が父と兄弟をすっかり魅了しているのを眺めながらキャルは思った。一日か二日後にエルパソへ出かけることになった。まずキャルはミックを現場の責任者にすえ、彼とほかの作業員たちに彼らが受けとる配当について話した。みんな有頂天だった。これでもう作業の安全について心配することはない。ロックフェラーの代理人も連絡を寄こし、明日の朝会うことになっていた。

「キャルはわたしに嘘をつくんです」ノラが突然言いだした。「ご家族のなかに盗賊の娘やテキサス州警備隊員がいるって」

男たちは目を見交わし、ブラントがあたたかい笑みを浮かべた。「そうだな、ノラ、とにかくわたしたちと一緒にテキサス西部へ来て、なにが真実でなにが嘘かを自分の目で確かめるしかないと思うね」

「もちろん、そうさせていただくつもりですわ」ノラはほほえんで言った。

# 第二十章

エルパソへの道のりは遠かった。だが、ノラはひとことも不平をもらさなかった。つわりも含めて、こんなに幸せな気分は初めてだ。キャルも父親になるという期待に顔を輝かせている。

アメリアとイーニッドは駅で出迎えてくれた。紹介を終えて牧場に向かうあいだに、ノラは彼女たちとは親友になれそうだと確信した。やがてしばらくすると、男性陣が牧場の見まわりから夕食をとりに戻ってきた。

「マリアには明日会えるわ」イーニッドが請けあった。「マリアとクインは、彼女が暮らしていた村の牧師さまの手で娘に洗礼を受けさせたくてメキシコに行っていたのよ。わたしたちも行きたかったけれど、立ち入らないほうがいいと思って遠慮したの。あのふたりは、あまり人づきあいをしないほうだから。マリアは本当はメキシコ人ではないけれど、メキシコ人として育てられたわ。養父が無法者だったせいで、彼女は今も少し引っこみ思案なの」彼女はにっこりした。「少しずつ慣れてきているけれど」

ノラはキャルのでたらめがでたらめではないことを知った。〈ダイム・ノベル〉よりも興味深い人生を送ってきた人々に会うのはとても楽しかった。キャルの子供時代のことも聞かされたが、思いだすと気を失いそうになる。この年齢まで生きてこられたことが奇跡だ！　不慣れなせいでとまどいを覚えつつも、ここの牧場と彼の家族のことを知れば知るほど安心感が増した。

みんないい人たちばかりだった。イーニッドはカウボーイの妻たちがいくらでも手伝ってくれるとはいえ、料理も掃除も自分でする。この牧場はおじの牧場よりもはるかに大きく効率的だった。母屋の調度とイーニッドやアメリアの服装を見れば、暮らしが豊かなのは一目瞭然だ。あたたかいもてなしに、ノラはすぐさまくつろいだ気分になれたし、一抹の不安も消し飛んだ。

ノラはアメリアの息子をかわいがった。何時間も腕に抱き、自分の子供が生まれる日を夢見た。ひとつだけ残念なのは、両親が孫を見ることはないだろうということだ。両親はあれ以来連絡を寄こさないし、彼女も声をかけようとは思わなかった。おじ夫婦とは離れて暮らすしかない。ヘレンがたったひとりの姉であるノラの母親と連絡をとりあうのは避けられないのだから。絶えず傷口が開いていては、治るものも治らない。

キャルは物思いに沈んだノラに気づき、その夜、寝室でふたりきりになったときにそのわけをきいた。彼女はしぶしぶ両親との不仲が悲しいのだと打ち明けた。

「きっと考え直してくれるさ」キャルはそう言ってほほえんだ。「その前に、きみのおじさんとおばさんがちょっとご両親をからかいに行くと思うんだ」

ノラはどういう意味かと尋ねたが、キャルは笑うだけで答えてくれなかった。

二週間後、ノラのもとにヘレンから手紙が届いた。〝あなたの両親に会いに東部へ来ています。ふたりとも変わったわよ。すっかり懲りて、あなたが訪ねてくれるのを待っていると思うわ。考えてあげてね〟追伸で、謝罪はまったく必要ないと書き添えてあった。〝それからチェスターが、あなたのお父さまには素性を明かしていない、とキャルに伝えてほしいそうよ〟

両親が身分を明らかにしたキャルと会うところを夢見ていたノラは、それを読んで愉快な気分になった。「ヘレンおばさまが母を訪ねていったなんて」彼女は不思議に思った。「最後にバージニアへ行って以来、二度と戻る勇気はないと言っていたのよ。両親はおじ夫婦に、その、高慢な態度をとったの」恥ずかしそうに言う。

「もうそんなことにはならないよ」キャルが言った。

「どういうわけなのかわからないわ」

キャルはいとおしげにノラの肩に腕をまわした。「おじさんに油田の権利を二パーセント分あげたんだ」彼はいたずらっぽく笑った。「お父さんは二重の衝撃を受けたわけさ。きみの結婚相手は億万長者だし」

ノラは目を見開いた。「億万長者？」キャルはあっさりと言った。「今はそれ以上だ。お父さんは逆立ちしてもかなわない。おれが貧しいカウボーイだったころもだ。それがきみに見下されるのが我慢ならなかった理由のひとつだよ。つまりね」彼はそっとつけ加えた。「おれの目から見れば、きみのほうが貧しかったんだ」

ノラの頬が赤くなった。「わたしは愚かだったわ」

「それは違うよ」キャルはすぐさま言った。「結局はおれと恋に落ちるだけの良識があったんだから！」

ノラが箒《ほうき》を手にとって振りあげたちょうどそのとき、キングが部屋に入ってきた。彼はさっときびすを返して出ていった。あとになってキングは、ノラも真似をしはじめたようだから、自分が投げるものには名前を書いておいたほうがいいとアメリアに言った。

二ヵ月後、メイドに家事を任せているボーモントの美しい屋敷で、キャルはノラの両親に会いに行くと言いだした。

ノラは反対したが無駄だった。彼は言いだしたら聞かない。しかたなく、ノラはおなかが目立たないしゃれた新しいスーツを着こみ、東部への長旅に出た。

ふたりが到着すると、両親はそろって家にいた。テキサスを出る前にキャルが電報を打っておいたのだ。ノラは静かな誇りを胸にキャルを見あげた。彼はピンストライプのスーツに高価なつば広のカウボーイハットをかぶり、オーダーメイドの革のブーツを履いていた。その姿はノラに劣らず裕福に見えた。

父親がドアを開けた。気まずいのか居心地が悪そうだ。彼はキャルと握手をし、ノラにうなずきかけた。父親の目はうしろめたそうで、何ヵ月も前にノラが背を向けたときの、怒鳴りちらしていた人物とは別人のようだった。

シンシアは以前ほど遠慮がなかった。涙を浮かべてたったひとりの娘をきつく抱きしめ、ゆっくりと揺すった。

「あなたに会えなくてとても寂しかったわ」

それはノラにもわかっていたのだが、母はいつも無条件にすべてを父の判断にゆだねてきたのだ。その判断が正しかろうと間違っていようと。でも、たとえキャルが人を殺そうと自分は彼の味方をするつもりでいる今は、そんな母の気持ちも少しは理解できた。

ノラが体を離すと、シンシアはしげしげと娘を見つめて目頭を押さえた。かすかにふくらんだ娘の腹部に気づいて頬をゆるめる。

「うれしいわ」シンシアはそっと言った。「本当にうれしい。あなたが苦しんでいたときにそばにいてあげられなくて、とてもつらかったのよ」

「ヘレンおばさまがよく面倒を見てくれたわ」ノラは言った。少し冷たく聞こえたかもしれないが、あんな別れ方をしたのだからしかたがない。

「ふたりとも元気そうだな」父親が言った。「それに羽振りがよさそうだ。チェスターから、きみが油田を掘り当てたと聞いている」彼はキャルに言った。「資産を持つというのは、また違う気分だろうね」

キャルは眉をあげた。「資産を持たない生活をしたことがないんです」かすかに尊大な口調で言う。「家族はテキサス西部にちょっとした土地を所有していますから」彼はわざとつけ加えた。「あなたの義理の弟さんが管理してくれている牧場も含めて」

「きみはカルヘイン家の出身かね？」父親がきいた。

キャルはうなずいた。「次男です。チェスターのために働いているときは祖母の旧姓を使いました。所有者が望む改善をきちんと実行してほしかったからです」説明のつもりで言い添える。「父は彼を気に入っているので、手助けを送りこむことで成功に導こうとしました」

「なるほど……」父親は口ごもった。「だが服装や拳銃、それにカウボーイのような暮らしぶりは……」

「素性を隠すためです」キャルが言った。

「ノラ、どうして言ってくれなかったの？」シンシアは顔を赤らめ、そっとなじるように言った。

「ノラも知りませんでした」キャルはこわばった口調で答えた。「やっと油田を掘り当てるまでは」彼が片腕をあげるとノラはその下にすべりこみ、彼の腕に守られながら父親にほほえみかけた。「では、これで失礼します」キャルはそう言って、ノラを驚かせた。「ボーモントへ戻る前に、ノラを短いハネムーンにニューヨークへ連れていきたいので。あと数ヵ月で、おふたりはおじいさんとおばあさんになりますよ。たぶんクリスマスまでには」

シンシアはほほえんだ。「今年は幸せなクリスマスになるといいわね」

「きっとそうなるわ」ノラは夢見るように言った。

キャルはじっとノラの父親を見つめたままだ。彼の銀白色の目は執拗に促している。父親は咳払いをした。「エレノア、最後にここで起きたことを謝るよ。おまえたち夫婦をいつでも歓迎する。都合のいいときに孫を連れてくる気になってくれたらうれしい」

ノラは父親にほほえみかけた、時間がたつにつれて、古い傷は癒えていくものだ。

「連れてこられると思うわ」

「本当に帰るのかね？」父親がきいた。「予備の寝室に泊まっていけばいい。いい部屋だよ」

「ありがとうございます。でも、また別の機会に」キャルは答えた。「もう行かなくては」

両親は若いふたりをドアまで送った。別れの挨拶をしながら、ノラは自分の子供たちとはもっとあたたかくて自然な関係を築きたいと願った。

駅に戻って北へ行く汽車を待つあいだに、ノラはキャルにそのことを話した。

キャルは彼女の手をしっかりと握りしめた。「ノラ、おれたちの子供が別れの挨拶に握手するところを想像できるかい？」

ノラはキャルが彼の家族から受けた出迎えの様子を思いだした。彼らのあいだにある開放的な親愛の情を思うと、彼女の瞳から不安が消えた。

「子供たちに充分な愛を注いでいたら、秘密もよそよそしさもなくなると思うわ」ノラはキャルと指を絡めて言った。「わたしは運に恵まれているわね」

キャルは首を振った。「おれたちはふたりとも運に恵まれているんだよ」

ノラに異論はなかった。片手をふくらんだおなかに置き、汽車が初秋のひんやりした空気にふわふわした雲のような蒸気を吐きながら駅に入ってくると、彼女は喜びに瞳を輝かせた。

# 訳者あとがき

日刊及び週刊の新聞社で記者として働くこと十六年というキャリアを持つダイアナ・パーマーがロマンス小説の執筆を始めたのは一九七九年。たちまち数々の賞を受賞し、以来百冊に届こうという作品を発表し続け、それが世界各国語に翻訳されている。小説家としてのキャリアはすでに三十年近い大ベテランの人気作家だ。

しかも製造業についていた夫が大学に入り直してコンピュータ・プログラミングを習得したことに刺激を受け、自身も四十五歳にして大学に戻るのである。現在はカリフォルニア州立大学で歴史学を学び、修士号を目指している。その間に息子をひとり育てあげているのだから、まさに八面六臂《はちめんろっぴ》の活躍だ。

歴史に造詣《ぞうけい》が深い作者のこと、一九九三年の作品である本書『令嬢と荒野の騎士』にも、開拓時代の名残を残すアメリカの歴史が随所にみずみずしくちりばめられている。当時実際に使われていた生活用品――煙草、雑誌、磁器や銀器、等々――の商品名はアメリカ人にとって、祖父母の話に出てきたり、テレビドラマで見覚えがあったりとその時代を彷彿《ほうふつ》とさせるものであるに違いない。作品の舞台は一九〇〇年のテキサス州。カウボーイ、ガンマン、無法者といった西部劇に出てくるような人物が実際に闊歩《かっぽ》していた開拓時代が終わりを告げて、約十年といったところ。本書でも携帯電話ならぬ電報が大事な役割を果たし、ようやく自動車が走りはじめたものの、人々の移動手段はもっぱら馬車。井戸で水をくみ、重い鉄鍋で料理をするこの時代がどんなものだったのか、本書に登場する歴史的な出来事をほんの少しおさらいしてみよう。

本書のヒーロー、キャル・バートンが従軍したアメリカ・スペイン戦争において、一八九八年に中佐として義勇騎兵隊を指揮して英雄となったのが、のちの第二十六代アメリカ大統領セオドア・ルーズベルトである。ルーズベルトの名前は本書にもちらほら登場して驚かせてくれる。さらに作品のなかでヒロインが船でイギリスへ渡り、ビクトリア女王に拝謁する。ときに女王陛下は八十一歳。アフリカの支配権をめぐるボーア戦争や清朝の義和団の乱に心を痛めていた。今から百年前、女性が社会的制約を多く受けていた時代であることを頭の片隅に置いておくと、味わいが増すのではないだろうか。

本書のヒロイン、エレノア――ノラ・マーロウはアメリカ東部名門の令嬢である。ヨーロッパの文化に触れる機会も多々あり、社交界でもてはやされていた少し高慢なところもある女性だ。もちろん働いたこともなければ、家事をしたこともない。そんな彼女が病気の静養を兼ねて訪ねたおば夫婦の牧場で謎めいたカウボーイに出会う。彼女が愛読していた大衆小説のなかでは〝荒野の騎士〟ともてはやされていたカウボーイだが、現実は大違い。ノラは激しいカルチャーショックを受ける。身分や生活習慣の違い、しきたりにしばられる恋愛。それをどう乗り越えていくのか。ノラはどうやって偏見を捨てて生まれ変わるのか。謎めいたヒーローの正体は……。ロマンスに胸を躍らせながら、荒野に思いをはせ、歴史を感じてもらいたいというのが、ダイアナ・パーマーの願いではないだろうか。

訳者

二〇〇七年十月

# 令嬢《れいじょう》と荒野《こうや》の騎士《きし》

2007年11月1日　第1刷発行

訳者略歴

エンターテインメントの舞台裏で通訳業にいそしむかたわら，翻訳も手がける。

著者　ダイアナ・パーマー
訳者　古矢ちとせ(ふるやちとせ)
編集協力　有限会社パンプキン
発行人　武田雄二
発行所　株式会社 ランダムハウス講談社
〒162-0814 東京都新宿区新小川町9-25
電話03-5225-1610(代表)
http://www.randomhouse-kodansha.co.jp
印刷・製本　豊国印刷株式会社


ISBN978-4-270-10132-2